中国古代文学与历史文化的研究

李 蕾 王艳梅 王家超 ◎ 著

吉林文史出版社

图书在版编目（CIP）数据

中国古代文学与历史文化的研究 / 李蕾，王艳梅，王家超著. -- 长春：吉林文史出版社，2021.12

ISBN 978-7-5472-8266-3

Ⅰ．①中… Ⅱ．①李… ②王… ③王… Ⅲ．①中国文学－古典文学研究 Ⅳ．①I206.2

中国版本图书馆CIP数据核字(2021)第220189号

中国古代文学与历史文化的研究
ZHONGGUO GUDAI WENXUE YU LISHI WENHUA DE YANJIU

著　　者：李　蕾 王艳梅 王家超
责任编辑：王　新
装帧设计：北京万瑞铭图文化传媒有限公司
出版发行：吉林文史出版社
地　　址：吉林省长春市福祉大路5788号
网　　址：www.jlws.com.cn
开本尺寸：185mm×260mm　1/16
印　　张：10.125
字　　数：214千字
印　　刷：长春市昌信电脑图文制作有限公司
版 印 次：2022年4月第1版　2022年4月第1次印刷
书　　号：ISBN　978-7-5472-8266-3
定　　价：54.00元

前　言

　　随着物质文化生活的日益富足，人们愈发的追求精神文化上的满足，而我国有着悠久的历史文化。因此，对古代文学的传播与继承的重视度逐渐提升。国人逐渐热衷于国学的研究，文学界对此现象颇为重视，这无形中促进了我国群众在文化积淀上的提升。正是在这样的背景下，本文通过论述中国古代文学的传播方式，进而使国人更加推崇并喜爱历史文化传统，从而继承发扬了古代文化。

　　中国古代的文学艺术直观地反映着中华民族的民族性格，生动地表述着中华民族的社会理想和人生态度，忠实地记录着中华民族的喜怒哀乐。它就像中华大地上的九曲黄河和万里长江，即使受到险滩礁石的拦截仍然一脉相承、奔流不息。所谓古代和现代，只是人们为了便于思考和论述而构想出来的概念。近代以来，中国古代文学艺术的传统在表面上出现了裂缝，然而它原是一只生生不息的凤凰鸟，她必将经过涅槃而焕发出更为灿烂的新生命。事实上"抽刀断水水更流"，中国古代文学艺术这条长河从未在所谓的"古代"和"现代"的交界处停下脚步，就像它曾经对古代中国社会产生巨大而深刻的影响一样，它也必然会对现代中国社会产生巨大而深刻的影响。我们在本书中想要完成的任务就是：总结中国古代文学艺术的发生、发展过程并从中归纳出其基本特征和核心价值，从而揭示中国古代文学艺术对现代中国社会的深刻影响以及进一步发扬光大其影响的广阔前景和学理根据。

目录

第一章 中国古代文学概述

第一节 中国古代文学观念

一、"文学以文字为准"——中国古代的文学特征论

（一）中国古代"文学"概念的文化渊源

中国古代以"文学"为文字著作，以"文字"为"文"的特征。"文"，甲骨文、金文都写作交错的图纹笔画。许慎在《说文解字》中解释："文，错画也，象交文。"成功解释了"文"本身的构造特征。在后世高度抽象了"文"的写法。八卦文字。《周易·系辞》说：八卦是圣人做出的，因而有"卦象""卦画"之称。成熟的汉字分独体字、合体字。独体字"依类象形"。合体字是由独体字复合而成。古代学者"才能胜衣，甫就小学"，章炳麟的文学观念受到训诂学对"文"的诠释的影响。

文字著作可称"文"。符合特征的现象有很多。天上的云彩是"天文"，地上的纹理是"地文"，人间的礼仪是"人文"，色彩的交织是"形文"，声音的交错是"声文"，文字的参差组合也是"文章"。只有作为"文学""文章"的"文"，才代表一种文学概念。

（二）中西"文学"概念异同之比较

西方的"文学"，拉丁文写作 Literature，原初含义来自"字母"，有"文献资料"的内涵。这一点与中国古代颇为相似。从古希腊起，西方古典文学理论中出现了以"文学"为"艺术"的一种形态，又叫"诗"。"文学"被局限在艺术的、审美的文字著作范围内。

"美"的特质是"情感性"，于是西方文论从"情感性"说明文学的特征。西方现代文论特别重视从"情感性"方面说明文学的特征乃至本质。R.W.赫伯恩认为，情感性质是艺术品本身"现象上的客观性质"。西方现代文论的情感特质说，是对西方近现代表现主义文学作品的理论概括。中国古代在宗法社会形成的"内重外轻"与"以心为贵"模式作用下，形成了"中国艺术精神"。中国古代的文学理论中充满了关于文学的情感性的材料，什么"但见情性，不睹文字"，什么"议论须带情韵以行"等等。这是否意味以"情感性"作为文学的必不可少的特征呢？不。在以说理为主的奏、议、书、论中，恰恰是"理过其辞"的。另有些以写物为全部使命，却无法否认它是

古人心目中的"文"。

"美"不仅在"形象""情感"，而且存在于纯形式中。20世纪上半叶俄国形式主义、法国结构主义从纯形式方面说明文学的"文学性"。语言具有"能指""所指"两个层面。日常语言采取了表情达意的结构方式，而文学语言是为了给人以美感享受，不能按照表情达意的需要结构语序，这样就形成了与日用语言在结构上的"差异"。形式—结构主义者的文学观念与中国古代的文学观念一样，是在语言学的影响下产生的，所用的方法相通，结果大相径庭：形式—结构主义把语言的纯形式美推向读者，读者以"只见形式、不见内容"的方式对它加以审美；中国古代的文学观念主张"言者所以在意，得意而忘言"，要求读者"披文入情"，用现代语言来说——"但见所指，不见能指"。

中国古代的文学特征观与西方是迥异的。有个共通点：它们都是从不同角度说明文学这门艺术的审美特征，具有"增人感"的审美概念。中国古代文学特征观所认可的"文""文章"是以"文字"为特征的一切文字著作，包括西文所说的 literature、essay、paper、dissertation、work 等，但又不是其中某一个词所能对译。是否可以认为广义的"文学"概念源于中国古代，狭义的"文学"概念来自西方的译介？

二、"文，心学也"——中国古代的文学表现论

（一）"内重外轻"的"心教文化"

剖析表现主义文学观念的文化成因和形成历程是很有必要的。

什么是"宗法"？迄今尚找不到一个满意的解释。"宗法"的语义究竟是什么，《辞海》没有解释。《古代汉语》对"宗法"的解释："宗法以家族为中心，根据血统区分嫡庶亲疏的等级制度。"有几点令人不明："宗法"是宗族关系还是家族关系？按"以家族为中心"的说法，知"宗法"是一种家族关系；"宗法以家族为中心"，"家族"是父系家族还是母系家族？照一般的看法，"宗法"是父系氏族社会的产物，因而"宗法"乃以父系家族为中心。不在"家族"之前加上定语，易引起歧义；"根据血统区分嫡庶亲疏"，这"血统"是父系血统，还是母系血统？"宗法"表现为一种血缘等级，相应地外化成政治、经济、军事、祭祀特权等级，血缘等级与权力等级的结合？上述解释易给人造成宗法仅仅是一种血缘尊卑等级制的误解。

家族是由家庭构成的，进一步落实就是以家庭为本位。在这种"家文化"中，国家是家庭的放大，国君就是天下最大的"家长"；社会伦理关系的本质是家庭伦理关系。所谓"尊卑莫大于父子，故君臣象兹以成器"。

（二）"心学"观念在古代文学理论诸环节的渗透

中国古代的表现主义文学观念，浸儒在理论的各个环节，构成了表现主义民族特色。

文学是"心学"，是作者主体心灵的表现，作者的心灵素质对作品有直接的决定作用。对创作主体的关注自然成为古代文论的一个热点。

文学的来源是什么？古代文论："肇于道""源于物""本于心""渊于经"。"物"是"道"

的派生，"道"是心造的幻影，"经"为人心的表现—"文本心性"。

古代文论论及作家把握现实的方式：由物及我，以物观物；由我及物，以我观物。这既有由我及物、以我观物的一面，也有"心学"的投影。

文学构思是在主体范围内展开的。对构思中心灵世界的图景作出了栩栩如生的描述，构思心态论——"虚静"说，特征论——"神思"说，灵感"活法"不仅是"随物赋形"之法，而且更主要地表现为"因情立格"之法。按照古代的审美理想，表情达意不宜直露。"用事"的方法，通过"赋物"来"赋心"的"赋"法，委婉地达意之需要产生的审美创作方法。

"文气"说把文学不朽的生命力归结为人的主体的精神——生命力量；"言意"说侧重从人的主体性方面规定文学内容；"意境"说强调在有限、有形中包含无限、无形的"意"；"平淡"的风格说崇尚"言近旨远"，"辞达而已"的形式美论以恰当的达意之辞为美的文辞。

由于"文以意为主"，所以古人强调"披文入情"，最终"但见情性，不睹文字"。在"言""象""意"三者皆备的作品中有两步：通过语言文字把握到它所描绘的物象；通过物象把握到它所象征的情意。作家的审美是一种"表现"，读者的阅读欣赏也是一种"表现"。

中国古代文学作品中有相当一部分具有美感动能。古人很少称"美"，普遍地叫作"趣"。"趣"与"旨趋"之"趋"通。古代文论把"意"与"味""美"连在一起，是表现主义文学观念对审美论的渗透。

表现主义是贯穿在中国民族文论中的一根红线，中国古代文学原理，可名之表现主义文学原理。

第二节 中国古代文学理论的方法

一、"训诂"——名言概念的阐释方法

（一）经学与音训

"训诂"，本为中国古代"小学"的一支。"文字学研究字形构造，训诂学研究字义解释。"先秦的训诂学基本方法已经具备。伴随着经学的昌盛，汉代训诂学充分发展起来。训诂学的基本方法之"音训"，又叫"声训"。古代经传出于口授，汉代逐渐记之于文字。由于记录者方言各异，于是音同、音近通假，因音求义的训诂学方法便由此产生。同音为训，作为解释字义的一种方法，具有一定的合理性。

早在先秦，音训求义的方法就开始应用。汉代以后，经学昌盛。古文经学特别重视"就其原文字之声类考训诂"，"治经莫重于得义，得义莫切于得音"。足见音训为古文经学家探明经义的重要而有效的方法。

汉语同音字甚多，以音为训，有较大的主观随意性，易于借阐释字义来发挥己见。汉代，今文经学将这种音训方法发展为远离本义的主观比附。

（二）古代文论释名中的音训

中国古代，文学包括学术，文人就是学者。"音训"浸染到他们对文学的各方概念的认识中，构成古代文论方法论上的民族特色之一。

二、"折中"——矛盾关系的分析方法

（一）"折中"义考

"折中"一词，出于儒家经典。屈原《惜诵》是现在所见的"折中"的最早出处。与什么相"当"相"中"呢？在词中看不出来。《史记索引》之后补充："与'度'相中当，故以言其折中也。"将"中"释为名词较确切。"中"的本义是"中间"。"折中"即"折于中"。"执其两端用其中"可作"折中"的注脚。"中"作为名词，可从"中间"引申为"正确"。"折中"即"折于中""折而合于中"之意。在儒家看来，就是孔子学说。"折中"，即按孔子学说指导思想的方法，"折中"——按照"不偏不倚，无过不及"的原则处理矛盾的方法。

（二）儒、道、佛与"折中"

"叩其两端，允执厥中"不只为儒家所发明，也为道家所恪守、佛家所兼容。

"折中"虽不见于道家著作，但对立统一的辩证思维方法，存在于道家著作中。道家认为万事万物由阴阳二气化合而成，阴阳对立元素相互斗争又依存于统一体中。《老子》提出：牝牡、雌雄、美丑、盈洼、虚实、强弱、进退、得亡、大小等。它们既是对立的，又是互为条件的。所以道家反对在处理矛盾时走极端。玄学深谙道家思维方式的这个特点，曾提出了"有无""本末""动静""名实""言意"等相互对立的概念，始终把它们描述为相反相成的整体。

佛教没有"折中"的术语，但有"中观""中道"用语。"中观"：不偏不倚的观照。"中道"：不偏不倚之道。观照、认识万物要同时从"真谛"和"俗谛"两方面看。既不能执迷于"有"，又不能执迷于"空"。"实相"就是"有"与"空"的统一。佛教的"中观"方法，与"折中"相通。有学者以"折中"指称"中道"。东晋时期，"中观"学说在中土弘扬开来。隋唐创立三论宗、天台宗、华严宗、禅宗均以此为立宗的重要根据，"中观"的思维方法浸淫到中国文人士大夫的脑海中。

（三）古代文论的"折中"手法

中国古代文论家，其世界观不出儒、道、佛三家，方法论上必然打上"折中"的烙印。古代文论体现出强烈的"折中"特色。"美善相乐""形神相即""情景交融""错综繁简""平仄相间"……无不是"折中"的命题。

1. 比较

包含对立面与不包含对立面的一方在表面上呈现出相似之处，通过比较，为"折中"地取舍提供基础。如"精者要约，匮者亦鲜；辩者昭晰，浅者亦露"。只有"圆鉴区域，大判条例"，才能分辨良莠。

2. 兼顾

"折中"要求平稳妥帖，不偏两端，往往采用两头兼顾的手法：在肯定某点时告诫人们要防止把肯定推向极端。通常"既要……又要……"；在否定某点的同时告诫人们要防止把这种否定推向极端。通常是"非……非非……"。

3. 交融

即矛盾双方你中有我，我中有你，不可有所偏废。

刘勰《文心雕龙·序志》曾"擘肌分理，唯务折中"。"折中"是贯穿于先秦至清末中国古代文学批评理论中的主要思维方法。以此分析文学创作中各种矛盾现象，获得了稳妥之见，使许多观点至今仍有巨大的生命力。

三、"类比"——因果关系的推理方法

（一）"类比"方法的心理基础

《道教与中国文化》中以大量饶有趣味的实例指出：古代中国的思维方式与古希腊等都不一样，古代中国是"经验的"，而古希腊是"理性的"，古印度是"冥想的"。葛氏揭示了中国古代的思维模式：古人以"感觉经验"为原则推知事物间的联系。事物之间客观上只要给人"感觉经验上的相似"，就会认为它们之间有相关性、联系性。所以在古人看来，"异质同构"的事物都可以相互感应。用"感觉经验上的类似"来推断事物间因果关系的思维方式。

（二）古代文论"类比论证"的形态

将"天"与"人"进行平行类比，把文学原理作为自然原理之果。阮瑀《文质论》论证"质"比"文"重要，因"日月丽天，……可见而易制"；既然"文之观也""质之用也"，所以"质"胜于"文"。刘勰肯定文饰美的合理性："夫以无识之物，……其无文与？"刘勰崇尚文学创作的"自然之道"，其推理过程是：自然现象的产生是"自然"的，所以人文现象的产生也应该遵循"自然之道"。

另一种形态是将"人"与"文"进行平行类比，把文学原理作为人学原理之果。理想是"仁"内"礼"外，为文的典范是"美善相乐""女恶容之厚于德……"为文也宁以"质胜文"，不以"文灭质""无盐缺容而有德……"为文应力求"文质兼备"；做人上"形相虽恶而心术善"，做文也是神似而形不似无害为上品。"唐诗有意，而托比兴以杂出之……宋诗亦有意，惟赋而少比兴……""识为目，学为足……有足无目，则为瞽者之行道也"；文章"起贵明切，如人之有眉目；……铺贵详悉，如人之有心胸……过贵转折，如人之有腰膂……"等，思维历程都是从做人之理推导出文学之理的。

"以类相从"的因果推理方法是建立在认识主体"感觉经验的相似"之心理基础上的，所以往往缺少科学的说服力。自然之理、做人之理不能成为做文之理成立的逻辑根据。从文学外部寻找文学生成的依据，会使因果论证流于主观比附，逻辑上出现漏洞。

第三节 古代文学研究的新方法

一、人文—自然科学的结合

古代文学作为一门现代学术意义上的学科，中国现代学术意义上的古代文学研究也是借助于其他人文科学理论和方法而开创的。王国维借鉴尼采的悲剧哲学理论写作《红楼梦评论》；又运用西方美学理论写作《人间词话》。五四新文化运动以后，胡适提出"大胆的假设，小心地求证"，使传统学术焕发出新生命。二十世纪三四十年代以后，马克思主义在国内迅速得到传播，马克思主义哲学在中华人民共和国成立后成为主导地位的学术新传统。其是借助其他人文社科理论、方法创立了现代学术意义的古代文学研究。

马克思主义哲学指导下的中国古代文学研究在中华人民共和国成立后，取得了重大成就，由于教条主义作祟，新中国的古代文学研究逐渐走上了庸俗化之路，"文革"期间，古代文学丧失了其原有的学术价值和意义。"文革"结束后，科学主义作为矫正古代文学等人文社科研究的固有积弊，人们的视角也重新由人文科学转向了自然科学领域。

最早提出社会科学与自然科学相结合的是马尔－卡良的《社会科学和自然科学相互关系中的一体化趋势》。文章根据《1844年经济学哲学手稿》："自然科学往后将会把人类的科学总括在自己下面，……它将成为一个科学。"认为"这两个广阔领域紧密相连和一体化"是"最新趋势"，这样才符合科学发展和研究的规律。

后来出现了许多讨论哲学与自然科学相结合的文章。如《自然科学与哲学》《自然科学改变哲学形式的方法论问题》《自然科学中的几个哲学问题》《马克思主义哲学和自然科学》《马克思在自然科学发展史上的贡献》等。

受这股思潮的影响，讨论逐渐兴盛起来。如历史学与自然科学结合的讨论；教育学与自然科学结合的讨论。《要懂一些自然科学知识》：认为自然科学素养会提高语文教学质量。

二、宏观研究思潮的率先兴起

古代文学的宏观研究思潮的兴起于1985年新方法论高潮时再次激活，古代文学的宏观研究得到了热烈的讨论。

《对编写〈中国文学史〉的几点建议》建议中国文学史编写应考虑中国文学与世界文学的联系等意见，其内在思维是宏观视野。《文学史研究中的微观与宏观》：宏观研究对于文学史研究具有重要意义，要想开创古典文学研究的新局面，就要在实践上解决这个宏观与微观的关系问题。

第二章 中国古代文学艺术与社会文明的形成

第一节 中国古代社会文明的特征、结构与精神

一、中国古代社会文明的总体特征

所谓社会文明，是人类社会的物质与精神组成。文明与文化密不可分，汉语中，这两个词都源自《易经·贲卦·象传》："刚柔交错，天文也。文明以止，人文也。观乎天文，以察时变；观乎人文，以化成天下。"文指文采、纹理。相对于质朴、野蛮、混乱而言，文被引申为美德、修养、秩序、礼乐。古人认为，宇宙的秩序构成天文，天文焕发出的光明被人类效法、采用，形成了人类的礼乐文化。圣人观察天文，预知自然的变化；观察人文，教化人类社会。因此，"文化"指文治德化，"文明"指天文与人文显现出的光辉。现代文化学意义上的"文化"和"文明"概念皆源自西方的人文社会科学范畴，这两个概念的内容有着多种不确定的解释并随着人类历史的变迁而改变。随着 20 世纪世界格局的变化和人类学、文化学和社会学的发展，人们对文化和文明的理解又有新的拓展，文化与文明的关系更多地被解释为一种文化认同关系：文化与文明涉及各民族全面的生活方式，文化是文明的主题，文明是文化的基础和空间，是放大了的文化，是最广泛的文化实体。

考古学家张光直认为，中国文明主要通过意识形态来调整社会经济关系，通过政治程序操纵劳动力来实现财富的集中而发展文明，而西方则是通过生产技术革命和通过贸易输入新资源来实现财富集中而发展文明。由于前者是借助政治程序（即人与人之间的关系）而不是借助技术或商业程序（即人与自然之间的关系）来实现的，可以在不导致生态平衡破坏的情况下发展。前者是连续性的，后者是破裂性的。在这样的社会文明之中，中华民族形成了敬天法古的宇宙观与历史观。自然界万物之间、人与自然之间、历史与现实之间是一个有机联系的整体，人是这个宇宙整体的组成部分，是一个参与者而不是征服者。自然的化生力量、人类的历史经验、古代的文化传统受到极大的推崇。文献学家钱存训指出：中国历史文献的丰富和详细，更没有其他民族的记载可以相比。自《春秋》编年 722 年以来，直到今日，几乎没有一年缺少编年的记录。不仅是历史，中国的制度、器物、文学艺术等也非常重视继承和演绎传统。所以，历史悠久和持续稳定的文明

给中华民族积累了丰厚的文化财富，也为人类奉献了丰富的文化资源。

广土众民、多元一体是中国社会文明的另一特征。中国文化的地理空间既广袤又孤立。中华民族的形成、繁衍和历朝历代的经营，形成了亚洲面积最大、人口最多的政治和文化地域。其文化影响力也达到了与之毗邻的朝鲜半岛、日本、东南亚等地区。由于东部为太平洋所隔，西部、北部为高山和沙漠所阻，中国是一个半封闭的大陆，因此，中国文明的崛起不像古印度文明那样与西亚、欧洲有密切的交流，而是"独自创发"的。中国文化显示出整体统一的特征，但其广阔而深厚的内部组成又是多元而丰富的。黄河、长江、珠江、辽河等水系流域都是中国古代文明的发祥地，不同地域的古代种族也有差别。这些文化尽管自有其渊源和体系，但又相互影响，经过裂变、撞击和融合，不断组合或重组，突破了区域文化和血缘族群的体系，形成了多元一体的格局，共同构成了多民族的文化格局。秦汉以后，中国形成了统一郡县制下的政治与文化实体，尽管有地区和时代的差异，尽管有所谓"夷"和"夏"的文化区别，但在中国的历史文化舞台上，汉族和匈奴、鲜卑、羯、氐、羌、契丹、女真、吐蕃、党项、蒙古等民族交叠登场，农耕文明与游牧文明相互融合，他们均认同于华夏文化并以这种文化的继承者自居，以自己的民族文化，巩固、丰富、完善了中国社会文明的整体。中国的历史经历了许多朝代，在朝代间的政治和文化变迁中，统一的时期多于分裂的时期，统一的力量大于分裂的力量。可以说，中国文化的多元性根源于不同民族的文化创造能力，而这些多元文化的差异性在中国的历史上更多地形成了融合和创新的局面，而不是分裂和排斥的局面。中国的祖先崇尚天下大同的文化理想，使得植根于中国社会的血缘宗法观念，升华为"天下一家"的文化认同观念。这正是中国社会文明的凝聚力和融合力的体现，也是其吸纳、兼融不同文化的动力。

农耕为本、伦理至上是中国社会文明的又一特征。在季风气候中产生的农耕文明是中国文化生存的根基，中国农业技术的精髓在于因地制宜，采用多元的耕作体系，通过培育高产农作物品种，循环增加土壤的养分，有效利用水资源，凭借耕作技术熟练程度高的集约型劳动方式，提高土地可持续发展的能力，在较少的固定耕地上养活了世界上四分之一的人口，形成了人类充分利用自然来满足自身需求的自给自足的文明。大自然的四季变化，寒来暑往与春种夏长、秋收冬藏的农业生产经验萌发了循环不息、天长地久的自然观和安土乐天、祈求和平与繁荣的幸福观。农耕文明注重经验，务实简易，也造成了中国文化以及文学艺术不尚玄想与抽象的思想趋向。由于固定耕地上的集约型农业需要大量的人口和劳力，使家族、村落和土地有机地结合在了一起。其中家庭是农业的基本生产单位，人口的繁衍是农业生产的保障，同时，经验的积累、文化和教育又是这种生活方式得以延续发展的保证。孟子说："五亩之宅，树之以桑，五十者可以衣帛矣。鸡豚狗彘之畜，无失其时，七十者可以食肉矣。百亩之田，勿夺其时，数口之家可以无饥矣。谨庠序之教，申之以孝悌之义，颁白者不负戴于道路矣。"因此，中国古代社会向来以耕读传家为生活理想，以士、农、工、商为社会职业品级，而士阶层又大多来自农民；社会国家的组成，风俗习惯、社会活动和国家行政均遵循季节和农业生产的周期。在汉语中，社稷是国家的代称，社是土神，稷是谷神，社稷崇拜是农耕文明构成社会和国家的象征。

　　以家为社会生产的基本单位，造成了以家族为本位的宗法群体主义文化。尊祖敬宗是核心伦理，孝是本位道德，以此生发出仁、义、礼、智、信等道德内涵，建构起父子有亲、长幼（兄弟）有序、夫妇有别、朋友有信、君臣有义的社会伦理结构，其中既有亲亲之情，也有尊尊之义。在中国人看来，人类社会的理想状态就是所有的人组成一个和谐的大家庭，所谓"老吾老，以及人之老；幼吾幼，以及人之幼""人不独亲其亲，不独子其子"。在这样的伦理至上的文化中，个体的利益和价值只有在伦理关系中通过承担和履行其伦理角色所规定的道德责任来实现，个体服从群体，权利服从义务。个体的超越必须在履践道德和自我反省的过程中实现，向往外在世界和追求自由的传统相对微弱。即使在现代中国乃至东亚社会中，家族伦理、群体主义等价值观念仍然影响并存在于家庭、行业、社群、企业乃至国家文化之中。总之，中国社会文明属于内在超越型的文化而不是外在突破型的文化，它追求在自然中发展人类，在群体中实现个人。

二、中国古代社会文明的结构

　　所谓中国社会文明的结构，指它的组成内容。首先是发达的物质文明。中国的农耕文明以及建立于其上的信仰和制度，催生了内容丰富而且在相当长的时期内代表着人类最高水平的物质文明。早在新石器时代，水稻等农作物种植、农业工具、畜牧、制陶、纺织、酿造等均已发明。继而进入了灿烂的商周青铜时代。春秋战国时又进入了铁器时代，而天文历法、医药、数学、音律、农学、水利、造船、纺织、陶瓷、测量等科学技术、工艺成就已经孕育成熟，领先于世界。中国物质文明对人类的科技发展和生活水平的改善做出了巨大的贡献。著名中国科技史学家李约瑟指出，"在公元最初的 14 个世纪里，中国向欧洲传播了许多发现和发明"。当然，中国文化注重实用和经验，轻视玄想与抽象的特征也影响了古代科学的发展。所谓"天道远，人道迩""六合之外，圣人存而不论"。正如数学家丘成桐所说的那样："在基本科学方面来说，中国远不如西方，古代中国的伟大发明都是技术上的发现。基本没有科学的背景，这些发明都不能发扬光大。基本科学没有在中国发展的一个主要原因是中国数学自古以来不讲究系统化的研究。"16 世纪以后，受中国社会文化过分追求内在平衡的性格影响，加之明清时期政治上强化专制、盲目自大、闭关锁国，中国同西方的科学技术缺乏交流与相互刺激，渐趋落后。但是，中国许多古老的科学技术，比如中医、陶瓷、制茶、丝绸、传统手工艺等迄今仍是独到的科技。中国的传统科技精神也可以在现代科技中大放异彩，法国汉学家汪德迈指出：从目前工业生产的观点看，中国和日本过去都没能发展机械系统，而正是这一点使得他们落后于西方。但是，它们的技艺水平却比西方传统所达到的水平高超得多。

　　其次是精致的制度建构。既然中国文明更多的是靠政治程序聚集财富和资源发展起来的，中国在社会组织、政治制度、文化制度方面经过不断地取舍、变革、重组，日趋完善。西方学者普遍承认中国古代文明非常先进的重要因素在于中国精细的政府机构和文官制度都比西方出现得早，甚至认为中国古代经世治国之术对世界文化的贡献超过纸和火药的发明。中国古代创设的制度笼罩政治、经济、法律、教育、选举、祀典、礼仪和兵制等各个方面，其总体精神是礼治主义而不是法治主义，儒家的《礼记》《周礼》等经典一直是设计国家高层制度的根据和理想。礼是天道运行和道德原则在社会行为模式中的体现，所谓"夫礼，天之经也，地之义也，民之行也"。它追求形式上的合理甚至追求繁文缛节，但它更多的是在仪式的过程中训练人的身心，倡导人们应该如何行动，而不是禁止和惩罚人们的行为。礼的历史根源是西周以宗法为依据的封建制度。在由贵族阶级组成的共同体内部，实行以家族宗法伦理为基础的礼乐政治，所谓刑不上大夫，礼不下庶人。春秋时期，礼崩乐坏，经过战国和秦朝的政治与文化变革，阶级社会转变为全民社会，封建王国变成统一的郡县帝国，实现了职官、货币、计量标准、文字、法律、赋税、兵役的统一与精确化。道家、法家的思想为建构这些新的制度提供了道治和法治的理论与技术指导。汉朝借鉴秦朝极端法治和反传统的教训，霸、王道杂用，礼与法并举，在意识形态上独尊儒术，推崇尧舜，在制度上以儒家思想重新阐释、修饰郡县制度，并且在国家祀典、学校、选举等文化教育制度方面有所设计与创新，实现了传统文化与新制度之间的融合，使得统一郡县国家的各种制度得以成熟、巩固，经过历代政体的改革与完善，一直维持到近代。

选举制度与文官制度也是中国古代文化制度的一大特色。从汉代的察举制、魏晋的九品中正制直到隋唐的科举制，基本上能够保证政权向受过儒家思想教育的平民开放，基本上能够保证文官集团的道德水平与知识能力，同时还造就了中国古代文学艺术的创作主体。但是，那时的封建制度有着极其黑暗的一面，那就是上层统治集团的私欲始终对制度造成破坏，有的历史学家将此现象归之于封建制度的"宗法基因"。其使得后世的帝王们以国为家，将天下视为私产；帝位凭借血缘宗法传递，而通过选举参与到政权之中的士阶层，只能分享"治权"而不是"政权"。权力过度集中于帝王及其私利集团，又使得地方和社会自治能力微弱，虽有民本主义的文化理想，但缺乏民本主义的制度建设，民主文化资源的匮乏成为中国社会文明发展的消极因素之一，也妨碍了中国社会文明向现代国家的顺利演进。

最后是博大精深的精神和艺术成就。中国文化在思想、宗教、文学、艺术等方面均取得了极高的造诣，在世界文化中独树一帜，很多形式和内容历久弥新，极具生命力。百家争鸣的先秦诸子、博大宏深的汉唐经学、简易幽远的魏晋玄学、尽心知性的宋明理学是思想的奇葩；佛教的色空禅悦、道教的神仙修养、回教的礼拜清真是宗教的沃土；诗骚风雅、春秋史传、诸子散文、辞赋骈文、唐诗宋词、古文杂记、传奇小说、杂剧戏曲是文学的长河；而琴棋书画、园林宫苑、茶酒美食、陶冶雕琢无一不是精美绝伦、巧夺天工的艺术杰作。中国的各种思想流派一方面激烈辩论，水火不容；一方面百虑一致，殊途同归，都是入世或经世之术。

三、中国古代社会文明的精神

贯穿于中国社会文明的特征与结构之中的，还有一个积极的精神与思想的传统，形成了文明的发展动力。这个传统主要体现在三个方面。

其一是天人合一。在中国文化中，天的概念非常广泛。宇宙万物是自然之天，父母男女是社会、伦理之天，血气身体是自我之天，因此，天人合一还应该包含人我合一、身心合一的内容。尽管中国古代有天人相分或天人相胜的思想，但天人合一是最具影响的宇宙观和人生观。庄子说："天地与我并生，而万物与我为一。"《周易》说："夫大人者，与天地合其德，与日月合其明，与四时合其序，与鬼神合其吉凶。"但是宇宙之中，唯有人具备灵性、知性、德行，唯有人能够感知自然之道，效法宇宙，所以人是天地之心，即宇宙的意义所在。老子说："道大，天大，地大，王大。域中有四大，而王处一。人法地，地法天，天法道，道法自然。"《礼记·礼运》说："人者，天地之心也，五行之端也。"天人合一的思想，一方面强调自然对人的决定性和人与自然的统一性，另一方面更加深刻之处在于强调人对宇宙的道德责任，人道对天道的延续与拓展。孟子说："尽其心者，知其性也。知其性，则知天矣。存其心，养其性，所以事天也。殀寿不贰，修身以俟之，所以立命也。"天人合一的根本途径是通过自我完善而知晓天命、完成天命。这样，便在宇宙的整体中确立起人文主义的精神追求与价值理想。总之，天人合一是非人类中心主义的人文主义思想，对现代社会处理人与自然、人与社会、人与自我的关系均具启发意义。

其二是知行合一。中国文化特别提倡知识与实践，学问与美德必须合为一体，集于一身。先秦时期的墨家提出了比较系统的知识概念："知，闻、说、亲。名、实、合、为。""闻知"是听别人传授的，"说知"是经过阐说的知识，"亲知"是自己亲身的体验。"名"是知识的概念，"实"是知识的对象，"合"是名与实相符，"为"是知识的应用与实践。墨家认为，名、实、合、为四者缺一不可，没有用处、不关实践的知识根本不算知识。儒家则更加关注知识与道德实践的关系。《礼记·大学》说："致知在格物，物格而后知至，知至而后意诚，意诚而后心正，心正而后身修，身修而后家齐，家齐而后国治，国治而后天下平。"《礼记·中庸》又说："博学之，审问之，慎思之，明辨之，笃行之。"孟子强调了知识的内在根源，他认为人性本善，道德与理性皆植根于人心，恻隐之心、羞恶之心、恭敬之心和是非之心分别是仁、义、礼、智四种德行的萌芽，都是人不学而能、不虑而知的良能、良知，人的智性与德行是统一的。北宋张载将人的知识分为"见闻之知"和"德行之知"。哲学史家张岱年解释说："见闻之知，即由感官经验得来的知识。德行所知，则是由心的直觉而有之知识；而此种心的直觉，以尽性工夫或道德修养为基础……见闻之知，以所经验的事物为范围；德行所知则是普遍的，对于宇宙之全体的知识。"所以，格物致知的主要目标不是获取关于感官世界中客观事物的知识，而是对内心本来就存在的道德与天理的觉悟，这种觉悟不是一种客观的知识，它只能在践行中获得。宋代理学家朱熹说："知行常相须（需），如目无足不行，足无目不见。论先后，知为先；论轻重，行为重。"明代心学家王守仁进一步提出了"知行合一"的思想："未有知而不行者，知而不行，只是未知。"明清之际的思想家王夫之又发展出"行为知本"的思想："行可兼知，而知不可兼行。"中国文化中的"知行合一"思想尽管专注于道德的修养，但它强调理论与经验的统一，功能与价值的统一，知识理性与实践理性的统一，真与善的统一，这对反思现代文化中唯科学主义、唯理性主义和功利主义具有相当大的启发作用。文化应该自愿或不自愿地加进他们各自的份额，从而在伟大的历史舞台上才最有可能使延续得以实现，使历史得以进步。中国近现代社会文明变革的历史证明，自强不息、变革进取正是中华民族在近代社会文化危机中自立、自新、开放、变革的精神力量。

第二节 中国古代文学艺术与社会文明的构建

一、文字与社会文明的形成

中国古代文学艺术是中国社会文明的重要组成部分，是中华民族社会文化意识的载体之一，也是最高精神成就之一。文学艺术是一种特殊的社会实践，和一切社会文明中的文学艺术一样，中国古代文学艺术也以语言文字、音乐、绘画、建筑、工艺等文明的产物为工具和媒介，来进行审美实践活动，从而推动了文明的发展和进步。

汉字是中国社会文明的重要建构工具。文字是人类社会从野蛮进入到文明的重要标志之一，而汉字是中国古老文明的重大创造。东汉许慎《〈说文解字〉叙》说："仓颉之初作书，盖依类象形，故谓之文。其后形声相益，即谓之字。文者，物象之本。字者，言孳乳而浸多也。"唐代张彦远《历代名画记·叙画之源流》中说仓颉"因俪鸟龟之迹，遂定书字之形……是时也，书画同体而未分，象制肇始而犹略。无以传其意，故有书；无以见其形，故有画"。因此，作为中国古代社会文明发生要素之一的文字，其创造原则是先依据象形的原则"画"出符号文字再将不同的符号组合起来，分担文字的形与声，衍生出"字"。"字"的原意指人类哺育后代，进而引申为文字，意味深长地表达出中国文字与文明传承的关系。瑞典汉学家高本汉曾经指出，中国的文字是"一种意义的符号，不是语音的记载"。汉字既保持了象形文字的特性，又借"形声相益"的途径摆脱了象形文字抽象性、符号性薄弱的缺陷，没有沦为单纯的记音符号，不追逐语言的变化而独具其象征意义和审美价值。这种审美价值不仅在于文字本身的形、音、义构成了内涵丰富的喻体，而且其字体及书写技艺也是书画艺术的表现。更重要的是，用这样的文字书写而成的文本具有超越性，赋予中国古代文学以巨大的社会历史影响力。从历史上看，"书同文字"是中国人的政治文化理想，中国人的社会文化统一工作，往往伴随着文字统一工作。如《周礼》记载保氏掌六书以教授国子；秦始皇命李斯以小篆统一六国文字；西汉扬雄作《方言》，东汉许慎作《说文解字》，它们虽属训诂著作，但对校正中国文字的形音义功莫大焉。中古佛经东传，受到梵文这样的以记音为主的文字系统启发，士大夫探索出汉字的声韵字母和反切拼音之法，统一了汉字的读音。文字是文学的重要工具，文字的统一对于文学创作和文学的社会功用均产生了极大的便利。钱穆说："只有中国文字，乃能越语言限制，而比较获得其独立性，故是中国文字，能全国统一，又使今天的中国人，能阅读中国三千年前人古书，俨若与三千年前人晤对一室，耳提面命，亲受陶淑，因此益以增强中国人内心之广大性与悠久性。"

从文明的形成过程看，美术、音乐与语言比文字更早地出现在野蛮时代，而中国的文字也提炼了三者的精华来构成自己的形、音、义，成为中国文化的重要表达形式。众所周知，中国古代文学艺术的种类丰富多彩，其中以诗、书、画最具代表性，它们分别达到了中国古代文学、音乐、美术等视觉、听觉艺术形态的最高境界。元代文学家方回说："诗者，文之精也。"诗不仅是各类文学的灵魂，而且从一开始就是咏叹和歌唱，中国的诗教与乐教，诗律与音律始终合一，所谓"诗言志，歌永言，声依永，律和声"，诗歌是一种综合了音乐、语言和文字的艺术。书法与绘画则是中国古代两大视觉艺术类别，分别表达了抽象与具象的艺术形式，而它们之间、它们与诗歌之间也是一体通融的。宋代文学家苏轼说"诗画本一律"，元代艺术家赵孟頫说"须知书画本来同"。这三者在中国古代艺术中往往会出现在同一幅画面之中。当代学者高友工指出："由于诗歌和书法艺术是文人画、山水画的基础，诗与书法通过题署的方式与画的结合就是理所当然的了。"总之，诗书画合一的深刻历史原因在于三者皆根源于汉字，正是汉字构成了中国古代文学艺术的基因，而以诗书画为代表的文学艺术又通过审美实践活动阐释发挥了汉字中的古代文明内涵。

二、文学艺术与社会文明史

中国古代文学艺术是中国社会文明发展的宏伟史诗。中国古代文学艺术注重叙述、见证不同的历史时期，展现人类在社会历史中的社会活动和精神活动，体现了强烈的社会历史意识和温故知新的文化意识，许多杰出的文学作品都具有兼备史笔诗心的境界。

三、文学艺术与社会文化认同

中国古代文学艺术是中国社会文明的凝聚力量。任何艺术实践和审美实践活动都既是个人的，又是社会的。任何文化都会通过文学艺术对其社会成员实行教化，建构意识形态，传承价值观念。文学艺术具有公共性和娱乐性，因此它们是通过培养社会成员的情感共鸣与审美通感的方法，在人性和情感的真实基础之上使得社会成员对社会文化产生认同，从而形成精神上的凝聚力和塑造力。

诗教或乐教，是中国传统文学艺术传承文化价值的典型体现。现代学者朱东润的研究认为，《诗经》的编纂时代，正是春秋中期以降，诸夏国家联合抵抗北方戎狄和南方楚人入侵之际，其编纂及体例，体现了强烈的华夏文化意识。这一文化意识就是礼乐文明与伦理道德。孔子最早指出："诗可以兴，可以观，可以群，可以怨。""兴"是对个人情感和思想的启发，使之能够"引譬连类"，推己及人。只有当个人在审美的愉悦中有所觉悟，道德对人性的感召才是合理的。而"观"则是通过诗"观风俗之盛"，了解社会；"群"则是用诗感召人们，所谓"群居相切磋"，形成对社会文化的认同。荀子也认为，"人不能不乐，乐则不能无形，形而不为道，则不能无乱。先王恶其乱也，故制《雅》《颂》之声以道之""声乐之入人也深，其化人也速"。他强调礼乐出于圣人的创作，目的在于节制人的情欲。但他同时承认人的情感和欲望是制礼作乐的基础，礼乐不是粗暴的外在控制，而是对人性的引导，其中最有效率的是诗歌和音乐。

古代大多数美术理论家甚至文学家都认为美术具有文学不能代替的社会教化功效。比如唐代张彦远曾说："夫画者，成教化，助人伦，穷神变，测幽微，与六籍同功，四时并运，发于天然，非由述作……记传所以叙其事，不能载其容；赞颂有以咏其美，不能备其象；图画之制，所以兼之也。故陆士衡（陆机）云广丹青之兴，比《雅》《颂》之述作，美大业之馨香；宣物莫大于言，存形莫善于画。此之谓也。"至于书法，尽管是一种极为抽象的抒情艺术，但由于是文字的艺术，因而也是政教和文化的载体。西晋成公绥说道："皇颉作文，因物构思，观彼鸟迹，遂成文字。灿矣成章，阅之后嗣，存载道德，纪纲万事。"唐代虞世南认为："文字经艺之本，王政之始也。"

四、文学艺术与社会文化批判

中国古代文学艺术是中国社会文明的批判与反思力量。正由于中国古代文学艺术在社会政治和道德方面有着特别强烈的使命感和责任感，所以与感召和教化不可分割的是，它们的社会批判和文化反思意识也相应地强烈。和任何文学艺术一样，中国古代文学艺术既有教化、娱乐民众的功能，同时也有感召人们追求自由和憧憬理想的力量，因为想象力和同情心是人类共有的内在精神，有良心的文学艺术都不会被动地反映或见证社会生活，更不会充当野蛮和权威的奴仆或俳优，而是能够无视权力或暴力的奖惩，深刻地解释、批判甚至预见文化、社会的发展。孔子即说"诗可以兴，可以观，可以群，可以怨"，其中的"怨"，就是"怨刺上政"，批判不合理、不仁道的社会政治，而且主张怨刺是臣民的责任与权力，所谓"上以风化下，下以风刺上，主文而谲谏，言之者无罪，闻之者足以戒"。《诗经》作为中国古代文学艺术的原始性的经典，其中相当多的诗篇，充满了怨俳的情怀。"士也罔极，二三其德"，是女性对男性的怨，所谓"男女有所怨恨，相从而歌"，这是对性别隔阂和违背真情的批判。这种怨在"引譬连类"之后，就成了对社会生活的批判。"三岁贯汝，莫我肯顾"，是民众对横征暴敛的怨；"夫也不良，歌以讯之"，是人民对暴君的怨；"王欲玉女，是用大谏"，是大臣对天子的怨。这些怨刺诗篇的创作原因和目的，在《毛诗序》看来全部关乎政治与风俗，所谓："治世之音安以乐，其政和。乱世之音怨以怒，其政乖。亡国之音哀以思，其民困。""至于王道衰礼义废，政教失，国异政，家殊俗，而变风、变雅作矣。国史明乎得失之迹，伤人伦之废，哀刑政之苛，吟咏情性，以风其上，达于事变而怀其旧俗者也。"以屈原《离骚》为代表的楚辞则带有南方文化的气息，和温柔敦厚的《诗经》风雅传统不同的是，《离骚》的怨俳情感更为强烈。

中国古代的历史文学从一开始就具备褒善惩恶、拨乱反正的责任。古代的史官似乎更加重视世代持守的天职，因而将他们掌管的天道与典籍看得比世俗秩序更加重要。所谓"《春秋》者，天子之事也"，史官的职守使他们以代天子记录所在诸侯国的史事自居，以大致统一的书法记录并相互赴告诸侯国的事件。统治者惧怕"名在诸侯之策"。因为"君举必书，书而不法，后嗣何观？"总之，史官的职守使之成为超越现实社会的文化集团，其所世守的天道筮数和史例书法便具备一种法的审判力量。这种力量，可能正是孔子和早期儒学在"王者之迹熄"的困厄时代，有所借鉴地修《春秋》并撰写传记的动力。司马迁作《史记》以"绍《春秋》"为己任，认为《春秋》"上明三王之道，下辨人事之纪，别嫌疑，明是非，定犹豫，善善恶恶，贤贤贱不肖，存亡国，继绝世，补敝起废，王道之大者也"。司马光作《资治通鉴》"专取关国家兴衰，系生民休戚，善可为法，恶可为戒者"。此外，除了道德批判精神之外，中国的史学还孕育着一种怀疑和反思的理性。《左传》僖公五年载《周书》曰："皇天无亲，惟德是辅。"《尚书·武成》中记载武王伐商，至于"血流漂杵"，孟子却怀疑道："尽信《书》，则不如无《书》。吾于《武成》，取二三策而已矣。仁人无敌于天下，以至仁伐至不仁，而何其血之流杵也？"司马迁作《史记》，贯穿着"欲以究天人之际，通古今之变，成一家之言"的求索精神。唐宋以后，求真求实的历史和文献考据学日益发达，至清代发展至巅峰。司马光修撰《资治通鉴》的过程中，已经建立了系统的史料整理方法；顾炎武治学，"有一疑义，反复参考，必归于至当；有一独见，援古证今，必畅其说而后止""每一事必详其始末，参其证佐，而后笔之于书"。

五、文学艺术与社会文明成果

中国古代文学艺术是中国社会文明成就的高度体现。任何社会文明所达到的成就都以其文学艺术宗教哲学等精神成果为标志。在悠久延续的中国古代社会文明发展历史中，文学艺术精彩纷呈，诗、骚、史传、诸子、赋、骈文、乐府、律诗、古文、词、曲、戏曲、小说、金石、法帖、壁画、造像、水墨画、园林，诸多艺术形态皆随世而变，一代有一代之胜，生动地反映了中国古代社会文明的兴替与演变。

如果将中国古代文明按照长时段划分，大概以中唐为一界限。中唐以前堪称古典时代，其特点在于形成了一整套的社会文明范式、传统和核心价值。美国汉学家狄百瑞概括为"深深植根于学校和家庭之中的古典儒学与汉代的国家体制这两者的综合"，他认为"这一文明对后世的共同文化遗惠是一套丰富的文献，包括儒家的教义及其伦理教诫、政治知识、历史、诗歌和礼仪条文；其他不同的重要学说则存在于道家、法家、墨家等等的文献中，还有中国历代王朝经验的主要记录"，其核心价值是"高尚的人（君子）的学问和道德责任，即儒家对个人或人的典范，以及家庭中和亲族制中的礼仪秩序"。

至于书法、美术、音乐等艺术形式的典范，也都确立于古典时期。篆、隶、章草、行书、草书、楷书诸体在这一时期都达到了最高的成就，而以王羲之为代表的具有个性与抒情特征的书法又在以后的时代得以发扬。美术也是如此，一方面，商周以来的玉器和青铜器达到的精美的工艺水平奠定了中国工艺美术十分注重各类器物造型与装饰的传统；另一方面，写实与想象题材的纯粹绘画也十分发达，并实现了华夏美术与西域传入的印度与中亚美术的融合，特别是人物画、山水画、文人画等重要的画种也在古典时期成立。书法和绘画还具有共同的表达方式，即运用毛笔，注重笔法的原则。音乐方面，庙堂礼仪与风俗生活共同形成了雅俗兼备的音乐体系，在这样的框架中又融合了华夏与异域的音乐，影响了今后的音乐创作。

第三节 中国古代社会形态与文学艺术形态

一、封建礼乐制度与文学艺术

文学艺术既是社会文明的重要组成，那么其形态一定受到社会文明之中不同的政治制度、仕进制度以及社会生活方式的影响。

中国古代政治制度先后可划分为封建制与郡县制两大类型。封建制及其早期的氏族邦国被认为是夏、商、周三代的国家形态，它们之间的关系并非如后世朝代之间的一线传承或先后取代的关系，而是三个具有不同文化传统与氏族联盟的同时并存的政治与文化集团（同时还有其他古代氏族构成的地域与政治集团存在），张光直形容夏、商、周是年代上平行的或至少是重叠的政治集团，它们在各自氏族政权的基础上先后崛起，成为天下所有氏族政权的宗主，所以周人虽取代商而有天下，却声称："周虽旧邦，其命惟新。"新的宗主出现之后，天下经过重新封建或联合，仍构成新的大国叠压在诸国之上的政治共同体，原先的宗主国也降级存在，如夏成为杞，商成为宋，传说武王翦商后还封舜的后裔胡公满于陈。一般认为，周公东征之后的封建，使封建制度臻于完善。所谓"封建亲戚，以藩屏周"，以宗法血缘关系（包括婚姻关系）作为中央天子控制诸多封建国的笼络手段，天子所在的王畿成为各封建国的宗主国。在周代王族中，各级宗法（大宗、小宗）中的嫡长子们依次成为天子（宗主国）、诸侯（封建国）、大夫，而次子及庶孽（公子集团）则降级封建，或成为参政的卿士。异姓诸侯与王族诸侯之间以通婚的形式建构血缘等级，而且其内部结构与同姓诸侯国基本一致。可以说，各级统治氏族及其宗法是封建制度的基础与依据，宗统与君统合而为一，家的模式扩大为国的模式，以宗法制度分出贵贱阶级，所谓"《春秋》之义，用贵治贱"。

封建时期最重要的文学作品《诗经》，是先于文字书写的口头创作，并且配之以乐曲，施之于不同等级的礼乐场合与风俗生活场合，因此不是通过独立书写创作的诗歌。它们被采集、记录、删定后才逐渐形成了相对固定的文本。其创作时期依次以颂、大雅、小雅、国风为代表，一般被认为比兴意味浓厚，文学价值较大的各国风诗"国风"，可能是追继雅颂之后，较晚创作或编纂的作品，故孔子"恶郑声之乱雅乐"。而以风雅颂分类编纂《诗经》的固定文本可能出现得也较晚，我们可以从《论语》《左传》《国语》等先秦史料中，发现《诗经》中的诗歌被称为《诗》三百、雅、颂、周南、召南、齐诗、卫诗等等，大、小雅亦称周诗，而"国风""邦风"的概念，最早见于传世文献《荀子·大略》和出土文献上博简《孔子诗论》，这些皆是战国中晚期以后的文献。

二、统一郡县制度与文学艺术

周室东迁以后，诸侯中的霸主迭起，天子地位旁落。在诸侯国内，强宗巨室专权，公室衰微。战国七雄，或崛起于旁支异姓，如秦、齐、楚、燕；或取代于强宗巨室，如赵、魏、韩、齐。原先的封建国家或为附庸，或被消灭。战国时代的战争规模扩大，政权更换迅速，宗族与宗法在如此剧烈的动荡中迅速消解。加之各国为了生存与争霸，纷纷变法，大量吸收平民与士人参政并以军功授爵，贵族所具有的宗法身份与其执政资格相分离。据许倬云的研究："战国的士即产生了不少大臣和将领。可是这些新型的大臣和将军并未像春秋的大夫一样构成传袭的阶级。整个战国时代几乎未见有春秋时代的那种巨室。新贵没有填补旧贵族的社会地位，而且连可以对应的家族也找不到。"因而"新的社会结构已经取代了旧有的秩序。这种社会结构的变化不能不引起（或缘于）其他方面的变化，例如政治制度、经济体系和观念形态等方面"。新的社会结构中，就国家体制而言，郡县作为国家政权任命长官加以直接控制的行政区域，而不是作为分封给各级贵族的采邑，从春秋至战国，在一些国家，特别是秦国这样的变法较为彻底的国家中得到实施与扩展。至秦汉两代，实现并巩固了统一的郡县制度，从此，中国由封建邦国演进为帝国，社会不再分为血缘贵族与庶民两大阶级，而是分为所谓的士、农、工、商"四民"，社会由政府和民众组成，这一政治制度虽经不断改进完善，但其基本结构直至清末都没有改变。

文字的书写在战国以后大大地突破了记录性文字的格局：儒家的诸多"传记"是书写的文字，不再是辞令的记录，这些文献都与《六经》的文本分离而独立成书，尽管其中不少文字仍因袭以"子曰"开场的口说形式，但更多的是直接阐论的文字。《荀子》《韩非子》《吕氏春秋》等诸子文献中已经形成了有主题的连篇论述，是个体思想者用文字编织的文本，而不再是对先师言论的记录。同样，其他诸子学派乃至兵书、数术、方技等知识类的著述皆具有用文字书写的方式阐述和传授各自学派思想和知识的目的。历史更是从掌控于史官手中的神秘记录，变成了《春秋左氏传》中出现的成熟的叙事和论说性的文字。从《左传》到《史记》，中国的历史文学突破了《春秋》那种只追求时间完整性的"年代记"形式，演进为"编年史"和严格意义上的"历史"，对历史事件的记述具备了完整的秩序和意义，从而对延续传统道德评判观念、建构新的社会文明发生了影响。

以楚辞和汉赋为代表的文学艺术脱胎于春秋时代就已崛起的楚文化，在战国秦汉时期达到了巅峰状态，其体裁是书写的文学而不是对口头咏唱的记录与整理；其创作要求作者具备精深的文字学、博物学知识以及修辞技巧，写成的文字也必须具备供人诵读的愉悦感，而不是附着于音乐的歌词。战国秦汉间流行的"代赵之讴""秦楚之风"，经文人采集加工后形成了汉代乐府歌诗，其中的比较流行的五言歌诗，奠定了东汉文人创作五言诗的基础。继《诗经》之后出现的第二部诗歌集《楚辞》则是个人诗作的选编，从屈原起，中国古代的辞赋和诗文创作绝大多数是个人的作品，作家与作家群体从此成为文学史的重要标志，无名氏或地域性的集体创作则多见于民间文学之中。《汉书·艺文志》分先秦至西汉的典籍为六艺、诸子、诗赋、兵书、数术、方技六大类，散文附着于六经、诸子，尚未独立为一类，而诗赋已蔚然大观，开后世集部先河。中国第一部诗文部集，由南朝梁代昭明太子萧统主持编纂的《文选》，明确地将文学区别于经史和诸子，所选各体诗文37种，计60卷，其中赋、诗、骚、七4种诗赋体裁作品占34卷之多，选录作家也起自屈原。由此亦可见，书写的普及与自由使得更多人的情志个性化地抒发出来，刺激了辞赋、诗歌等纯文学体裁的创作。

三、仕进制度与文学艺术

在复杂的社会文化层次中，一般存在着两种文化传统。美国人类学家罗伯特·雷德菲尔德提出有所谓大传统与小传统，大传统指的是社会上层与知识分子的文化，以都邑城市为中心；小传统则是由农民代表的文化，以郊野乡村为中心。前者处于统治与引导地位，后者处于被统治地位。此后，西方学界又有所谓精英文化与大众文化的区别。前者必须通过教育制度传授，相对封闭；后者则是在民间未受过正规教育的民众之中流传。学界也在中国古代社会文化中找到与上述西方文化学大致对应的现象，即雅、俗两种文化传统。不过，不同文化中，这两个文化层次或传统之间的存在与交流方式应该是各具特性的。余英时认为："一般地说，大传统和小传统之间一方面固然相互独立，另一方面也不断地相互交流。所以大传统中的伟大思想或优美诗歌往往起于民间；而大传统既形成之后也通过种种管道再回到民间，并且在意义上发生种种始料所不及的改变。"相对于欧洲大传统与一般人民比较隔阂，呈封闭状态的事实而言，"我们可以肯定地说：中国大、小传统之间的交流似乎更为畅通，秦汉时代尤其如此"。他进而分析这种现象的原因一方面在于中国文字的统一，使得雅言传统与方言传统之间能够相互沟通；另一方面在于中国文化中很早就认识到"缘人情而制礼""礼失求诸野"，自觉到大、小传统之间的共生共长的关系。更重要的是汉代不再是一个贵族阶级社会，而是士农工商组成的四民社会，大小传统更趋混杂，汉儒更是自觉地承担起观采风谣和以礼乐教化民众的历史重任。

中国古代的精英或者是士阶层自觉沟通大、小传统的活动之中，文学艺术活动是突出的一项。几乎所有杰出的中国古代文学艺术成就，都出自士阶层之手。在贵族、庶民等级分明的封建礼乐社会中，君子一方面用雅言创作、咏唱诗歌，也用雅言记录、整理各地的风诗，其目的在于观察民风，所谓"天子听政，使公卿至于列士献诗"。屈原的作品渲染着楚地文化风俗的色彩，其中的《九歌》传说是他根据湘沅一带的民间祭歌改写而成。诸子们的著作中充斥着当时的寓言、神话、传说，其中不乏民间文艺的背景。荀子还借鉴民间的说唱与俗赋，创作了《成相篇》和《赋篇》，以通俗的方式宣扬礼教思想。司马迁写《史记》，除了根据历史典籍和文献档案之外，还周游天下，考察民俗，采集传说故事，增加了历史的真实性和生动性。而五七言诗歌的形成，与汉魏民间乐府的流行有着深厚的渊源；词曲的成立，也直接脱胎于民间歌曲。白话小说与戏曲的艺术高峰，更是文人欣赏并介入说唱艺术的结果。

隋唐时期推行，至宋元以降完善起来的贡举及科举制度，使得士人能够自主参加考试，不必经由地方推选，摆脱了东汉以来的大士族和门阀集团对仕进制度的掌控，许多经学世家以外的寒族士子获得了升迁的机会。到了明清时代，平民阶层出身的进士，平均已达百分之四十二之多，"由此可见传统中国社会的身份阶级流动性是大的"，可谓一种"准开放的社会"。从唐代到清代，科举考试内容有经义、策论、律诗、律赋、试帖诗、八股文等，大多与诗文有关，这些拘泥格套、极少佳作，并非出于自由创作的诗赋文章尽管只是用作仕进的敲门砖，但这种制度却鼓励士人钻研文辞，使得文学成为中国古代教育的重要内容。正如美国汉学家列文森所言："古典文学，而非专业化的、有用的技能训练，成了表达思想的工具和获得社会权力的关键。"唐代科举开启了诗赋取士之风，开元、天宝两榜进士中不少为大唐的杰出诗人。如刘慎虚、王湾、崔景页、祖咏、储光羲、王昌龄、常建、王维、刘长卿、李华、萧颖士、李硕、岑参、包佶、李嘉祐、钱起、张继、元结、郎士元、皇甫冉、皇甫曾、刘湾等。唐代科举考试不糊名，士人在投考期间往往以诗文、传奇小说等作品行走于名流，高自称誉。程千帆先生指出："如果就进士科举以文词为主要考试内容因而派生的行卷这种特殊风尚来考察，就无可否认，无论是从整个唐代文学发展的契机来说，或是从诗歌、古文、传奇任何一种文学样式来说，都起过一定程度的促进作用。"科举刺激了文学风气的兴盛，使得作家人数激增，据《全唐文》统计，有3025位作者，据宋代计有功《唐诗纪事》统计有1050位诗人，据《全唐诗》统计有2200位诗人，大约平均每年产生7位诗人。这些作者丰富多彩的生活经历，大大拓展了文学文艺的题材、体裁与精神内涵。

四、社会生活方式与文学艺术

社会生活是文学艺术描写的重要内容，而作家作为社会的一员，处于不同的社会经济与文化集团之中，他们的生活方式也会影响他们的创作与审美趣味和艺术理想。

中国古代的都市大多不是自发的贸易集市，而是政治、军事与宗教文化中心，但由于多在交通要道与枢纽，因此往往也是贸易、工商集聚的中心。由于在中国古代四民社会中，手工业者和商人的身份和地位较低，在政治上也受到限制，在这种都市中，商人与市民文化尚不能构成都市文化的主体，汉魏乐府和南朝吴歌、西曲中有一些反映市民生活的内容，但尚未蔚为大观。主要从事文学艺术活动的人员是士大夫中处于皇帝、皇子、诸侯身边的言语侍从之臣以及宫廷艺人们，代表都市特别是京都生活方式的文学可谓宫廷文学。战国时期，"唯齐、楚两国，颇有文学"。这里所谓的文学，既指齐国的稷下诸子，也指楚国的宫廷词臣，如宋玉、景差、唐勒之徒，他们"皆好辞而以赋见称"。西汉初期，"诸侯王皆自治民而聘贤"，吴王刘澳、淮南王刘安、梁孝王刘武、河间献王刘德等皆招致文学宾客，淮南小山、邹阳、严忌、枚乘、司马相如等作家都曾游仕其地。汉武帝以后，地方诸侯势力大衰，宫廷文学盛于京城。武帝朝的东方朔、枚皋、严助、吾丘寿王、司马相如，宣帝朝的刘向、张子侨、华龙、王褒，成帝朝的扬雄，皆为著名的辞赋与歌诗作家，他们的创作生活集中于宫廷娱乐和制礼作乐，以繁缚铺陈的文辞，精细地描写都城和宫廷的壮观，天子游猎、食色的奢华。汉代的辞赋大多具有想象丰富、藻采夸饰、铺排骈偶、侈陈形势、抑客伸主、为文造情等特征，其目的在于满足读者耳目愉悦，诉诸感官的享乐情趣。武帝好神仙，司马相如奏《大人赋》，云列仙居山泽间，形容消瘦，非帝王仙意。武帝读后"飘飘有陵云气游天地之间意"。王褒为宣帝田猎作赋，受到大臣们的指责，宣帝为其辩护道："不有博弈乎，为之犹贤乎已！辞赋大者与古诗同义，小者辩丽可喜。譬如女工有绮縠，音乐有郑卫，今世俗犹皆以此虞说耳目，辞赋比之，尚有仁义风谕，鸟兽草木多闻之观，贤于倡优博弈远矣。"在南朝的太子东宫，甚至还创造了一种欣赏和描写宫廷生活和女色的诗歌，《隋书·经籍志》载："梁简文之在东宫，亦好篇什，清辞巧制，止乎衽席之间；雕琢蔓藻，思极闺闱之内。（陈）后主好事，递相放习，朝野纷纷，号为宫体。"总之，宫廷文学艺术是都城与宫廷生活中重视物质享乐，充斥占有欲望的反映。尽管取得了一些修辞与技巧上的成就，但由于审美上追逐感官的满足，夸耀辞藻，内容上劝百讽一，近似俳优，往往受到道德方面的指责，其实这也是包含着质朴的乡村文化与雕琢的都市文化之间的冲突。

唐代发达的国际交往与贸易，使得西部丝绸之路的敦煌、长安和沿海港口城市扬州、泉州等地都发展为繁荣的商业都市。晚唐藩镇纷纷割据立国，特别是南方诸国，依据长江流域与沿海地区发达的中外贸易和手工业，促进了商业都市的发展。唐代的城市中，已经出现了说唱艺术。20世纪初在敦煌发现的古代文书中，就有大量的讲唱佛经故事和历史故事的"变文""话本"。宋代出现了一些具有相当规模的商业都市，刺激了市井文学艺术的蓬勃发展。北宋杰出的绘画作品，翰林画史张择端的《清明上河图》，生动细致地展现了北宋都城汴梁繁华的社会生活细节，如果将这幅风俗长卷与汉代的文学巨制《两都赋》《二京赋》相比，其观察的视角已从巍巍宫室转向喧闹的市井。谢和耐总结道："由其店主和小手工业主形成的小市民以及大批苦力、雇工、仆役和职员构成了一种新的社会阶层，其情趣和需求与上层阶级有着深刻的差异。城市生活倾向于使消遣与娱乐活动失去其周期性的特征以及它们与集市和农民市场的关系，它同时也解脱了这些活动与节日庆祝和宗教活动的联系。它赋予了说唱艺人和江湖术士们的作品一种特殊和独立的特征，使之成为一种专业活动。"在这些都市的瓦舍勾栏、茶坊酒肆中，上演着曲子词、说话、杂剧、傀儡戏、诸宫调，市井文学和艺术在近古中国成为都市文学艺术的代表。元、明、清时期，都市经济与市民阶层皆保持了繁荣壮大的发展趋势，平话、长篇白话小说、杂剧、南戏均趋活跃，文学、戏剧、书画、工艺等文学艺术在都市中都形成了商业化创作的趋势，进一步促进了市井文学艺术的发展。而这些文学艺术在审美与表现上有着共同的特征，即以叙事为主，追逐外在物质与声色，佛道神妖、历史传奇、情缘婚变、武侠公案、警世故事等离奇的情节充斥在这些作品之中。它们与宫廷文学一样，都具有城市生活中重物质和消费的特点，但有着精英与大众、非商业化与商业化等方面的区别。

除了受到乡村与都市两大生活方式的影响之外，文学艺术还受到一些特殊社会集团与人群的生活方式影响。比如离尘出世的逸民、隐士或者遗民，代表性的作家往往产生于朝代衰微或易代之际。比如晋宋之际的陶渊明，隋唐之际的王绩，晚唐至宋初的陆龟蒙、皮日休、林逋，宋元之际的"永嘉四灵""江湖诗派"，清初顾炎武、黄宗羲、王夫之、吴嘉纪、屈大均、侯方域、魏禧等遗民文人等等。他们的审美趣味更多地指向山水、田园、琴、棋、茶、禅、花、鸟以及故国的风物人情等等，接受道家或佛教自然与空寂的思想，表现出超越高蹈的闲情逸致和回归自然生活的内心欢欣，当然也时时流露出人生无常、世事沧桑的感慨。隐逸生活产生的艺术情调不仅为隐逸士人所有，而且充斥了士大夫的内心世界，其本质是对自由和宁静的向往和对道德与名利束缚的挣脱。

第三章 中国古代文学的艺术审美观念

文学是社会的产物，也是作家在一定的思想指导下创作的产物。文学反映社会生活，也反映作家的创作思想。中国古代文学，可以说是在中国漫长的封建社会中产生的，而统治中国两千多年的封建社会的主要思想是儒家思想，因此，儒家思想对中国古代文学的影响是巨大而深刻的，其中儒家思想的中和观尤为突出。作为审美范畴的"中"，指内心情感的不偏不倚；"和"，是矛盾对立面和谐统一、相济相成、相反相成的外在表现的美的形态。所谓"中和之美"，就是不偏不倚的内在质，外现为一个既不过分、又非不足的矛盾对立、和谐统一的美。

第一节 中国古代基本审美形态

关于中国审美形态问题，是一个直到 2000 年后才出现的问题。因为在此之前国内流行的美学教科书一般都在照搬国外尤其是西方的审美形态范畴。如悲剧、喜剧、崇高、优美、滑稽等审美形态范畴，而无自己民族的审美形态范畴，因而所谓的中国审美形态尚未成为一个问题。但事实上，中国古代的文论、诗论和画论中就有大量的关于审美形态的论述。如钟嵘的《诗品》、刘勰的《文心雕龙》、司空图的《二十四诗品》等。现代自从王国维开始，中国审美形态研究得到了进一步深入，而且表现出与西方迥然不同的特征。王国维《红楼梦评论》《人间词话》等著作中所出现的诸多审美形态范畴，如"有我之境""无我之境""大境""小境""造境""写境""隔与不隔""生气""高致""内美""咕雅""眩惑"等，在理念上、方法上、形式上均有某种内在联系，具有"群"的系统性，涉及创造与欣赏论、审美价值论、审美胸怀论和审美风格论等多方面的内容，不再是翻译、借用的所谓"日源新语"中的"美学词汇"。但我国的美学教科书却在很长一段时间内无视中国自古以来，尤其是王国维创建的这些审美形态范畴的存在，表现出在审美形态范畴研究上的盲区，或者说美学史常识不足。

什么是中国的审美形态？这在中国美学研究的相当长的时间里并非只是一个无人问及的问题，而是没有人发现这个问题。就国内对审美形态研究一方面最有分量的周来祥先生的美学而言，也只是围绕"和谐"与"崇高"这两个西方的审美形态之间的"辩证运动"展开长期的研究，著述颇丰，似乎整个人类的美学史就只有这两个西方审美形态范畴的辩证运动史。受我国审美形态研究水平的限制。这与美学研究者们的心目中只有西方的审美形态概念而无中国审美形态的概念不无关系。人们在曾经一段时间看来,审美形态无非西方美学著作中的那几种范畴而已,至于中国审美形态与西方审美形态有何不同等,更需要做进一步深入和广泛的探讨。在探讨中国审美形态之前,首先应该明确什么是一般理论意义上的审美形态。关于审美形态的界定,在发行过的百十种美学教材和国内外出版的近十种美学辞典中,说法颇多,甚至连术语本身也不一致,如美的形态说。在美的形态说下,又有美的类型说、美的范畴说等数种说法。类型说又分为美的类型说和审美类型说。把社会美、自然美、艺术美、形式美作为美的形态,或将自然美、社会美、艺术美或现实美这些最初级的审美类型也作为基本的审美形态来界定。

范畴说又分为美的范畴说和美学范畴说,将审美范畴与审美形态相混同,并用前者取代后者,显然缺乏对审美形态的独立性的认识。近年来出现的最有影响的是叶朗的大风格说,将审美形态等同于文化大风格。还有朱立元的人生境界说,认为审美形态具有人生底蕴,是人生境界的表现。一种直观且比较容易被人们接受的说法是体裁说。认为就如悲剧是一种剧种,喜剧也是一种剧种一样,荒诞也是一种剧种,黑色幽默是一种小说。因此,审美形态就是文艺体裁或文艺类型。此说在涉及部分西方审美形态时有一定的根据,但当涉及中国的审美形态时则无任何根据。这是因为,一方面,中国的审美形态基本上与文艺的体裁或类型无关。另一方面,中国的审美形态不专属于某一种艺术形式。如意境是诗歌的一种审美形态,但绘画、园林中也有意境这种审美形态,不像悲剧、喜剧、黑色幽默、荒诞剧那样专属于这种同名的体裁或种类。还有其他一些创新性的说法:一是李泽厚在其《美学四讲》中把美感的形态分为悦耳悦目型、悦心悦意型和悦志悦神型三种,是一种侧重于审美感受而不顾及审美对象形态的一种新说,影响较大;一是笔者本人讲到的"内审美"。内审美是一种脱离了对象和外在感官的审美形态,非常具有中国古代修养美学的特征。

以上关于审美形态的概念界定及其逻辑分类对于深化审美形态的研究和美学理论的建设都具有一定的意义,能够逐步提高学者的理论意识和理论思辨能力。但以上关于审美形态的歧义颇多的分类标准却显示了人们对于审美形态的本质认识上的不够深入,也不够全面。如将审美形态等同于审美范畴,把社会美、自然美、艺术美这样的美学分类当成审美形态等,就缺乏对于审美形态的科学的认识。为此,关于一般的审美形态,曾有过一个定义。

这就是,审美形态是特定的人生样态、人生境界、审美情趣、审美风格的感性凝聚及其逻辑分类。随着中国文化本身越来越受到人们的关注,也随着审美形态研究的深入,什么是中国审美形态、中国审美形态如何分类的问题就摆在了中国美学面前。

但中国审美形态有其自身的特殊性,因而不可以套用西方审美形态的标准和方法,而是需要遵循独特的路径,尤其需要提高理论认识水平。造成中国审美形态研究滞后的主要原因就在于理论认识的不足。如把审美形态等同于审美学范畴,就很容易造成审美范畴取代审美形态的过失。事实上,作为概念体系枢纽的范畴,可以涵盖审美形态及审美形态之外的所有大的概念内容,而审美形态只是审美范畴中的一种，因此，一旦用审美范畴概念代替审美形态概念，就很容易忽视审美形态的具体内涵和形态特征。同时，不得不承认，探讨中国古代审美形态会面临一些复杂的问题。一方面来自当今学者对中国古代审美形态的认识局限。另一方面也来自中国古代审美形态叙事自身所存在的问题，概念范畴、表述方式等都与今天的学术研究规范有很大的距离。

中国古代没有自觉的审美形态意识，有的只是对构成审美形态要素的风格的诸多论述，而且往往以风格来代替审美形态，又以性情决定风格，学理性不强。南北朝时期随着人的自觉和文的自觉，刘勰《文心雕龙·体性》就将诗文风格分为八体："一曰典雅，二曰远奥，三曰精约，四曰显附，五曰繁缛，六曰壮丽，七曰新奇，八曰轻靡。"而且这八体又是两两相对，成为四组。如典雅与新奇，远奥与显附，精约与繁缛，壮丽与轻靡。更为重要的在于，刘勰对于诗文风格的四组八体的划分自有其根据。如说，"雅与奇反"，是由于"体式雅郑，鲜有反其习"；"奥与显附"，是由于"事义浅深，未闻乖其学"；"精约与繁缛"，是由于"辞理庸俊，莫能翻其才"；"壮丽与轻靡"，是由于"风趣刚柔，宁或改其气"。而所有这些根据又都总归于"吐纳英华，莫非性情"，将风格归结为人的性情。这些划分虽然涉及了审美形态的风格特征，但其以风格代替形态，且同义反复、重复论证，也表现出学理性欠缺，影响到对审美形态的理论研究。

中国古代没有自觉的审美形态意识，可能与中国的审美形态并非来自文艺种类或体裁有关。古希腊的悲剧、喜剧这些审美形态本身就都是剧种。而中国古代对于作为审美形态之关键要素的风格的重视及其分类，恰好说明了中国古代对于文艺内容的特点的重视胜过对于文艺形式的重视。悲剧和喜剧首先是形式，其风格也是在这种形式中存在的。而在中国古代的审美形态中，首先是风格，其次才是形式。而且这种风格并未固定在文艺的形式中，到了晚唐司空图那里，其《二十四诗品》所言二十四种风格，都有超越形式、超越文艺而涵盖一切审美形态的功能。如雄浑、平淡、高远、典雅等，虽在谈诗而不止于诗。另外，中国古代对审美形态某要素的划分表现为有根据的划分和主观任意的划分两种。前举刘勰的划分是根据人的性情的划分，而司空图的二十四种诗歌品味或风格却没有什么依据。而且司空图所说风格，有的并非风格。如"实境""精神"等就被清代诗论家许印芳称之为"乃诗家用功"（《二十四诗品跋》）而非风格形态。这两种情况中的或以风格代替审美形态，或不提供划分标准，或界定不严等，都可归结为中国古代审美形态意识缺乏、理论性不强所致。因此，我们对于中国审美形态的理论建构必须首先确定审美形态的内涵和外延，确定其划分标准，使之学理化。只有这样，才能使中国的审美形态研究达到理论的高度，从而形成学科意义上的审美形态。

第二节　中国古代文学的审美标准

在确立中国审美形态的标准之前，首先，需要对中国审美形态做一个理论上的界定。这就是，中国审美形态就是在中国文化传统中形成的不同于西方的审美形态，是一种特殊的审美形态系统。其次，要提出关于中国审美形态划分标准的根据，要考量中国古代审美形态的性质和特点进行划分。关于一般审美形态的分类，美学家们有许多不同的看法：如英国的美学家哈奇生把美分为"绝对的"和"相对的"两种；法国美学家狄德罗把美分为"实在89的美"和"相对的美"；德国美学家康德认为美只有"自由美"和"附庸美"之分，而无其他；英国美学家鲍桑葵把美分为"浅易的美"和"艰奥的"两类；杜夫海纳等现代美学家也都有自己的分类。这些看法，有的有标准可依，有的并无明确的标准可依。尽管各有各的道理，但还是缺少一种对于审美形态划分的理论依据。我们认为，确定最基本的审美形态，需要功能性标准和层次性标准。功能性标准是关于审美形态的普适性、概括性、影响力和流传性的总结，立足于探究审美形态的实际作用及其价值。而层次性标准则是在众多的审美形态中如何按层次排序、确立谱系的问题。

一、功能性标准

首先是广泛性与普适性的统一。即不仅在某一种类或某一体裁中使用，而且还在其他一般艺术形式中使用；不唯在艺术中存在，还在生活审美中使用。如"典型""意象"，只在文学中使用，不在其他艺术中使用，也不在生活审美中使用，故只作文学的审美形态对待，不做具有普泛意义的审美形态对待。同样，虽然有些范畴如"自然""淡泊"等不仅在中国诗歌意境中使用，而且在其他艺术，如绘画、音乐、戏剧、小说等中广泛使用，且在生活中、医疗中普遍使用，因而，作为审美形态，似乎更具有广泛性，但广泛性并不等于笼统。"自然"与"内容""形式""现实美""艺术美"等范畴一样，其涵盖范围过广，以至无所不包，但又难以确指任何一个具体的审美形态，因而缺乏普适性，也难成为基本的审美形态。

二、等级性标准

中国古代审美形态脱离体裁和种类以及集中于风格并以风格代替审美形态表达的特点，决定了其概念范畴的庞大体积，而且在这个庞大的概念范畴内部，各类概念往往相互交叉、相互包容、关联重合、等级界限不清。就以目前教科书中写到的中国审美形态为例，中和、神妙、气韵、意境、阴柔与阳刚、沉郁、飘逸、空灵，实质上都是至少两个概念的近义或反义组合，不像西方的悲剧、喜剧、荒诞、崇高那么单纯、清晰，而是意义纠葛、模糊。主要表现在以下几个方面：

首先，在同等级别的审美形态之间实际上存在着形上与形下的层次之别，影响人们对中国审美形态的确认。如中和、神妙、阴柔与阳刚、气韵、意境就是一个从"道"的属性中演化而来的，属于与"元""原"有关的次级概念。而沉郁、飘逸、空灵等则属于与道、元、原没有直接联系而是只有延伸性联系的范畴，因而表现出概念的兼容性和分类的随俗性特点。但如果将这种兼容性和随俗性不加限制地扩大，则会造成级差混乱。事实上，目前国内出版的有关审美形态的专著中，有的就把"大""意境""错彩镂金与出水芙蓉"等作为同级审美形态加以论述，无疑会影响到人们对中国审美形态的确切把握。

其次，广泛衍生，在形成族群性和家族相似性的同时，造成了中国古代审美形态的诸多亚种。如从"神"中衍生出神采、神情、神貌、神韵等，从"韵"中派生出气韵、风韵、神韵等。从而形成了近义词之间的亲属关联，极具家族相似性。其中就有叔侄关系的，如风神、风韵等，有甥舅关系的，如气韵、风韵等。但在这个亚种里往往会主从不分、高下不明，影响到对中国审美形态范畴的取舍。最后只能以"神"和"妙"这两个一级元概念的组合为此类中的最高审美形态。

第三节 古代作家的审美创造与人文景观

一、作家的精神修养

文学作品是作家精神劳动的产物，作家的精神修养关系着作品质量的优劣。精神修养是一个复杂得多元素结构，包括人格品质、道德思想、志向情操等。古人论作家的精神修养，主要有"德""志""胸襟"等范畴。

"德"。德是古代作家精神修养论的核心范畴，历代文论家都十分重视，因为中国古代是宗法制社会，伦理道德高于一切，是衡量人一切言行的标准。德为立身之根基，有德方可立身行事于世。作家只有先做有德之人，才能写出好文，"据于德，依于仁，游于艺"等信条为古人所坚信不疑。"德"作为文论范畴，内涵有二：一指儒家的伦理道德思想；二指作家的创作态度。

"志"。志也是作家精神修养的重要因素。志即志向、立志，是作家的一种理性精神，表现为对某种目标或人生理想的追求，如《论语·先进》载孔子让学生"各言其志"的志，就是各自的人生追求和理想。志与德不同，德一般有大致统一的标准，如忠孝仁义等，而志没有统一的标准，不同的人有不同的志向。

"胸襟"。胸襟是一个具有丰富内涵的作家精神修养论概念，它是作家抱负、情操、志趣因素的综合体。

二、作家的艺术修养

艺术修养是作家在长期艺术实践中积累起来的精神结晶，存在于作家的精神意识中，创作时它作为一种潜意识而自觉或不自觉地发挥作用。艺术修养也是作家必备的基本素质，包括艺术才能、学养功夫、艺术鉴识力等，可概括为才、学、识等范畴。

三、作家的生理条件

作家的生理条件是古代作家论的一个重要内容，因为作家的生理条件对于创作不但十分重要，而且二者的关系非常复杂，古人的观点主要有三：第一，作家的生理条件是创作的基础，它影响、制约着创作的进行。如曹丕《与吴质书》云："仲宣独自善于辞赋，惜其体弱，不足起其文。"第一，这是说王粲体弱的生命状态对于起文创作十分不利。第二，作家创作时要穷心尽力地想象，这必然要耗费大量的精力和体能，身体疲弱无法进行创作。

第四节　中国古代文学的审美形态发展

中国古代文学审美观念发生与演变划分为潜伏发育、转型爆发、拓展：升华三大时期。第一期分为潜伏与发育两个阶段：《离骚》出现之前，后来成为文学观念的语词皆潜伏于非文学典籍；以屈原作品为标志，"情""象""神"等进入文学领域，逐渐发育为真正具有审美意义的文学观念。第二期自建安至南朝，因"美文"意识确立，文学观念经由儒家功利观的淡化、玄学思潮的推动、"清淡""品藻"之风的盛行、对《六经》与先秦诸子的再发掘、直接从文学创作与接受经验中提升五种途径，实现了自觉转型，形成一种"大爆发"景观，中国文学中绝大部分审美观念基本定位。第三期自唐至清，文学观念以文体为依归形成多种系列，因道、佛、禅美学思想的融入，不断地净化、强化与升华，以"象"——"意象"——"象外"、"境"——"意境"——"化境"为典型，已升华到艺术哲学的高度，包含了人类一切精神创造之妙诣。

一、潜伏、发育期

"美文"一词在南朝出现之前，中国尚未出现与现代意义的"文学"内涵相通的观念；《毛诗序》出现之前，尚无成篇的文学理论文章；屈原创作《离骚》之前，尚无自觉地抒情、叙事的纯文学创作。因此，战国晚期即屈原之前，文学观念还处在潜伏期。判断"潜伏"有两个标志：一是后来成为文学观念的词语出现在非文学典籍里，涉及的是政治、人事与伦理、道德、历史、哲学；二是对本为"美文"的《诗》只作历史文献的评价及实用、功利的接受，非自觉的审美接受。

二、转型、爆发期

"美文"一词出现于南朝刘宋，《隋书·经籍志》存目有"宋太子洗马刘和注《古今五言诗美文》五卷"。钟嵘《诗品》中又有"泰明、太始中，鲍、休美文，殊已动俗"之说，"诗"之外出现"美文"一词，实可包容各种有审美意味的文体，比"有韵者文也"更近当今"文学"之义，可确证自建安伊始进入了鲁迅所说的"文学的自觉时代"。建安与六朝，历时400多年，是中国文学审美观念的爆发期，其势如当今考古界津津乐道的"澄江史前动物群"大爆发。这次爆发，有社会政治、时代思潮、文学自身发展等多方面的原因。

三、拓展、升华期

中国文学的发展进入到唐代，创作主体意识与审美创造意识已有高度的自觉，儒家之外，道、佛尤其禅宗思想在文学家精神领域潜移默化，影响日深，使不少重要的文学观念有内涵的更新与外延的拓展，乃至从"形而下"向"形而上"升华。本人曾在《中国诗学体系论·绪论》中开列了"诗歌观念系统化市诗学体系建构完成"的五个观念系列：（1）表意系列："言志""抒情"、

"兴寄""兴趣""炼意""2意"（多重意蕴）等等。（2）表象系列："形似""意象""兴象""境象""形神兼备""离形得似"等等。（3）美感显现系列："物境""情境""意境""境生象外""风骨""气象""气势""诗而入神"等等。（4）灵感思维系列："神思""苦思""精思""直寻""直至所得""兴会""神会""妙悟"等等。（5）赏鉴品评系列："滋味""趣味""韵味""韵外之致""味外之旨"等等。仅就诗学而言，自唐以后，具有个人风格的散文（"古文"）兴起，词与散曲相继出现，戏曲与小说文体的确立，新的文学观念大量增生，难以胜计。自唐历宋金元明清，文学观念与理论大体遵循两条思想与艺术实践路线向前发展。

第五节 中国古代文学的审美价值

随着经济全球化的不断发展，中国社会已进入经济转型的关键时期，各种社会矛盾日益凸显。因此，当前中国社会迫切需要建设人文精神，救赎人类的精神世界。中国古代文学蕴含丰富的人文精神、人生智慧，文学是10以人为基点，探索和追寻人生的意义、人生的价值，以及人与自然、人与人、人与社会之间错综复杂的关系，其中也包含着对人生的终极关怀，可以说是中国人文精神最直接的表现载体。

一、关注社会民生的现实维度

古希腊智者认为，人是万物的尺度。在中国文化中，人是宇宙的中心、万物的圆点，这样的观点是所有文艺创作的出发点和落脚点，其中所蕴藏的人文精神，决定了中国古代文学的主题，始终围绕着人生价值的实现，社会活动的思考与批判，尤其是对民生问题的拷问与关怀，成了中国古代文学创作的现实基础。早在先秦时期，中国文化就已经产生了敬德保民、民为邦本的思想。儒家学说的"仁政"强调"民为贵，社稷次之，君为轻"的民生主题，反对暴君暴政，主张"发政施仁"，确保百姓生存得到基本的保障。墨家立足于小生产者的立场，也提出了"非乐"的主张，呼吁统治者关注民疾，形成了中国关注社会民生的文学传统。宋代形成了"民胞物与"的仁爱精神，以万民为同胞，以万物为同类的人道主义思想成了中国古代文学绕不开的主题。

二、天人合一的思想维度

与西方二元对立的思想维度不同，中国人从一开始就认为天、地、人是和谐统一的。早在《周易·系辞》中就有"与天地合其德，与日月合其明，与四时合其序，与鬼神合其吉凶"的天地和谐的人文思想，并被先秦诸子从不同的角度进行了继承和发展，最终成为中国传统文化的精髓。儒家在"仁爱"基础上提炼出"超越自然"的人文思想。孟子道："尽其心者知其性，知其性者则知天矣，"即是说用人心体察天心，以人道体现天道，达到以人合天，天道与人德合二为一的思想境界，反映在文艺创作上就是重视道德教育，"经夫妇、成孝敬、厚人伦、美教化、移风俗"，以伦理纲常、道德规范束缚每一个人，注重个人人品和人格的修养与提升。

三、内在精神的审美维度

20 世纪初，西方法兰克福学派面对资本经济发展导致人类全面异化的社会现实，在各种方式探索无门之后，转向文艺领域构建审美救赎人类精神的理论架构，韦伯抵制工具理性、本雅明赞赏大众文化、阿多诺倡导精英文化、马尔库塞主张新感性的审美救赎，虽然最后都以失败告终，但是留给了我们丰富的经验。西方学者建构审美救赎思想框架，一方面缺乏区分内在与外在的审美形态；另一方面缺乏现实的基础，致使宏大的文艺救赎理论在现实中找不到出路。中国古代文学中对美、审美的探讨不同于西方外在感官型的审美，中国较为注重内在精神的审美。古代诗歌、小说、散文，都表现了跌宕起伏的情感和内在深沉的精神。

第六节 中国古代文学的审美特征

中国古代文学是一种审美性的文学，无论是从铿锵顿挫的节奏形式上，从一唱而三叹的情感上，还是从鲜明的民族审美趣味上，我们都可以看出中国古代文学的审美特征。

一、抑扬顿挫，节奏铿锵的诗词形式与独特的韵律

中国是个公认的诗的国度。从《诗经》开始，中国诗人代代辈出，诗歌创作成就实为壮观，当然也包括晚唐兴起的词。中国的古典文学，本来就有特定的格式以及固定的平仄，因此，中国古典文学尤其是诗词自然表现出一种整齐而严谨，铿锵且具有音韵之美。其实只要从唐诗及宋词中拿出那么一两首来，你就都能发现其中所蕴含的美乐。譬如以"平平仄仄平""仄仄平平仄""平平平仄仄""仄仄仄平平"这四种押韵的方式为基础的近体诗，是中国文学样式中特别的形式。而这种文学样式，从形式上来讲，它有明显的抑扬的腔调和铿锵的音韵，是中国诗歌史上独有的。

二、审美上，追求"神韵—意境"等独特的审美风尚

艺术风格在中国文学的样式是极其多样的，而且不同的朝代有着不同的审美追求。中国古代文学中体现出来的审美可以说是一种中和美，是一种含蓄美。这种美包含着三个方面，即"韵""味""气"。如《诗经·关雎》中所表现的那种中和和谐之美一样，"韵""味""气"就一起构成了独具中国特色的审美特征。"韵"，原指音乐诗歌的音调，后来干脆用到诗歌中，使诗歌音调和谐，富有节奏，并能给人以美的享受。《说文解字》中的"韵"更多指音乐。到了魏晋时期，"韵"逐渐成为品评人物的一个标准，谢赫在《古画品录》中提出的绘画六法，第一点就是"气韵生动"，主要是把人物的精神状态和性格特征能够在画中表现出来。那么"韵"就又被拿来品评画作。到了晚唐时期，文学家们就又开始用"韵"来评价文学。清代王士祯提倡"神韵"，再加上一些人的会意，自然把"韵"在诗歌创作中的作用扩大到了前所未有的高度，以至于影响了诗坛近百年之久。我们说"韵"在文学中的作用是得到了大家的认可的，包括现代的人们。

第四章 文学的本质和特性

我们把文学理论研究的对象界定为一定社会历史视野中的人的文学活动，而文学活动是以文学作品为中介而形成的。因为作品既是作家创作活动的成果，又是读者阅读活动的依据，所以在文学理论研究中，人们常常立足于作品，从作品入手来探讨文学活动，说明文学的性质。这样"文学"与"文学作品"这两个概念也就常常被不加区分地加以混用；在一般情况下，人们所说的"文学"，主要也是指文学作品而言。

那么，什么是文学？对此，两千多年来许多哲学家和文学理论家都曾按照自己的理解做过种种不同的回答：有的认为是生活的模仿，有的认为是理念的外化，有的认为是存在状态的显现，有的认为是被压抑之欲望的升华……这些回答虽然都有一定的道理，但是很难穷尽文学的本质。其主要原因在于都没有把文学当作一种精神现象，放到与现实生活的辩证关系中去进行考察。所以，我们要寻求这个问题的科学的答案，还得从对文学与现实的关系研究入手，正是在这个意义上，我们认为文学是一种审美意识的物化形态。

第一节 文学是一种审美意识形态

我们把文学界定为审美意识的物化形态，就是表明对其根本性质而言，它是一种社会的意识形态。那么，什么是意识形态呢？这还得从"意识"这个概念说起，意识一般来说就是人的各种思想观念的总称，是人的头脑对客观现实反映的产物，所以说文学是一种审美意识形态，应该包括以下几个方面的内容。

一、文学是社会现实的反映

文学作为一种精神现象，不是主观自生的，说到底是社会生活在作家头脑中反映的产物。如果作家在生活中没有自己的感觉和体验需要表达，他就不会产生创作的冲动和行为；哪怕是一些纯属虚构的作品，如吴承恩的《西游记》、李汝珍的《镜花缘》、斯威夫特的《格列佛游记》等，都是由于现实生活的启示、以现实生活为依据而创作出来的，说到底也是社会生活的反映。

但这并不等于说文学的描写对象只是以人们感官所及的外部世界为限；除了外部世界之外，还应该包括人的内部世界，人们内心的意志、愿望、想象和幻想。这是因为思想情感尽管是属于作家内心的活动，但当它作为作家反映的对象时，就已经"二重化"了。就像黑格尔所说的"心灵就在它的主位变成自己的对象"，它和物质的、外部世界的东西一样成为实际存在的东西。歌德早就提出创作对象包括两个世界，即"外在世界"和"我的内在世界"，并要求作家除了观察、研究周围广阔的现实世界之外，还必须努力去"认识自己""留心自己，注意自己"。这种内心世界在文学作品中通常以两种方式来表现：一是以直接抒发的方式，如陈子昂的《登幽州台歌》、李清照的《夏日绝句》（"生当作人杰"）、裴多菲的《自由与爱情》等抒情诗或抒情散文；二是以托物言志的间接的方式予以表现，如屈原的《橘颂》、陆游的《卜算子·咏梅》（"驿外断桥边"）、周敦颐的《爱莲说》等等。所以，若是忽视和否定"自我"、自己的内心世界这一对象，不仅会使文学丧失许多丰富生动的内容，而且对于有些文学现象（特别是大量的抒情类文学）也无法做出科学的解释。

我们从根本上把文学看作对现实生活反映的产物，虽然不能说明文学的全部问题，却是正确研究和回答文学问题所不可缺少的理论依据和思想前提。但是，文学理论史上一切唯心主义理论家往往不承认这一点，他们颠倒了文学与现实的关系，把文学归于"理念"或"心灵"的外化。

二、反映是主客体交互作用的过程

我们从反映的受动性角度来说明文学与现实生活的关系，只不过是从根本上划清唯物主义和唯心主义的界限，远不足以说明反映活动的根本性质。因为在辩证唯物主义看来，"反映"并不像唯物主义所直观理解的只不过是客体单方面作用于主体的结果，只是主体对外界刺激的一种消极的、被动地接受；而是在主客体交互作用过程中做出的：从客体方面来说，大千世界，万象森罗，并不是什么都能成为作家所反映的对象，只有当作家在生活实践中深切感受到的东西，才有可能反映到作品中来。所以作家不在对象之外，而就在对象之中。从主体方面来说，人的头脑并不像洛克所说的是一张上面没有任何痕迹的"白纸"（一译"白板"），它潜存着许多以往经验（个人的、社会的乃至人类的）积淀下来的认知结构和思维定式，这就使得任何反映活动都是经由主体的认知结构的过滤和整合而做出的。

三、反映成果的事实形态和价值形态

以上还只是以反映的角度，从文学的现实根源一维来对文学所做的考察，还不足以全面说明文学的意识形态属性。因为虽然同属于对现实的反映，但由于人们主观的动机和目的的不同而有两种形式：一是按事物本身的客观属性来反映现实，它所追求的是"是什么"，即事物的事实属性，一般来说凡是自然科学都属这种反映形式；一是按照人们的意志、愿望和需要来反映生活，它与前者不同，是一种评价性的反映方式，它所追求的是"应如此"，亦即事物的价值属性，人文社会科学以及文学艺术则属于这种反映形式，这也就是我们一般所说的社会意识形态。它与自然科学等非意识形态的社会意识的不同就在于：不仅有知识的成分，而且有价值的成分，是一定民族、社会和时代的精神的集中体现。这就使得意识形态对于一个社会总具有价值定向作用，具有凝聚社会成员的思想、动员社会成员的力量，把他们的行动引导到同一个方向，为着同一个目标和信念去进行奋斗的功能。这是一个社会得以维持和发展的必不可少的精神力量；如果一个社会的成员对于社会的信念体系失去了认同感和依存感，那么这个社会也就失去了凝聚力，也就必然趋向瓦解。这就决定了文学的性质不仅是反映性的，而且还必然是实践性的。如果说，反映主要是一种理智的、认识的活动，是外部事物向主观意识转化的活动；那么，实践则主要是一种意志活动，是主观意识向客观现实的转化活动。所以黑格尔认为，"理智的工作仅在于认识这世界是如此，意志的努力即在于使这世界成为应如此"。而文学之所以被视为一种意识形态，就是它是作家在一定的审美理想的支配下，通过对自己笔下人物、事件的思想评判，来向读者显示什么是应该批判的，什么是应该追求的，把读者的思想情感引导到按照美的理想所追求的目标上去，它给予读者的不只是理性的说服，而同时是情绪上的感动，因而更具有一种内在的驱动力。这就决定了文学比之于其他意识形态来更能成为激发人们从事活动的心理能量和精神动力，激发和推动人们对社会人生的介入。尽管有些作家"强烈申辩自己正好相反，根本无意捍卫任何意识形态，但实际上都在这么做"，如同萨特在谈到作家写作时说："文学把你投入战斗；写作，这是某种要求自由的方式；一旦你开始写作，不管你愿意不愿意，你已经介入了。"所以，从实践的角度来理解意识形态，不仅有助于我们对马克思主义哲学，亦即马克思主义创始人自命的"实践的唯物主义"精神实质的准确把握，而且对于我们全面深入地理解文学的性质更具有至关重要的意义。

但是，以往我们的文学理论不但对文学的反映性质没有做出准确而全面的说明，而且对于文学的实践性的探讨更是一片空白。这与在西方自德谟克里特和亚里士多德以来都把文学看作一种知识的载体、一种真理的形式，一开始就是仅仅从认识论和知识论的角度去理解文学的性质是分不开的。因为知识所追求的只是事物的一般规律，要判明的只是真假的问题；这样也就排除了反映过程中主体的评价、选择的因素，亦即价值的因素，把文学与科学混为一谈，完全以反映性、认识性亦即以科学的观点来看待文学。西方传统的文学理论基本上属于这一知识体系，特别是到了近代，由于受到自然科学思想的影响，这种倾向就表现得更为突出。别林斯基认为"艺术与科学……之间的差别根本不在内容"而只不过是表现形式而已。车尔尼雪夫斯基则索性把文学比作一种科学的"通俗"读物，认为"科学的本来面目是严峻的、不吸引人的；科学并不把群众吸引入迷。……因此，为了深入到群众中去，科学就应当去掉科学的形式。……这是要通过科学的'通俗化'的叙述而达到的"，文学所承担的就是这一样一种任务，认为"诗在读者中传播了大量的知识……使他们认识科学所取得的概念，这就是诗对生活的伟大作用"传。这些思想虽然不一定就代表他们的整个文学观念，但这样的表述却容易使人产生误解，以致长期以来我们都对文学的性质做纯认识论、唯智主义的理解，把文学完全等同于科学，而无视文学的审美特性和审美价值对于形成读者正确的人生信念、从内部强化实践活动的心理能量和精神动力，以及激励和推动读者积极介入社会人生方面的重要作用。

四、文学作为审美意识形态的特殊本质

以上所述还只是就文学与其他意识形态的共同性质而言，即它只是为我们提供思考问题的理论前提，还不足以具体说明什么是文学。因为任何事物的本质都是多层次的，通常可分为一般（普遍）、特殊、个别三个层次。这就要求我们认识任何事物时，除了"必须注意它和其他各种运动形式的共同点"之外，"尤其重要的，成为我们认识事物基础的东西，则是必须注意它的特殊点，这就是说，注意它和其他运动形式的质的区别。只有注意了这一点，才有可能区别事物"。所以，当我们阐明了文学的意识形态属性之后，还有必要进一步来研究文学反映生活自身的特点，即文学作为审美意识形态的特殊本质。

长期以来，人们对于这个问题是认识不足的。许多理论家都只把文学当作是对客观现实的一种认识，认为它与科学的区别只不过是认识方式不同罢了。从亚里士多德到别林斯基，几乎都是如此。

其实，"反映"与"认识"这两个概念是不能完全混同的，反映的内涵要比认识的内涵大得多。自从柏拉图把人的心灵分为理智、激情和欲望三部分，并相应地认为人有求知、御侮和克制欲望三种能力之后，知、意、情三分说就为后世的哲学家和心理学家所广泛接受，并认为虽然人的"任何心理过程都有认识的方面，但认识方面不能把心理过程包括无遗"，所以反映除了认识过程（包括感觉、知觉、记忆、思维、想象）之外，还有意志过程和情感过程。这些过程往往是互相渗透、不可分割地联系在一起的，我们只能就其主导倾向而把它们加以区别。至于人们在反映客观现实过程中采取什么方式，那就决定于在具体反映活动中所形成的主客体关系的性质，因为正是这种关系的规定性，形成一种特殊的、现实的肯定方式。

那么，文学在反映现实过程中所形成的主客体关系的特性是什么呢？它与其他反映形式的最根本的区别就在于它是审美的。"审美"一词的希腊文原意是感性的知觉。虽然在日后的流传过程中它的内涵不断地得到丰富，特别是康德，对它的阐释做出了很大的贡献。他把审美与认识区分开来，明确地把它归属于情感的领域；但是在强调以感性直观为基础这一点上并没有发生根本的变化。审美的这一特性使得它与一般的认识之间既有区别又有联系，其区别主要是它不以概念为中介，而是依凭个人的感觉和体验直接从感性对象中领略到的。所以它的对象总是鲜活生动的，带着感性世界全部的丰富性、独特性、多样性、生动性呈现在人们面前；这就使得作为审美主体的人不是以抽象的社会主体、类主体，而只能作为个人主体，按照自己的趣味判断才能与之建立联系。客观事物不论其本身的意义多么重大，若是不能契合主体的审美趣味，人们照样是无动于衷、漠然置之；若是契合主体的趣味，即使微不足道的东西，也会激起人们巨大的情感波澜，对之全神贯注、心醉神迷。这决定了审美对象总是一种主体性的事实，是不可能离开个人主体而独立存在的。其联系在于虽然审美总是由客体契合主体的趣味而生，它总是使人感到愉快，但这种愉快不是感觉的快适，而是一种精神的愉悦，总是经过一定的理性观念，即一定审美观念和审美理想的评判而产生的，这又使得它具有一般价值评判所共有的理性内涵。所以，尽管审美情感的产生往往是自发的，常常猝然之间不经思索地在主体心底油然而生；但在意识深处，总是受主体的价值观、审美观，以及在经验基础上所形成的主体内心的渴求所调节。虽然它们不以概念的形式介入主体对现实的感知，却早已暗含在它这种情感反映的成果之中。这就使得审美愉悦不像感觉快适那样只是个人独享，它能"把自己对于客体的愉快推断到其他每个人""就好像一般认识判定一个对象时具有普遍法则一样，每个人的愉快对于其他人也能够宣称作法则"；并通过共同的分享，把人们的情感融合在一起，因而又能超越个人感觉的局限而具有"普遍有效性"。

第二节 艺术形象的特征和种类

由于文学艺术的审美内容是具体的，这决定了它不可能凭借概念而只有采取艺术形象这种形式才能得到真切而生动的表现。现在我们就进一步来探究：什么是艺术形象？

一、艺术形象的特征

"形象"一词原是指人们从现实世界中获得的对于事物感性状貌的视觉印象，视形象为文学艺术的特征在很大程度上是受了西方知识论哲学思想的影响。因为亚里士多德提出：求知是人的本性认为知识来自感觉，而在感觉领域，视觉又是"最能使我们区别事物"的，所以与其他感觉相比，"人们更愿意观看"，这样，也就无意提高了造型艺术如绘画和雕塑在艺术中的地位，以致阿尔伯蒂认为："绘画是所有艺术门类的女王，……石匠、雕刻家、所有手工艺的作坊和行会成员都在画家的法则和艺术的指引下，……无论事物中存在什么样的美，都是源自绘画，"这种审美观和艺术观后来被引入文学理论中，从而按视觉的确定性、鲜明性把艺术形象视为表达文学的特殊内容所采取的一种诉诸感觉的、体验的形式，是文学作品内容的存在形式和文学反映生活所达到真实性和生动性的标志。它与概念的不同就在于：概念是抽象思维的成果，是对于事物间接的认识；而形象是形象思维（亦即艺术想象）的成果，是对于客观现实的直观反映，它与被反映对象之间不存在任何中间环节。

当然，以感性的形式来反映现实的不只限于文学艺术，有些科学著作也偶尔有所采用，如达尔文的《进化论》、赫胥黎的《天演论》等，其中就有不少具体的形象描写；至于借图像来说明道理，在科学著作中就更为普遍。但是，与这些科学著作中的描写和图像相比，艺术形象还是有着自身的特点的。我们说在科学中也存在对于具体事物的描绘，但是由于科学著作描绘具体事物是为理论提供例证，所以它着眼的主要是同类事物的共同特征。如一般的人、一般的马、一般的树……至于事物的个别特征、情状，不仅不在科学家的注意范围之内，而且在描绘的时候总是竭力予以排除，否则就会失去概括的意义，不足以说明事物的类特征。与之不同，对于文学艺术来说，它的"真正的生命就在于对个别特殊事物的掌握和描述"，也就是说，在现实世界中，作家感兴趣、并引起他创作冲动的并不是客观事物的共同的属性、抽象的本质，而是现实生活提供给他的丰富生动的感性印象，以及这些感性印象自身所特有的意义和魅力。而在现实世界中，正如没有完全相同的两片叶子那样，也不会有完全相同的两个人物，他们总是处在一定的关系和联系之中，以自己独特的面貌呈现在我们眼前。

二、艺术形象的种类

我们说任何艺术形象都是个别性与一般性、再现性与表现性、真实性与假定性（虚拟性）的有机统一，但这不等于说这种统一都是等量参半的；在统一的大前提下，往往各有所重。这样，就形成了艺术形象的不同形态，这些形态大致可以分为典型形象和类型形象这两大类。

典型形象。典型形象在个别性与一般性、再现性与表现性、真实性与假定性的统一中侧重于个别性、再现性和真实性，强调通过对处于特定现实关系中的个别人物性格的具体描写来向人们展示生活的内在真实、生活的普遍性的意蕴。它一般存在于偏重客观的、再现的、现实主义的文学以及叙事类、戏剧类等作品之中。

典型形象是由类型形象发展而来的。"类型"是一种以数量为标准的典型观：它追求的是同类事物的统计平均数，它的观念突出地体现在贺拉斯和布瓦洛的同名著作《诗艺》中，它按亚里士多德的《修辞学》所描述的不同年龄阶段人物的心理特征来要求作家进行人物塑造，以致往往以类的特征来湮没个性，使人物成为一种"类"的样本。与之不同，典型形象则要求立足于个别性，强调作家不是从抽象的概念、普遍性，而是从生活实际出发，通过对个别人物的性格特征的生动描写来揭示其普遍意蕴。如别林斯基认为："典型既是一个人，又是很多人……在他身上包括了那体现同一概念的一整个范畴的人们。"高尔基在谈到典型的创造时也说，"当一个文学家在写他所熟悉的一个小店铺老板、官吏、工人的时候，他或多或少都创造出一个人的成功的肖像，但这只是一个失掉了社会与教育意义的肖像而已，在扩大和加深我们对人和生活的认识上，它几乎是毫无用处的""但是假如一个作家能从二十个到五十个，以至从几百个小店铺老板、官吏、工人中每个人的身上，把他们最有代表性的阶级特点、习惯、嗜好、姿态、信仰和谈吐等抽取出来，再把它们综合在一个小店铺老板、官吏、工人身上，那么这个作家就能用这种手法创造出典型来"。鲁迅说他笔下的人物往往是"嘴在浙江，脸在北京，衣服在山西，是一个拼凑起来的角色"，也常被人们看作是对典型创造的一种形象的描述。这说明典型形象总是作家对生活进行广泛艺术概括的成果。尽管在优秀的典型形象中，通过这种高度的概括所把握到的思想内涵有时可以达到某种生活哲理的高度，使之转化为一种象征，如阿喀里斯、哈姆雷特、堂·吉诃德、奥涅金、奥勃洛摩夫、林黛玉、阿Q等；但不论怎样，它与那种舍弃个别而一味追求一般、追求同类人物的抽象本质的类型化的人物不同，总是立足于个别，通过对这些个别特征的深入思考、发掘和加工，来进行艺术创造的。

在现实生活中，个别的事物总是处在一定的时空关系之中，与具体环境不可分割地联系在一起的，为了写出具体的人物性格，作家在塑造典型形象时，总是把人物安置在一定环境中，从人物与环境的辩证关系来把握人物的思想、描写人物的行为，不是像化的人物那样是一种脱离特定的现实关系的、孤立的、抽象化的寓言品，而总是历史的、具体的、独特而不可重复的。唯其这样，才能向我们呈现一个丰富多彩的日常生活中的真实世界。

第三节 文学是语言的艺术

形象不仅是文学，而且也是其他艺术种类如绘画、雕塑、音乐、舞蹈等反映生活、表达思想情感的共同形式。那么文学的形象与其他艺术种类的形象有什么区别呢？这就关涉它的媒介的问题。正是由于各种艺术使用的媒介不同，所塑造的形象也各不一样，音乐的形象不同于绘画的形象，而文学的形象也不同于音乐的形象。所以，要具体深入地了解各种艺术形象的特点，就必须联系它们所使用的媒介来进行考察。

一、文学以语言为媒介来塑造形象

文学形象与其他艺术种类的形象不同，就在于它是以语言为媒介来塑造形象的。为了更好地说明语言形象的特点，我们不妨选择文学以外最有代表性的两个艺术品种再现艺术的代表绘画和表现艺术的代表音乐，来与文学做一番比较研究。

绘画是运用线条和色彩，在二维平面上塑造形象来反映生活、表现思想情感的一种艺术种类。线条、色彩原是从空间物体中概括、抽象出来的，与空间物体本来就有着一种内在的、血肉的联系，这决定了绘画最擅长于准确而生动地再现外部世界的物体形象，利用线条和色彩，通过大量的细节刻画，把客观对象的感性状貌神貌无遗、纤毫毕露地展示在观众面前，从而使再现艺术的优点在绘画中发挥到了极致。尽管优秀的绘画都不以机械地再现客观对象为满足，它还要表现画家心灵的世界，但是这种心灵的内容在绘画中只能通过对客观对象的描绘间接地流露出来。绘画所使用的媒介线条和色彩与空间物体的这种内在的血肉的联系，决定了在表现主体内部世界方面，总不如表现艺术那样鲜明、强烈。

音乐是以乐音和节奏为媒介，通过运动中的音响组合来表达思想情感、塑造形象、反映生活的一种艺术品种。音乐最初是由呼号发展、演变而来的，这决定了它与主体心灵有着一种先天的、内在而深刻的联系。所以，黑格尔认为："音乐所特有的因素是单纯的内心方面的因素，即本身无形的情感，这种情感不能用一般实际的外在事物来表现，而是要用一旦出现马上就要消逝的亦即自己否定自己的外在事物（按：指声音），因此，形成音乐内容意义的是处在它的直接的主体的统一中的精神主体性，即人的心灵，亦即单纯的情感。"这就使得一切隐秘而曲折的内心活动，都可以在音乐中得到酣畅淋漓、曲尽其妙的表现。如同圣－桑所说："音乐始于言词穷尽之处，音乐能说出非语言所能表达的东西，它使我们发现我们自身最神秘的深奥之处，它能传达出任何言辞不能表达的那些印象和心灵状态。"这就是音乐之所以能摘取表现艺术皇冠的原因。音乐中虽然也有一些描绘性的作品，但它的职能主要也不是为了再现视觉画面，而是借此传达作曲家的感觉和体验，正如贝多芬在谈到他的《山园交响曲》时所说的："印园交响曲不是绘画，而是表达乡间乐趣在人们心里引起的感受，因而是描写对农村生活的一些感觉。"因此音乐在描写上与再现艺术特别是绘画相比，总有很大的朦胧性和不确定性，所以，对于同一支乐曲，各人的理解和解释常常有很大的分歧。

而文学所塑造的形象，既不同于绘画，也不同于音乐；它既非直接提供给视觉，也非直接诉诸情感，而是激发人的想象。所以歌德认为与"直接将形象置于眼前"的绘画不同，"诗的形象置于想象力之前"。这是因为语言是人类在生产劳动中产生并发展起来的用来进行思维和交流思想的工具，所以与线条、色彩、节奏、乐音等物质媒介不同，它总是与思想直接联系在一起。日常生活中大量事实告诉我们：我们从现实世界所得到的感知，往往是模糊不清、一片混沌，很难为我们的意识所掌握，只有经过语言的整合，赋予它一定概念性的意义之后，才能在混沌中显出有序，并在人们的意识中固着和保存下来。正是由于人是生活在这样一个语言的世界之中，世界的意义又是通过语言来掌握的，所以尼采认为"一切存在都只有变成语言"，才能"敞开而澄明"，海德格尔更是明确提出"语言是存在的家园"。同样，在文学创作中，作家的审美感受和审美体验也只有借助语言获得一定意义和物质形式之后，才能成为实际存在的文学作品。这种工具性是文学语言与一般语言所共有的。

文学之所以能借助语言来塑造形象，乃是由于文学语言不同于科学语言，它不是在逻辑概念层面上所使用，而是从日常语言中提炼出来，像日常语言那样，是人们在实际交往活动中使用的语言，是与人的实际生活感觉、体验和使用的语境联系在一起的活生生的语言。尽管如此，但它作为一种观念的符号系统，它对客观现实的反映毕竟是间接的，既不像线条、色彩那样，可以直接向观众传达具体、可感的视觉形象，也不像乐音、节奏那样，可以直接给听众以强烈而深刻的情绪感染（并在感染的基础上，进而唤起种种联想和想象）。所以，在文学作品中，作家绘声绘色、写气图貌，都只不过是凭借语言符号向读者发出的一种信号，担当着激活读者情感和想象的作用，通过读者的想象活动这种信号才能转化为文学作品的形象；至于这种信号能否在读者头脑中唤起相应的形象，就要看读者是否懂得这种符号的意义，以及是否能唤起自己相应的生活经验和情绪体验。因此，文学形象在读者头脑里的样子，总是作家和读者合作的产物，是读者由自己的生活经验进行补充、再创作的结果。这固然可以激发读者的自由想象的无限空间，提供读者对形象进行再创造的广阔天地；同时也使得文学形象一般都具有间接性和不确定性的特点。所以，即使是一部最出色的文学作品，对于不懂它所使用的语言的人来说，也是没有意义的。这就影响到文学作品的普及性，给它的传播带来了许多限制。这是语言形象不如其他艺术形象的地方。

但是，在另一方面，语言形象又有其他艺术形象所不能企及的优点。这是由于"语言是思想的直接现实"，它与人的意识活动不可分割地结合在一起，因而它能够脱离物质性的媒介如线条、色彩、乐音、节奏的外在束缚，在精神领域内与现实世界建立起广泛而自由的联系。凡是为作家感觉所及的一切外界的事物和情景，以及意识到了自身的心理状态和思想情感，都可以固着在语言这一符号上，通过语言向读者进行传达，从而开拓了文学表现领域的广阔的空间，这就使得"语言艺术在内容上和表现形式上比起其他艺术都远为广阔，每一种内容，一切精神事物和自然事物、事件、行动、情节、内在的和外在的情况都可以纳入诗，由诗加以形象化"，从而把再现艺术形象（如绘画形象）和表现艺术形象（如音乐形象）两者的特点结合在一起，"在一个更高的阶段上，在精神内在领域本身里，结合于它本身所形成的统一整体"，在反映生活、表达思想情感上，显示出其他艺术品种所不可能达到的自由境地。

二、语言形象的特点

语言形象较于其他艺术形象在反映生活和表达思想情感上的优势和特长，具体地表现在以下三个方面不受限制、自由灵活地反映现实生活。首先，不受时间和空间的限制。再现艺术是空间的艺术，它虽然擅长生动、逼真地再现空间物体以及它们在同一空间中的各种关系，但一般不可能直接反映物体在时间中的运动过程；若要表现时间的过程，至多也只能通过空间的动作来进行暗示，一般"选择最富有生发性的顷刻，使得前前后后都可以从这一顷刻中得到最清楚地理解"，即通过艺术家的暗示，激发观众的想象去加以领会。表现艺术是时间的艺术，它虽然在表现人物思想情感的发生、发展和变化的过程方面，有着空间艺术所不可比拟的特长，但要表现空间物体的形象，往往就显得无能为力，即使借助暗示唤起人们的空间想象也是十分模糊的，更不可能具体展示物体在同一空间中的种种复杂的关系，而语言形象却同时兼有这两种艺术形象的特长。当然，文学主要是时间的艺术，它更擅长表现人物的行为、动作和思想感情的发展变化的实际过程，分析和揭示性格、事态发展变化的现实根源，所以莱辛认为"时间上的先后承续属于诗人的领域，而空间则属于画家的领域"。

其次，突破外部世界和内部世界的界限。再现艺术的对象主要是人们周围的外部世界。所以它最擅长刻画人们视觉的形象，把事物的感性状貌如同亲眼所见似的展示在人们眼前，给人以身历其境之感；至于表现人物的内部世界，除了通过人物的情态来暗示之外，就很难直接加以展示。表现艺术的对象主要是人的内部世界，是人的内心的情绪的起伏和冲突，虽然它也可以表现外部世界，但是，这些外部的东西只能通过对主体内心世界的表达折射出来。如贝多芬的《田园交响乐》，尽管作曲家标明是一部"特性交响乐"，是"农村生活的回忆"，但与其说是在直接描写田园景色，不如说是表现田园景色在作曲家心目中所产生的感应和回响。这里，外部的东西完全融化在艺术家的内心感受之中。唯独语言形象可以突破这两者的界限，它既可以像再现艺术那样具体而细致地刻画一切外界事物的感性状貌，又可以像表现艺术那样深入人物的内心世界，把人物的思想情感活动，乃至一切难以捕捉、不可言喻的灵魂深处隐蔽的意念和思绪都揭示得曲尽其妙，如同黑格尔所说的："一方面诗和音乐一样，也根据把内心生活作为内心生活来领会的原则，而这个原则却是建筑、雕塑和绘画都无须遵守的另一方面从内心的观照和情感领域伸展到一种客观世界，既不完全丧失雕刻和绘画的明确性，而又能比任何其他艺术都更完满地展示一个事件的全貌，一系列事件的先后承续，心情活动，情绪和思想转变以及一种动作情节的完整过程。"

最后，更富有思想内涵和情感色彩。再现艺术的媒介如绘画的线条和色彩，主要的职能是用来再现空间物体，它虽然也可以同时表达画家一定的思想情感，但由于这种思想情感只能从描绘物体形象中间接地流露出来，所以总是比较曲折、隐晦。表现艺术的媒介如音乐的乐音和节奏，虽然与人的思想情感具有直接的联系，但由于这种媒介是物质性的，在表现观念内容上总不可能十分具体、明确，就像黑格尔谈到音乐时所说的："音乐只是在相对的或有限的程度上才能表现丰富多彩的精神性的观念和观照以及广阔的意识生活领域，而且就表达方式来说，不免停留在它所采为内容的那种对象的抽象普遍性上，只表达出模糊隐约的内在心情。"但是，再现艺术与表现艺术在表达思想情感上的局限，在文学形象中都不复存在。这是由于文学塑造形象所使用的语词是一种观念性的符号，它首先是为了捕捉和固着人们对于事物的认识而创造出来的。语词虽然具有多方面的意义，我们不能把词义和概念简单地等同起来，但其中概念性的意义毕竟是词义最核心的部分。这样，那些为人们所感知到的东西一旦经过语词化，就意味着它在人们的意识中固着下来而得到了定性，这虽然是以牺牲知觉表象的整体性为代价，但较之于其他物质媒介，如线条色彩、乐音节奏来，更能反映出作家对于他所表现的对象的思想认识，因而也使得文学形象比其他艺术的形象有更确定的思想内容，更有可能把作家自己的思想情感直接倾注在艺术形象之中，从而使得语言形象较其他艺术形象具有更确定的思想内容和情感色彩。所以，黑格尔认为：在各种艺术种类中，"最富于心灵性表现的，我们须在诗（按：即指文学）方面去找"。这种思想情感，不但可以通过抒情议论，直接由作家出面来进行抒发，而且还渗透在作家对形象的描绘之中。如莱蒙托夫的《当代英雄》中对男主人公皮却林的眼睛的描写……当他笑的时候，他的眼睛并不笑！你们没有在别人身上发现过这种怪事吗？……这是脾气很坏或者经常郁郁寡欢的标志。这双眼睛在半垂的睫毛下闪出磷火一样的光芒——如果可以这样形容的话。这样的光芒不是内心热烈或者想象丰富的反映，这是类乎纯钢的闪光：耀眼，但是冰冷。他的瞥视短促而尖锐，蛮横地打量着对方，给人留下不愉快的印象；要不是他的神气那样冷静，就会显得更加傲慢无礼了……

这是一双照彻主人公整个灵魂的眼睛！高明的画家固然可以精致入微地描绘出"半垂的睫毛下闪出磷火一样的光芒"，甚至可以画出"冰冷""尖锐"的眼光和"蛮横""冷静"的眼神，但若要明确告诉我们他的性格乖戾、郁郁寡欢，却都会感到无能为力，唯独在文学形象之中，凭借它的词语的媒介，才能赋予它如此确定的内容，把作家对自己描写对象的认识、态度和评价表现得如此真切、鲜明。

第五章 文学的创作活动

我们把文学界定为审美的意识形态是作家对社会现实审美反映的产物，只不过是就文学的根本性质来说。从生活到文学，这当中还须经历一个在作家的审美情感支配下，通过艺术想象对生活素材进行改造和重构的创作过程。正是这种创作活动，不仅赋予文学作为一种审美意识形态所特有的性质，而且还使文学在反映生活、回归生活方面形成了与其他意识形态一系列自身特殊的规律。所以要深入了解文学活动，也就必须从对文学创作的考察入手。

第一节 文学创作活动的过程

一、素材积累时期

文学创作以作家从现实生活中获得的感性材料作为它加工的对象，因此，要进行文学创作，第一步就需要作家有充分的生活积累，否则就无所依凭。雪莱说："我从童年就熟悉山岭、湖泊、海洋和寂静的森林。……我曾在遥远的原野里漂泊，我曾泛舟在波澜壮阔的江上，夜以继日地驶过山间的急湍，看日出、日落，看满天繁星闪现。我见过不少人烟稠密的城市，处处看到群众的情操如何昂扬、磅礴、低沉、递变。我见过暴政和战争的明目张胆、暴戾恣睢的场景；多少城市和乡村变成了零零落落的断壁废墟，赤身裸体的居民们在荒凉的门前坐以待毙，……我就是从这些源泉中吸取了我诗歌形象的原料。"老舍说："我生在北平，那里的人、事、风景、味道和卖酸梅汤、杏儿茶的吆喝声，我全熟悉，一闭眼我的北平就完整地、像一张色彩鲜明的图画浮立在我的心中。我敢放胆地描写它。它是条清溪，我每一探手，就摸上条活泼的鱼儿来。"巴金在谈到他的代表作《家》时也说："《家》是一部写实的小说……没有我最初十九年的生活，我就写不出这本小说。"以上表白说明作家笔下的形象，都是从自己的亲身经历、见闻中得来，或以这些亲身经历和见闻为依据创造出来的。所以，对于作家来说，唯有不断投身生活，通过自己的观察和体验，不断丰富和充实自己的表象记忆和情绪记忆，他在创作时才能左右逢源、挥洒自如。

日常生活中人人都在观察和体验，但未必人人都能成为作家。这除了作家对自己观察、体验到的东西必须具有一种艺术把握和传达（物化）的能力之外，还由于作家的观察和体验有着不同于常人的一些特点。这些特点可以从三方面来说：首先，要有新鲜和独特的感觉。为什么要有新鲜而独特的感觉？这是由于生活本身就是丰富多彩、难以穷尽的。文学是通过形象来反映生活，为使形象鲜明、生动，就要求作家在观察生活时，除了注意一事物与同类事物的共同特征之外，还要把握个别事物的个别特征。因此，善于敏锐地发现和捕捉事物的特征，也就成了作家首先必须具有的天赋之一。雪莱说自己"如果生来有什么与众不同的地方，那就是我能辨识感觉事物的细致微妙之处"。

但是，发现和把握事物的个别特征比认识事物的一般特征要困难得多。这是因为人们在观察的时候，总是从已有的经验框架出发去感知现实，在接受外界事物的印象时，总是有意无意地把这些印象纳入已有的经验框架。再加上人的感觉具有一定的适应性，有许多生活中本来非常新鲜独特的东西，在持续作用于人的感官时，就会使感觉钝化、强度下降，使人不再感到新鲜、独特了。这固然有助于人们对事物性质的认识，但是当这些感性印象在人们头脑里经过这样一番整合之后，就难免会把感性对象的个别特点排除在外，所把握到的只是这些事物的一般特征。这对于一般人来说当然不成为缺点，而对于一个作家来说，就不能不说是他艺术才能的不足，因为他既然不能从生活中获得独特的印象，自然就更难以从对象中深入发现别人所未曾发现的东西。所以，佩特认为："养成习惯是我们的失败，因为习惯究竟是与一个定型的世界有关的，同时只是眼睛粗略才使得两个人、两样东西、两种情况看起来是一样的。"因而，从眼前不断流淌过去的生活现象中敏锐地抓住新鲜的、永不会见到第二回的东西，也就成了作家在接触生活过程中所不可缺少的禀赋。只有这样，他在观察生活时才能排除固有的认识模式，时时刻刻以新鲜活泼的眼光去看待生活，把自己整个生命沉浸在感觉的世界之中，为生活的绚丽多姿的形象和光彩所吸引，为之欢娱、为之陶醉，形成自己独特的印象，看出一般人所不能发现的生活中的神奇和隐秘。文学创作就是作家从生活中所获得的独特的主观印象作为艺术概括的起点；要是一个作家不能从生活中获得这些独特的主观印象，那么他的作品就会陷于平庸。

其次，要有深入和细致的体验。在积累材料的过程中，作家除了善于观察之外，还必须善于体验，即调动自己的情感和想象，深入对象中去进行体察，从而进入一种主客合一、物（人）我交融的境界，这样他的作品才会真切感人。这是因为文学形象总是形与神的统一，所以作家在刻画形象时，就不仅要抓住它的感性状貌，而且还要深入它的内在精神。而这种内在精神，只有通过作家与对象情感上的交流才能把握。所以，如果作家观察的对象是人物，他就必须化自己为对象，去过人物的生活。巴尔扎克说："当我观察一个人的时候，我能够使自己处于他的地位，过他的生活，他们的欲望，他们的需求，这一切都深入我的心灵，我的心灵和他们的心灵已经融而为一了。我为了满足精神上的某些欲望，可以随心所欲地自己脱离自己的习惯，变成另一个人。"达尔文认为，"确实没有一个作家比他更知道如何在与资产者相处时使自己变成资产者，在与工人相处时使自己变成一个工人；没有人比他更深刻地了解一个青年的心灵、那个一文不名的青年的典型拉斯蒂涅的心灵；没有人曾经像他那样把《不要动斧头》中那样可爱而高傲的公爵夫人的心意打听得更清楚，或者比他对婚姻中找不到幸福的资产阶级的茹尔夫人了解得更深刻。……总之，他知道所有行业的秘密；与学者在一起他就是科学家，与葛朗台在一起他就是吝啬鬼，与高布赛克在一起时，他就是高利贷者"。如果作家观察的对象是生物和无生物，他就必须化对象为自身，再次，伴随着新鲜活泼的联想和想象。这是因为人的感知总是有意义性的，当人们在感知到某一事物时，他并不以停留在意识的表象阶段为满足，这就促使作家通过联想和想象，把积储在心底的经验调动起来去丰富它、充实它，以求能更深入地去理解它、解释它、说明它，而使感知"与思维，与对对象本质的了解密切相关"。不过与一般人不同，作家不是把这种理解归结为概念，只是借助联想与想象来进行揣度和推测，而总是伴随着感知活动开展的。赋予对象以自己的生命和灵魂。

二、艺术构思时期

艺术构思就是在意识中构成艺术形象的活动它是作家在积聚大量生活素材的基础上，根据生活所给他的启示以及内心所萌发的意图，通过对经验材料的加工、改造，在头脑中孕育未来作品的形象的心理过程。这是作家整个创作过程的主要环节，从生活素材到文学作品的飞跃，主要就是通过这一环节来完成的。如果细加区分，艺术构思活动又可分为以下三个阶段：

（一）萌发阶段

或称受胎阶段，亦即作家创作动机发生的阶段，作家为什么要进行创作？过去因为受直观反映论的影响，人们通常认为，是由于现实生活中某些东西（如某种景象、某一细打、某一顷刻间的感触）感动了他，如歌德听到耶路撒冷自杀的噩耗，刹那使得自己的许多往事从各方面凝聚而来，构成《少年维特之烦恼》的情节。

（二）孕育阶段

生活向作家所提供的感性材料尽管丰富、生动，却是分散、零乱、精粗混杂的，要使之成为文学创作的题材，还需要作家在一定的意图支配下，对它进行概括、提炼、整理、加工，使之与作家的创作意图获得有机的统一，而在头脑中形成未来作品的形象，即审美意象。为了达到这一目的，作家就必须充分发挥自己的想象和联想的能力。

（三）成形阶段

审美意象的孕育尽管是艺术构思的关键性环节，但它所获得的还毕竟只是一种未经物化的意中之象，不可避免地带有某种朦胧性和不确定性。要使它在作家头脑中得以定型，就需要作家为它找到一定的存在形式。这种存在形式可以分两层意思来说：首先，是审美意象的存在形式，即"内在的形式"，对于小说家、戏剧家来说，就是人物在特定环境中活动的形式，即文学作品的情节。在小说和戏剧里，只有在一定的情节之中，人物性格才能获得定型，所以情节是性格的形式。而对于诗人来说，就是情感在特定情境中开展的形式，因而只有找到一定情感的形式，主人公的灵魂的肖像才能获得最充分、最生动的展示。其次，是文学作品内容的存在形式，即"外在的形式"，如作品的语言、结构、体裁甚至一定的表现手段等。这些形式尽管只有通过传达，在作品完成之后才能变为现实；但是，寻求什么结构、体裁乃至表现手段来进行表现，却是构思过程中作家思考的重要内容。因为只有当它找到这种外在形式之后，艺术形象才能在意识中初步地确定下来。所以，法捷耶夫认为构思必须包括这样两方面的工作，即"竭力要形成每一部作品的主要意思和思想"以及"竭力寻找到艺术上把它们表达出来的方法"。在大型作品构思的成形阶段，这种构思的成果常常被作家以"大纲"形式固定下来。

三、艺术传达时期

传达就是用艺术语言把审美意象加以物化的活动，是作家创作活动的最后一个环节。从作家方面来说，只有当他把构思的成果加以物化使之成为客观实在的文学作品，可以供读者阅读、欣赏的时候，他才算完成了创作的任务；也只有这时，作品所要表达的内容才算真正得以确定。

传达之所以是整个创作活动不可缺少的、有机的组成部分，是因为文学创作不仅是一种想象性的创造活动，而且是一种实践性的创造活动，如同黑格尔说的，"艺术家的这种构造形象的能力不仅是一种认识性的想象力、幻想力和感觉力，而且是一种实践性的感觉力，即实际完成作品的能力"。这是由于作家构思完成的审美意象是以内部语言的形式保存在头脑中的，内部语言的模糊性决定了作家头脑里的审美意象总在不同程度上带有朦胧性和不确定性的特点，所以只有借助一定媒介对之加以物化，才能使之确定下来而成为可供读者阅读的作品。因此，为了顺利地完成传达的工作，作家就需要有运用一定艺术形式和艺术技巧把审美意象予以传达的技能，"有道无艺，则物虽形于心，不能形于手"。而这种技能不仅需要通过长时期的训练才能掌握，而且还因为对于真正的艺术创造来说，它不应只满足于对现成技巧的简单搬用，还必须结合所要传达的内容进行创造性运用。如中国画中的水墨技法，当它未与它所塑造的形象融合之前，只不过是一种抽象的笔墨技巧，只有当这种水墨技法以多种皴法的形式来描形绘状，表现为具体的山体、岩石、树木的枝干，与对象融为一体时，才能说已经真正为画家所掌握和运用。对于文学的技法来说也是如此，要使这些技法在作家手中听命就范，这是一项十分艰巨的任务。

第二节 文学创作中的想象活动

一、艺术想象的性质

想象就是人们在记忆表象基础上创造新表象对于作家来说，也就是创造审美意象的一种心理过程。这种经过想象活动所创造出来的新表象，虽然以记忆中的知觉表象和情绪意象为依据，但又不同于原有的知觉表象和情绪意象，都是已经有过的经验的未曾有过的组合；它集中体现作家乃至他所代表的社会群体的思想、意志和愿望，文学形象以及文学的审美意识形态的特性即由此而来。这决定了艺术想象不仅是作家反映生活的途径，而且也是作家主观愿望和人生理想的一种形象的表达方式。它具有反映性和表现性的双重性质艺术想象的反映（认识）性。想象对文学创作的重要性在古希腊就已为人们所认识，但当时主要认为它可以反映生活、通达真实。

想象作为表象运动过程的这一特点，使有些人误认为它对现实的反映只停留在感性认识的阶段，而看不到它的思维的属性。想象之所以具有思维活动的性质，是由于它在表象自由运动的过程中有着理性因素的渗透、受理性因素支配的缘故。在习惯上，人们常常把想象与联想这两个概念连在一起使用，这说明它们彼此之间确实有联系和相似的一面。因为想象不是凭空进行的，它需要有一定的记忆表象为依据，而记忆表象的再生不是漫无头绪的，它必须以联想为导线。但尽管如此，这两者还是有本质上的区别的：对于联想来说，记忆表象在头脑里的再生常常是无意识的、不自觉的，通常是根据表象之间的外部联系（如表象之间的类似、接近或相反的特性）而联结起来的，因而这些联想往往带有很大的任意性和偶然性。这决定了不论联想的天地多么广阔，内容多么丰富，一般都不能显示它们之间内在的、本质的联系。而想象就不同了，它虽然以联想为基础、为导线，以联想所唤起的大量记忆表象为依据，却不是记忆表象的简单复现，而总是在主体某种思想、意向和情绪支配下所进行的，它的目的就是通过新表象的创造，而使作家的思想意图借新表象来得以体现。

作家通过想象活动在意识深处对记忆表象进行分解、组合来实现自己的创作目的，通常通过两种途径和方式进行：一种是先从一个能引起作家特殊兴趣的特定的表象（一般是人物形象）出发，然后通过吸收和融化其他表象的某些特点，充实和强化它的基本特性来予以完成。老舍创造骆驼祥子的途径和方式基本上属于这一类。

由于想象具有思维活动的性质，所以历史上许多理论家都把想象看作一种推理活动，归结到认识论的问题来加以研究。如狄德罗认为：诗人的想象与哲学家的推理就其性质来说是完全一致的，"如已知某一现象，而把一系列的现象按照它们在自然中必然会先后相连的顺序加以追忆，这就叫作根据假设进行推理，或者叫作想象"高尔基据此提出想象与一般认识活动的区别，只在于它借表象运动来进行思维，认为认识和想象是人类"两种强大的创造力：认识这是观察、比较、研究自然现象和社会生活事实的能力，简单地说，认识就是思维。想象在其本质上也是对世界的思维，但它主要是用形象来思维，是'艺术的'思维"。这认识是不够准确、全面的。因为这种以认识为目的的想象不只是作家、艺术家特有的心理能力，它同样存在于一切认识活动过程中。即使最抽象的理论思维，也需要有想象的帮助。正如伏尔泰所说："实用数学里也有令人惊奇的想象，阿基米德的想象至少与荷马相等。"爱因斯坦也说，在科学研究中，"想象力比知识更重要，因为知识是有限的，而想象力概括世界上的一切，推动着进步，并且是知识进化的源泉；严格地说，想象力是科学研究中的实在因素"。郭沫若也告诫科学家，"不要把幻想让诗人独占了"，若要在科学上有所突破，有所创造，也同样"需要幻想"。

尽管如此，文学艺术创作中的想象与科学研究中的想象，还是有区别的。其区别就在于文学创作不只是一种认识活动，它同时也是一种思想感情和意志愿望的表达活动，所以我们只有联系人的生存活动才能对它做出全面而准确的理解。这是由于人类的历史就是一个为摆脱苦难为实现自己的理想愿望而奋斗的过程，因为人是不会满足于现状、屈服于现状的，他总是想通过改变现状使自己生活得更加美好，这样就产生了想象和幻想。

二、艺术想象的特点

从上述对艺术想象的性质的分析中可以得知，艺术想象不同于一般的想象特别是科学想象，就在于它不仅是一种认识活动，同时也是一种情感活动和意志活动。因此，要具体而深入地认识艺术想象的特点，还应该联系它与情感活动和意志活动的关系来对它做进一步的说明。现分别叙述如下。

（一）艺术想象和情感活动的关系

首先，虽然一般认识活动包括在科学研究中，也需要活跃的想象，但科学家想象的目的主要是为了发现客观规律。所以，在那里想象只是作为一种认识的手段、一种推理力的特殊形式而发生作用，它一般只表现在科学研究的早期阶段。因为这一阶段对于研究的问题还没有形成明确的情境和找到充分的依据，常常需要借助想象来提出假设，推测未知。因此，缺乏想象力的科学家即使掌握的材料再多，也难以跳出事实的圈子，发现客观的规律。从这个意义上来说，想象确实是科学研究的前锋，如同牛顿所说："没有大胆的猜测，就不会有伟大的发现。"然而，科学家通过想象所提出的预想毕竟是未经验证的假设，而要验证这些假设，主要还是要通过实验和论证。这说明想象在科学家那里只不过是认识世界的一种辅助的手段，它自始至终总是在科学家理智清醒的状态下进行的，现实与幻境不容有丝毫混淆。与之相反，在文学创作中，想象总是伴随着情感的活动进行；没有强烈的情感也就不会有活跃的想象。

其次，在文学创作中，情感不仅是艺术想象的动力，而且本身就是艺术想象的内容。因为创作需要一个物我契合的过程，唯有经过"使外部的变成内部的，内部的变成外部的，使自然变成思想，思想变成自然"这样一番互相转化的过程，作家才能与他的对象建立起亲切的联系，才谈得上对自己所描写的对象有深入的了解。而这种了解不仅通过想象去推测，更重要的还要在想象中置身于对象的地位去进行体察，调动自己已有的经验去认识和理解自己笔下的人物。所以，列夫·托尔斯泰特别强调作家要有一种"替别人感觉"的能力，要善于"从自身出发，从分析、判断自身开始去创造人物"。车尔尼雪夫斯基在指出托尔斯泰最善于描写人物心理变化的戏剧性过程，即所谓"心灵的辩证法"这个才华的特点之后，写道："谁要是不以自身为对象来研究人，谁就永远不会获得关于人的深邃的知识"。

再次，情感在艺术想象中的作用还表现在：它作为作家的主观因素，积极支配和调节作家的想象活动，渗透在他自己创造的艺术形象中，使作家笔下的一切无不染上作家的主观情绪色彩。具体表现为它们总是按照作家主观情感的要求加以改造，从而通过这些变异的形象，使读者更强烈地从中领悟到作家所要表达的情感。这些形象虽然突破了生活的原貌，与现实发生了距离，而作家的情感却获得了酣畅淋漓的表达，艺术的魅力即由此而来，否则作品就难免陷于平庸。

（二）艺术想象和意志活动的关系

首先，意志作为一种决定达到某种目的而产生的心理状态，它需要通过一定的手段才能在对象中实现自己的目的。而在文学创作中，艺术想象就是作家为达到自己的创作目的所采用的一种手段；只不过它与一般的意志活动不同，不带有强制的性质，一切都是通过表象的自由组合来完成的，以致作品往往显得海阔天空、无所约束，如同苏轼说的"如行云流水，初无定质，但常行于当所行，常止于不可不止，文理自然，姿态横生"，一切都仿佛是自然地形成的。

其次，创作活动与人的一切活动一样，既然都是由需要而引发动机的；动机作为人的活动的内在动因，它是有目的的；而对于作家来说，他的目的就是通过艺术形象的创造把自己的思想情感传达出来与读者开展交流，引起读者的共鸣。这种意志的成分具体可以从直接目的和间接目的两方面来看：就直接目的来看，就是作家在一定创作意图的支配下，通过想象来对感性材料进行分解、加工、改造，按照自己的意图加以重新组合，使自己的意图在创造的新表象中获得鲜明而生动的体现。不过，这种意志努力不是在理智的强制下，而是由情感支配下的自由的想象活动来实现的。因为情感有一种选择的功能，所以一旦作家为他所描写的东西所感动并进到一种情感的状态之后，这些感性材料就会按照当时在作家心理上占优势、居于兴奋中心地位的思想情感，在作家头脑中浮现出来，联结为一体，成为在某种情绪状态中他所看到的东西。这样，原先储存在作家表象库存中的经验材料的那种杂乱无序的状态就改变了，成为一个体现作家创作意图的意想中的世界，一种应是人生图景，在没有意志强制的状态下实现了意志的目的。就间接目的来看，作家创作不是以完成作品为满足，他最终的愿望是为了争取尽可能多的读者去阅读。

再次，在创作活动中，艺术想象不只是以在观念中完成形象的创造为满足，要使之成为一个现实作品，还必须把它物化，即通过一定的媒介把它传达出来。这种物化的工作并不是在审美意象创造完成之后开始，而是与作家在想象中构造意象的工作同步进行的。就像鲍桑葵所说的，对于作家、艺术家来说，"他的受魅惑的想象就生活在他的媒介的能力里；他靠媒介来思索，来感受；媒介是他审美想象的特殊身体，而他的审美想象则是媒介的唯一特殊的灵魂"。因此黑格尔指出，在文学艺术创作中，"认识性的想象力、幻觉力和感觉力"与"实践性的感觉力，即实际完成作品的能力""这两方面在真正的艺术家身上是结合在一起的。凡是在他想象中活着的东西好像马上就转到手指头上，就像凡是我们所想到的东西马上转口说出来，或是我们一遇到最深处的思想、观念和情感，马上就由姿势和态度上现出一样。所以，在艺术想象过程中，意志不仅是一种'思想的意志'，而且还是一种"实践的意志"，即不仅在审美意象中体现自己的理想愿望，而且还必须通过实际操作把自己的创作目的在作品中予以实现。这只有当作家具备了一种驾驭形式和媒介的能力之后，才有可能借助媒介去捕捉审美意象，把审美意象固着在一定的媒介里。而作家的这种驾驭媒介的能力也只有通过长期的努力才能熟练掌握，从而在创作过程中达到灵活自由的创造性运用。

第三节 文学创作中的意识性与无意识性

一、文学创作是意识与无意识统一的活动

文学创作作为以想象的心理形式所实现的对生活的一种审美反映活动，在性质上与人的一切活动一样，都是有目的、有意识的。在创作过程中，作家选择题材、确立主题、塑造人物、安排情节，乃至一些表现手法、语言文字的运用，都离不开意识活动的参与和介入；即使是一些直抒胸臆的抒情小品，也总要经过作家内心深处意识的加工。那种完全未经意识加工的原发的情感是不可能与作家构成对象性关系、成为作家艺术加工的感性材料的。因为在那时，"情感的盲目驱遣在意识里形成混沌一团，幽暗无光，心灵不可能自拔出来，达到对事物进行观照和表达"。

二、文学创作中的灵感现象

灵感现象在创作中的存在，是由于艺术想象是在意识的感性的层面上进行的，而文学艺术创作中的想象又不同于科学研究中的想象，它总是在某种热烈的情感激发下而产生，依靠热烈的情感来维持。情感一般都带有某种自发性和无意识性，它从人的心底油然而生，并非在强制的情况下，因理智告诫应该爱才去爱，应该恨才去恨，应该颂扬才去颂扬，应该批判才去批判。这样，就使得作家创作动机的发生和想象活动的进行往往带有不召而来、不告而去，有着捕风捉影似的不可捉摸的特点。这就是西方文艺理论史上为许多理论家所称道的"灵感"，并把这种"灵感"看作作家、艺术家从事艺术创作所不可缺少的机缘，是作家和艺术家天才的标志。

三、创作灵感与创作化境

我们说，对于文学艺术创作，仅仅从意识层面或仅仅从无意识层面来进行考察，都是不正确的，但是比起人类的其他精神活动如科学研究来，创作中的无意识的心理活动确实显得更加突出。如同李贽所说，"世之真能文者，比其初皆非有意为文也。其胸中有如许无状可怪之事，其喉间有如许欲吐而不敢吐之物，其口头时时有许多欲语而莫可所以告语之处，蓄积极久，势不可遏"，然后才流露成文的。歌德把拜伦作诗比作"女人生孩子"，说他"以灵感代替了思考""用不着思想，也不知怎样就生下来了"。马克思也说弥尔顿创作《失乐园》好像"春蚕吐丝"，是他"天性的能动表现"。这说明在一切真正的艺术作品中，作家向读者所奉献的总是一片赤诚裸露的情怀，而不是一些矫揉造作的东西，这就要求作家把原先通过感受和体验所把握到的东西，经过理性的改造和加工之后，重新返回到无意识。文学艺术之所以被称为"创作"而不是"制作"，就是从摆脱人工进入自动开始的。所以歌德才认为："只有进入无意识之中，天才方成其为天才"文学不仅是客观现实的再现，同时也是作家主观情感的表现。所以焦竑在谈到诗歌时说："诗者也，发乎自然，本之襟度，盖悲喜在内，歌啸而喧，非强而自鸣也。"文学作品与读者、观众所发生的心灵上的联系，就是通过流注于作品中的这种审美情感而建立的。情感作为主体内心活动

的一种自我流露，是不带有任何强制性质的，并非出于认为应该爱才去爱，应该憎才去憎；否则就有失真诚，如同庄子所说，"强哭者虽悲不哀，强怒者虽严不威，强亲者虽笑不和""不精不诚，不能动人"，作品自然也就失去了自己的效力。但是，文学作品表达的审美情感毕竟不同于原发状态的情绪，这是一种经过作家的审美观念和审美理想的选择和提炼，与作家的审美观念和审美理想有机地融合在一起的情感，因而其中必然渗透着一定的理性内容，指向一定的思想观念。然而在具体的表现过程中，却又是以似乎在没有任何意识支配下的心灵的自由抒发的形式展露的。

文学创作不仅是一种构思活动，而且还是一种传达活动。这样，就自然需要凭借一定的手段和技巧才能得以完成，否则，"有道无艺，物虽形于心，则不能形于手"。但既然在创作时作品的内容是经过意识加工之后，以无意识的形式在作家头脑里浮现出来的，这就决定了艺术传达不同于一般的营造和制作，作为艺术传达中的手段和技巧，它既是一种在长期的艺术实践过程中积累起来的经验和规则的总和，又应是作家根据自己的个性、才能以及具体表现对象和文学样式的要求，对这些经验和规则自由灵活、熟练自如而富有创造性地具体运用。这样，才能达到康德所要求的，尽管艺术"不是自然"，但它作为艺术家创造的产品，总是体现着艺术家自己的目的和意图，"它在形式上的合目的性，仍然必须显得它是不受一切人为造作的强制所束缚，因而它好像是自然的产物。……所以美的艺术作品里的合目的性，尽管它也是有意图的，却须像无意图似的……不露出一点人工的痕迹来，使人看到这些规则曾经悬在作者的心眼前，束缚了他的心灵活力"。

第六章 文学作品的内容与形式

文学作品作为作家创作活动的产物，是由审美意象物化而来的。也就是说，只有当作家头脑中构思完成的审美意象以一定的形式组织起来和传达出来，使之成为一种客观存在的东西时，他的创作活动才告完成。尽管作家完成的文学作品作为一个有机的整体是直接诉诸读者的感觉和体验的，但是为了对它有深入的认识和理解，我们还有必要在整体性原则的前提下，把文学作品加以分解，即分为内容与形式两方面来加以考察。这里所谓的内容，是指构成审美意象的全部内在要素的总和；所谓形式则是这些内在要素的组织结构和表现形态。这是我们的思维活动对之所做的一种理论上的分析和把握。形式主义者认为这样把作品分为内容与形 "审美成分" 和 "非审美成分" 加以分离，这是由于他们不了解内容与形式的辩证关系之故。

第一节 文学作品的内容要素

文学作品作为一种审美意识的物化形态，是作家对现实人生的反映和思想情感的表达，这就决定了任何一部文学作品的内容都包括它反映的客观对象以及从中所表现出来的作家对生活的理解和评价这两个方面。前者是现实生活所提供的是作品内容的客观因素，所以又叫文学作品的生活内容，包括作品的题材、人物和情节；后者是作家的思想情感所赋予的，是作品内容的主观因素，所以又叫作文学作品的思想内容，包括作品的主题和思想。文学作品的内容，就是生活内容与思想内容、客观因素与主观因素两者的辩证统一。

一、文学作品的题材

题材是作家从自己的生活经验中提取出来、作为艺术加工依据的生活材料，包括储存在作家头脑里的表象材料和情绪材料两个方面。

过去，人们都习惯于把题材看作是 "生活中的事件和现象"，这是不够准确的。首先，文学作品的题材尽管来自生活，但它已不是一种自在状态的东西，而是由作家的生活实践与之建立联系，是作家在生活实践的基础上，以自己的审美感知和体验去感应并同化现实的成果，由于作家都有自己的审美观念和兴趣、爱好，以及由此造成的自己特有的知觉定势等心理特点，所以对于所经历的生活，未必都能在自己的记忆仓库里储存下来，成为日后创作时提炼、加工的对象，有的甚至转瞬即逝、旋踵即忘，没有在脑子里留下任何痕迹；只有那些与他们的思想情感相契合并为他们所深切感动过、强烈体验过的东西，才能为他们所掌握和占有，供他们在创作时进行选择和加工。因此，作家掌握什么材料以及掌握到什么程度，就不仅取决于客观对象本身的意义是否重大，而且还取决于它能否引起作家的情感体验以及这种情感体验是否深刻。正是从这个意义上，里尔克向青年诗人指出："假如你觉得自己的日常生活很贫乏，你不要去指责生活，应该指责你自己，应该指责你自己还缺少诗人气质，因此不能运用生活中的现实。其次，作家创作的题材既然都是通过自己的审美感受和体验所获得的，"因而它就不只是一种纯粹的感知表象，同时还必然带有某种认识和情绪的因素在内，实际上都是客观事物的一种主观印象，它体现了作家对它的态度和评价，如巴金在《关于〈激流〉》中谈到，在写作时，他"眼前出现的祖父和大哥的形象"，总是"祖父在他身体健康、大发雷霆的时候，大哥在他含着眼泪向我诉苦的时候"，这就是由于它经过作者主观认识和情感的选择，渗透了一定情绪因素之故。正是由于文学作品的题材并非纯粹得自外部世界，同时也包含作家自己的思想情感在内，所以黑格尔认为创作活动需要作家"把内在世界和外在世界作为对象，提升到心灵的意识面前"来进行思考，并认为作家的内心生活亦应作为题材的重要组成部分，纳入供作家选择、提炼、改造、加工的对象中，否则，就无法解释大量的抒情类作品。

从生活中所获得的心理印象和情绪记忆，虽然是作家创作加工的对象，但它们竟还只是原始材料，未必就能原封不动地被搬用到作品中来。要使之在作品中获得成功的表现，还得作家对它的意义有深入而透彻的理解，这就需要作家沉浸在对象中去进行体察和领悟。

我们说文学作品的题材一般是从作家自己直接的经验材料中提取出来的，但这并不排除作家利用间接经验材料来进行创作的可能。事实上，文学史上的许多作品，包括不少名著在内，都是根据间接经验材料创造出来的。如司汤达的《红与黑》是根据法国维立叶的一份公报中的报道写成的；果戈理的《钦差大臣》是根据普希金告诉他的故事写成的；托尔斯泰的《复活》是根据他的朋友柯尼叙述的一起真实案件写成的；海明威的《老人与海》是根据他在墨西哥海滨小酒店喝酒时听到的故事写成的；王愿坚的《党费》等小说也大多是根据他在江西老革命根据地采访获得的材料所写成的。然而这些作品之所以能写得成功，就是由于作家有类似的直接经验作基础，所以通过这些事件所表达的正是作家自己的感受和体验。正如王愿坚所说："对于听来的真人真事，如果自己有着大体相同的体验和感受，是可以从自己的感受中找到一条相通的路，去理解它，使它变成自己的东西，把它表现出来的。"因为只有根据自己的直接经验去想象、推测，间接的东西才有可能变得真切、生动——从这个意义上来说，一切创作活动都是以作家的亲身经历为基础，没有这个基础，他对题材的体察和理解就不能深入，想象就无法展开。因此从某种意义上说，我们可以把文学作品都看作作家本人的"自传"。

二、文学作品的情节

文学作品的材料虽然包括外部世界和作家的内心世界、作家的知觉表象和情绪记忆两个方面，但在不同体裁的作品中常常有所侧重。通常抒情性的、表现性的文学作品侧重于反映作家的内心世界，而再现性、叙事性的文学作品则侧重于表现作家的外部世界。表现性、抒情性的文学作品尽管有时也可能写到人物和事件，但一般是为了借以抒发情感，并非作家主要目的所在，所以出现在作品中的大多只是吉光片羽、一鳞半爪的东西，一般没有完整的故事情节。而再现性、叙事性的文学作品就不同了，人物和事件本身就是作家直接描写的对象，作品的主题、思想主要是通过人物和事件来表达，这里的情节也就成了作品题材的主干。尽管有些现代主义文学作品如意识流小说都反对客观再现，认为文学描写的不是外部世界，而是人物的内心感受，如漫无头绪的回忆、联想、幻想、潜意识心理等，一般都没有明晰而完整的情节，但这只能说是一种探索和尝试，还不足以推翻再现性、叙事性文学的一般特点。

什么是情节？高尔基认为情节就是"人物之间的联系、矛盾、同情、反感和一般的相互关系......某种性格、典型的成长和构成的历史"。这说明情节不同于"本事"（故事），它不仅是作家对事件做"陌生化"处理和加工的成果，而且更主要的是它以人物性格为核心和动力，是作家所塑造的人物在他生存的这个虚拟的环境中和其他人物关系的发展、变化所构成的历程。这样，情节反过来又成了展示人物性格的形式，就像杜勃罗留波夫所描述的，人物在情节发展中就像流水在河道中一样："它依照自然本身所要求似的流着；它的流动的性质因流过的地区不同而变化，然而流动决不停止；在河底平整（良好）的地方——它流得平稳，碰到了巨石——河水就激溅而过，碰到断崖，就倾注为瀑布；筑堤把它拦住——它就汹涌澎湃，冲到了旁的地方去。（河水汹涌，不是因为它突然要想喧闹，或者对障碍物发怒，而只是）因为，为了贯彻它的自然要求——为了继续奔流，必须这样做。"

这个比喻形象而生动地向我们说明了文学作品中人物与情节的如下关系：一方面，人物性格是情节开展的动力。因为性格作为人物与环境相互作用过程中所形成的比较稳定的个人心理特征的总和，都具有相对的稳定性，这决定了每个人物性格的发展"都有一种必然性，一种承续关系"。因此，当作家把握到人物性格的基本特征之后，他就能够预见这个人物在某种环境下将会怎样思考、怎样行动，就会绵绵不断地构想出一系列的情节来，就像从一颗种子里萌发出来的藤蔓，一切都自然而然地得以发展，与其说是作家在写他，倒不如说是人物自己在生活、在成长。

人物性格不仅支配着情节的发展，反过来，它又只有在具体情节中才能得到生动的展示。因为人物的性格是由他自己的一系列思想行动所构成的，离开了作品的情节，也就不会有性格的具体展现。因此为了鲜明地刻画性格，情节就必须力求生动、典型。如《三国演义》第二十一回（"青梅煮酒论英雄"）写刘备兵败之后，寄于曹操篱下，为了提防曹操的谋害，刘备一天到晚在后园种菜，以为韬晦之计。曹操生性多疑，就借赏梅饮酒之名，来试探刘备之实。当曹操点出"今天下英雄，惟使君与操耳！"刘备以为自己被曹操识破，因而大惊失色，连手中的筷子都掉落在地上。当时适值雷声大作，刘备忙借此掩饰道："一震之威，乃至于此！"天下岂有英雄畏雷？曹操从此也就打消了对刘备的怀疑。通过这一简单的情节，把曹操的奸诈、多疑，刘备的审慎、机警刻画得入木三分。

正是由于情节和性格是不可分割地联系在一起的，它实际上就是性格的历史和展示，所以我们看一个作品的情节是否真实，从根本上说，主要就看它是否能展示真实可信的人物性格。亚里士多德在谈到情节时认为，"一桩不可能发生而可能成为可信的事，比一桩可能发生而不可能成为可信的事更为可取"，所强调的就是人物性格的可信性，而不是事件的可能性。文学作品是作家所虚构的一个假想的甚至是幻想的世界，若是按事件的"可能性"的标准来衡量，有些虚幻的情节，如《窦娥冤》中六月飞雪，《牡丹亭》中杜丽娘的死而复生等，在现实生活中是永远不会出现的，但为什么能这样吸引人呢？这就是由于作品通过这些虚构的情节，真实地写出了蛰伏在人物心底的要求伸张正义和追求爱情自由的强烈愿望，因而使人感到这些情节虽然于事未必有，但于理必然有，虽并不"可能"但十分"可信"。所以，维科认为"诗所特有的材料是可信的不可能"。这样，虚幻的情节也就成了真实生活的一种折射和反映。

三、文学作品的思想和主题

前面说过，任何作品的内容都是经验材料与作家的审美体验、审美认知和审美评价的统一，所以它总要表达一定的思想意义，如同车尔尼雪夫斯基所说的："艺术除了再现生活以外，还有另外的作用那就是说明生活……"有意识无意识地说出艺术家对它们的判断，这种在作品中通过对现实生活的具体描绘所表现出来的作家对于生活的认识、理解、态度和评价，就是我们所说的文学作品的思想。

我们说文学作品的思想是通过作家对现实生活的具体描绘而显示出来的，这就表明在文学作品中是并不存在概念性的思想，一切概念性的思想哪怕是最正确、最有价值的，要是不能转化为作家自己对现实生活的感受和体验，作为作家对这些生活现象的态度和评价，渗透在作家所描写的具体对象之中，也是没有审美价值的。因此，凡是优秀的文学作品，它的思想总是具有这样两个基本特点：首先，是具体性，亦即从具体的生活现象的描绘中所领悟到的。黑格尔从他的"美是理念的感性显现"的定义出发，指出"艺术的内容本身不应该是抽象的"，它应该是"具体"的，是与"抽象的心灵性和理智性的东西相对立的"，因为"在心灵界和自然界里，凡是真实的东西其本身就是具体的，尽管它有普遍性，但同时还包含主体性和特殊性"。

文学作品的思想好比一个机体的血液，它流遍作品全身，渗透到作品中的每一细节。因此，一部优秀作品的思想总是非常丰富的，以至于我们往往从一个场面、一个细节中，就可以领悟到其中蕴含的十分深刻的思想意义。

既然主题在作品中处于贯穿全篇、统率全局的地位，是作品思想的核心部分，作家的思想倾向自然也最集中地体现在作品的主题上。由于作家的思想观念以及对题材理解和领悟的深浅程度不同，这就使同样的题材，经过不同作家的处理也可以表现出不同的主题来。

文学作品的主观思想和客观思想的差别和不一致，常常会给我们分析作品带来一定的困难。在这种情况下，我们的着眼点自然应该是形象所实际显示出来的思想意义，这不仅因为文学是通过形象来说话，作家认识生活的最终结论只能表现在他所创造的形象中，与形象相比，一些抽象的观念则是苍白无力的。

第二节 文学作品的形式要素

文学作品的内容是具体的，而具体的内容不同于抽象概念，是离不开一定的形式的，它只有通过一定的艺术形式才得以表现，因此，当作家获得一定创作题材，按照作品主题的需要对它进行加工、改造，构成一定的审美意象之后，还必须借助一定的媒介和表达方式将其予以物化，才能使之成为一种可供读者阅读和欣赏的对象。这样，结构、语言、表达方式，也就成了我们通常所说的文学作品形式的基本要素。

一、文学作品的结构

结构就是文学作品的组织和构造。正是通过这种组织和构造，作家才能把分散、零碎的生活材料结合起来，使之成为既符合生活的内在真实又能够充分体现一定主题思想的有机而完美的整体，一个由作家意识活动所重构的世界。所以它为当今西方许多推崇和宣扬文学创作是一种非理性、无意识的活动，追求在文学中对生活的"原初状态"作真实地呈现的文学流派所不屑，如超现实主义诗歌、意识流小说等。

作品的主题思想来自生活，但又高于生活。因此，要使主题在作品中获得充分的体现，作家就必须从生活所提供的感性材料的混沌状态中出来，对它重新加以一番整理和组织，如同莱辛所说的，"把世界的各部分加以改变，替换，缩小，扩大，由此造成一个自己的整体，以表达自己的意图"。首先是剪裁；然后，就是在此基础上分出轻重主次，把它们安排在各自最恰当的位置上，使那些最有意义、最能表现主题的材料突显在读者面前，这就涉及如何突出主要人物、布置重点场面、安排主要情节、确定矛盾高潮、合理分布密度、有机处理穿插以及章、节、段落、层次的划分等大量的工作。

二、文学作品的语言

作家要使自己头脑中已经组织起来的材料和创造完成的意象变为实际存在的文学作品，就需要通过一定的媒介把它传达出来，这种媒介对于文学来说就是语言。在本书第一章，我们曾从文学本体论的视界，侧重于从语言学的角度，就文学媒介与其他艺术种类媒介的差别及其所塑造形象的特点做过一些初步的探讨。这里，我们则从语用学的角度联系作家在创作活动中对语言的具体运用，以及读者在阅读过程中对语言的解读，来对作品中的语言做进一步的分析。

在文学语言研究上，长期以来存在一个难题，即文学作品要创造的是形象，而用来创造形象的文学语言却是以词为基本单位的一种符号系统。由于词义是以概念性的意义为核心，是对客观事物的一种概括、分解的把握，它与反映实在的知觉表象不同，所表明的是一般的东西。这样一来，它与人的感知世界、实际生活和交往活动就分离开来。因此，借语言来反映现实、塑造形象，就意味着把丰富多彩的感性的东西纳入一般的概念系统，这就与文学的形象性要求发生了矛盾。这实际上是以传统的观点，以科学语言、逻辑语言来理解文学语言所造成的困惑。为了克服这一矛盾，以往人们从语词和修辞方面做了大量的研究：从语词方面，一般把语词分为概念性的语词和表象性的语词两类，认为表象性的语词不同于概念性的语词，它反映的不是事物抽象的属性，而是人们具体的感觉和体验，因此，即使对性质相似的描写对象，作家也可以从诸多的同义词中选择最为恰当的词来显示它们之间的细微差别。

"语境"就是语言行为发生的特定环境，包括"说话人发出语言形式所处的情境和这个形式在听际人那儿引起的反应"。所以在特定的语境中，语言不是按它的字面意思，而是因语言行为的具体环境而发生变化。对于文学作品来说，语境相对的又可以分为"文本语境"和"交往语境"。

"文本语境"一般指作品中上下文的关系，文学形象是作家在感性层面上对现实所做的整体把握，这决定了它的对象无不处在一定的关系和联系之中。而文学作为一种时间的艺术，它不同于空间艺术就在于它的形象不是在空间的、静止的关系中，而是在时间的进程中塑造完成的，所以对于作家的用词，有时我们不但要联系上下文，甚至还需要联系整个作品才会有准确地领会。

语境的另一层意思是指"交往语境"。交往是人际间的活动，这里提出交往语境，就是要求我们联系以语言进行交往的双方，包括作品中人物之间和作者与读者之间交往的实际情况来理解语言的含义。

除了作品中人物之间的交往之外，作品也是作家与读者所开展交往的一种媒介，这是因为文学作品是为读者而写的，所以作家创作时心目中必然有一个与之交往的读者的存在，他总是力图揣度读者的思想心理，体察读者的情绪感受，力求把读者吸引到与自己对话的关系中来。

三、文学作品的表达方式

表达方式是作家借助语言来塑造形象、表达思想情感时所运用的各种具体的艺术途径和手段的总和。它是为了反映生活的需要而被创造，并随着文学的发展不断地丰富，所以种类非常繁多，在文学作品中往往交织使用。但概括起来大致有以下几种：

（一）叙述和描写

叙述和描写一般都是以外部世界为对象，所以是叙事类文学反映生活、表达思想情感的主要手段，它们的共同特点是作家以叙述人的身份，来对反映对象做比较客观的描述。由于抒情类文学不一定都是直抒胸臆，也往往把作家所要抒发的情感寄寓对外界事物的描写之中，因而也常常有大量的描写。叙述和描写这两种手法的主要区别是：

叙述是作家对人物、事件和环境所做的一种简要的说明和交代。叙事类文学在其产生初期多用这种手法。如我国六朝的笔记小说《世说新语》等就是主要用叙述的手法写成。叙述手法由于缺少细节刻画，以致形象性不够具体、鲜明，所以近代叙事类文学除了将其作为描写的辅助手段之外，一般很少单独运用。

描写是在叙事的基础上发展起来的，是通过对人物、环境、事件的具体刻画来反映生活的一种表达方式。它的效果是能使作品反映的对象有如耳闻目睹、亲身经历似的呈现在读者面前。它是近代叙事类文学反映生活的一种基本手段。

对生活作的具体描绘离不开细节的刻画，因为细节是形象的细胞，是构成形象的最小单位，没有细节也就没有具体、丰满、生动的形象。现实世界在优秀的作品中之所以被描绘得情貌无遗、纤毫毕露，就是通过对细节的精确刻画而达到的。但是，如果一味强调细节的重要而不加选择，也会造成自然主义的烦琐堆砌。所以，优秀的作家在描写细节时，总是经过自己对生活的精微的观察，抓住事物的特征来进行刻画。

描写作为文学作品中最常用的表达方式，其具体的手段也很多，用得最普遍的是比喻，特别是隐喻。所谓隐喻，就是不直接从对象本身入笔，而借助联想取其与另外事物的类似之点，通过对另外事物的描写来达到虽然间接却更为鲜明地揭示对象的性质和特点的一种手法。因为这样通过两个形象的创造性组合和叠加，不仅使原有形象显得更加鲜明生动，给人以耳目一新的感觉，而且赋予对象原本没有的、由喻体所赋予的象征意蕴和情感色彩，所以它很早就引起了理论家的注意。我国古代的"比兴"说的所谓"比"，就有类似的意思；在西方古代文论和修辞学中，对隐喻的性质和意义则阐述得更加透彻。如亚里士多德在谈到隐喻时这样认为：语言是表现思想的，能够使我们把握新思想的语言，是最为我们所喜欢的语言。陌生的词汇使我们苦恼，不易理解；平常的词汇又不外老生常谈，不能增加新的东西。

叙述与描写在叙事类文学中常常交织在一起使用：或者在叙述中穿插描写，如《阿Q正传》中的"优胜记略"和"续优胜记略"两章，就是以叙述为纲，把阿Q的可笑而可叹的行为一件一件地通过描写介绍出来；或者在描写中夹带叙述，如《祝福》中把祥林嫂被婆家劫回被迫再嫁以及嫁后的情景，通过卫老婆子的语言描写概括地交代出来。在叙事类文学中，这样把叙述和描写有机地结合起来既可以避免平铺直叙，又可以突出作品主要的东西，达到很好的剪裁效果。

（二）抒情和议论

抒情是通过作家或作品中的抒情主人公对生活感受的抒写来反映生活的一种表达方式，它的对象主要不是外部现实，而是作者或抒情主人公的内心生活。它是抒情类文学反映生活的基本手段，在叙事类和戏剧类文学中也常常被采用。

抒情可分为直接抒情与间接抒情两种形式，直接抒情由于是直接表现抒情主人公对现实人生的某种态度和体验，所以主观色彩较为强烈，这在诗歌中较为常见。

在文学作品的表达方式中，与抒情关系最为密切的就是议论。议论本是论说文中评论是非、善恶的言论。一般说来，它总是比较抽象，与文学以形象反映生活、抒发情感的特点显得格格不入，在文学作品中应该尽量避免，但这也不能一概而论因为情感与思想常常是不可分割的，当作者对自己的人生体验的深思上升为对某种哲理的领悟之后，由于意蕴之深广，也可能会溢出感性形式而成为某种议论，所以，只要作品中的议论来自生活、发自肺腑，有作者自己深切的感受和独到的体会，并与艺术形象融为一体，也同样可以和艺术形象一样，产生激动人心的效果。

（三）对话和独白

前面所说的叙述和描写、抒情和议论大多是叙述人言语的表达方式。与之不同，对话与独白则是人物语言的表达方式。对话和独白这两者的区别主要是：对话是通过人物之间交谈的方式进行的，它需要对话双方互相维持才能进行下去，所以彼此所采用的都是不随意的、反应性的话语，即任何一方都不可能预先考虑周全，而只能在感知对方话语的内容之后，根据特定情境做出临场性的回答。对话的这种情境性决定了对话的言语总是简要的、压缩的，不是按照完整语句的要求而组织起来的，一般只是为了回答对方并以使对方理解为满足。所以必须联系具体的语言环境才能体会它的意思。

第三节 文学作品的内容与形式的关系

文学作品内容与形式的这种划分，曾经遭到唯美主义和形式主义的竭力反对。如俄国形式主义理论家认为这种划分"使人以为内容在艺术中所处的状态，与其在艺术之外是相同的……从而导致把形式当作是可有可无的外表修饰""使艺术有了审美成分与非审美成分的区别"；并进而把内容看作一种"非审美的成分"予以否定和排斥。这样，在他们眼中文学也就成了只是一个形式的问题、技巧的问题以及"如何写"的问题。就像爱伦·坡谈到诗歌时所说的，"文学的诗可以简单界定为有韵律的创造""一首诗就是一首诗，此外再没有别的什么了"，它与"写什么"完全无关，这完全是在曲解内容与形式关系基础上所提出的一种主张。其实，我们把文学作品的构成划分为内容与形式，只不过为了在理论上进行剖析的需要，绝不意味着视之为两者的机械相加。在一个作为有机整体而存在的具体作品中，这两者是不可分割地联系在一起的，决不能以什么"审美成分"与"非审美成分"来做机械的划分。这是因为作家创作不是有了内容之后才去寻求形式的，在艺术构思过程中，内容的提炼总是与形式的选择结合在一起。这里的内容是有形式的，而形式则是内容的显现，既不存在没有内容的形式，也不存在没有一定表现形式的内容。但正如任何"矛盾着的两方面中，必有一方面是主要的，他方面是次要的"。一样，在内容与形式之间，内容总是处于矛盾的主导地位，它决定着形式；而形式并没有自身绝对独立的价值，它终究是为了表达内容而存在。内容与形式就是这样相辅相成、相互制约、相互渗透、互相交融、辩证统一，构成文学作品这一有机的整体。对于文学作品内容与形式的这种辩证统一的关系，我们分别说明如下。

一、文学作品的内容存在于特定的形式之中

在文学作品中，内容总是第一性的，是决定的因素，这不仅因为"最初的诗人们都凭自然本性才成为诗人（而不是凭技艺）"，而且直至今日，人们也总是为了表达自己的某种生活感受和体验的需要才进行创作，所以作品的审美价值总是首先取决于作品所表达的内容是否真切感人、引发人的审美体验，在创作过程中，作家首先考虑的也总是作品的内容。

随着社会生活的发展，文学作品所反映内容发生了变化，因此形式也必然相应地发生改变，从而要求艺术形式也不断地有所创新。如为了适应反映复杂而广阔的社会生活而发展起来的小说，较之于在它以前的诗歌和戏剧文学，结构就更为复杂，语言就更为贴近生活，表达方式也更加丰富、多样。反过来，小说本身的结构、语言、手法也随社会生活不断发展而变化着。文学作品内容的变化带来形式方面的革新，这一文学发展的客观规律贯穿在中外文学史的全过程。不过，在一般情况下都是以渐变的形式出现，不容易为人们所察觉；只是在历史上一些大变革的时期，为了反映新的现实生活的需要，才出现突变的方式。如法国19世纪初的浪漫主义运动，我国在五四时期的新文学运动，为使文学的形式与新的内容相适应，都曾对文学形式做过突变的处理。

所以，从文学作品内容决定形式这一规律来看，形式自身是没有绝对的价值和一成不变的标准的。尽管它有自己相对的独立性，但是我们不能因此像唯美主义者、形式主义者那样把形式美加以绝对化。不论是一个具体的作品还是一个时代的作品，如果脱离了生活，脱离了内容，只是着眼于形式，把形式看作绝对独立的东西，一味追求所谓纯粹的形式美，就必然会走向形式主义的歧途。在文学史上，很多作家和流派就是由于脱离生活、固守成法，把形式与技巧看得高于一切而使创作走向衰落的。

二、文学作品的形式是特定内容的具体显现

文学作品的形式虽然从根本上说是由作品内容决定的，是作家在提炼作品内容的过程中提炼出来的，但它并不只是对对象的原有形态的简单而粗糙的复制，若要获得艺术的表达，还须按照各种文学体裁的惯例和形式规范的要求，对之进行加工和改造。这种形式规范当初是由作家艺术实践的经验积累而逐渐形成的，但一旦当它成为一种艺术规范之后，又会脱离具体的内容而获得相对的独立性，这不仅使得不同的艺术形式都有自己特殊的表现功能，如不同的结构方式、叙述语调乃至语言的节奏、韵律所表达的情绪含义、所产生的艺术效果都不完全一样。如同歌德所说："不同诗的形式会产生奥妙的巨大效果。"

由于文学作品的形式对内容的表达有如此积极的影响，这就要求作家在创作过程中必须对艺术形式有足够的重视，除了根据内容表达的需要，通过认真比较、精心选择去寻求最切合某一特定内容的形式来加以表达之外，还必须有敢于探索、勇于创造的精神，使形式能不断地适应内容的变化而达到与内容的发展同步前进。因此，在内容与形式的关系上，我们既要反对"形式主义"，又要反对"自然主义"，即满足于直接照搬生活，把从内容出发、根据内容表达的需要，对形式精心地加以琢磨、推敲，也当作"形式主义"来反对的错误倾向，这只会导致文学作品内容与形式脱节，影响内容的表达，最终必然会降低作品的艺术质量。

三、文学作品力求内容与形式的完美统一

前面我们只是对于内容与形式的辩证关系所做的理论阐述，在创作过程中，并非每个作家都能把这种关系处理得好。原因就在于：文学作品的形式并非只是感性材料原始形式的复制，而是作家根据特定文学体裁的形式规范的要求对于感性材料加工、改造后所获得的。它是基于原始形

态的形式又高于原始形态的形式。因而，当生活材料经过作家的加工、改造，而成为审美的形态时，它的内容也必然同时发生变化，所以席勒说，材料在艺术中与在艺术外是不同的，这就意味着它与原始形态发生了分离，与艺术的形式结合在一起，而成为一种艺术的形态。这种完美统一的形态并不是任何作家在作品中都能轻易达到的。这是由于：①尽管作家在把握题材和构思作品的过程中，并不像在理论研究时那样，可以把内容与形式加以分割，但不能否认它们作为文学作品构成因素的两个方面，其中作品内容的把握主要取决于作家的人生体验、思想认识，而形式的驾驭主要取决于作家的审美眼光、艺术修养和艺术训练。这两者在一个作家身上未必都是同步发展、完全平衡的，这就使得有些作品虽然有比较丰富、深刻的思想内容，而形式上却较为粗糙；有些作品内容空洞、贫乏，但艺术形式则近乎完美。②任何作家的创作活动都离不开文学发展的历史背景，而总是受一个民族和时代文学发展的总体水平的制约。从文学发展的历史来看，由于文学作品的内容是直接从现实生活中提取的，所以它与社会发展变化的联系比较紧密；而形式规范是历史积累的成果，所以相对于作品所反映的生活内容来说是比较稳定的，因此，当社会生活的发展、人们思想情感的变化为文学创作带来新的内容的时候，原有的形式规范往往未必就完全适合于表现新的内容，只有当这种新内容冲破旧形式的束缚之后，创作才重新出现生机。因此，可能在相当长的时间里，新内容与旧形式之间总不能完全取得协调，所以，在现实的变革时期所出现的那些反映新的社会现实、新兴力量的思想意识和审美趣味的作品，在其产生的初期，常常由于作家艺术经验的不足，在历史上又找不到可资借鉴的艺术成果，一时还不可能形成与所表现的生活内容和思想情感完全相适应的艺术形式，因而也可能出现先进的思想内容与不甚完美的艺术形式相矛盾的情况。

正是由于文学作品的内容与形式之间常常存在这样不完全协调和平衡的情况，所以，我们才要求作家在深入生活、提高思想认识的同时，还必须不断加强自己的艺术修养和训练，增强以审美的方式去把握现实，以及创造与作品所表现的特定内容相适应的艺术形式的能力，使作品尽可能达到内容与形式的完美统一。这不仅是为了更好地满足人们审美的需要，同时也是文学创作自身的规律的追求。因为文学作品向我们提供的是一个具体、生动、活生生的感性世界，在这个感性世界中，事物本身是有形式的，并不存在于形式之外的内容；而形式又总是表现一定的内容，"是作为某种内容的特定形式而出现的"，它与内容是天然而有机地联系在一起的。出于这一认识，浪漫主义诗学提出了"有机形式"的概念，认为"形式是生来的，它在发展中从内部使它自己定形，它的发展与完成与它外部形式是达到完美统一的，是同一件事。生命是什么样，形式也是什么样"。在这里，不仅内容表现于一定形式，而且"只有借助形式，内容才获其独一无二性，使自己成为一件特定艺术作品的内容，而不是其他艺术作品的内容"。所以，从严格的意义上来说，凡是真正的文学作品的内容都不是抽象的，它与概念之间不存在可以互相转化的关系，正如黑格尔所说："对于一个艺术家，如果说，他的作品的内容是如何好（甚至很优秀），但只是缺乏正当的形式，那么，这句话就是一个很坏的辩解。只有内容与形式都表明为彻底统一的，才是真正的艺术品。我们可以说荷马史诗《伊利亚特》的内容就是特洛伊战争，或确切点说，就是阿喀琉斯的愤怒；我们或许以为这就很足够了，但其实却很空疏，因为《伊利亚特》之所以成为有名的史诗，是由于它的诗的形式，而它的内容是遵照这形式塑造或陶铸出来的。"尽管同一材料可以采取不同体裁的形式来加以表现，如同唐明皇和杨贵妃的爱情悲剧，被陈鸿写成传奇小说《长恨歌传》，被白居易写成叙事诗《长恨歌》，后来又被洪昇改编成传奇剧本《长生殿》，但凡是写得成功的，这个题材总是被作者按照特定体裁的形式规范的要求经过改造、加工，所表现的已不能说是完全相同的内容。因而作品的内容也只有等到作品完成之后才获得自己真实的实在。那种离开了感性形式而孤立存在的内容，就已经不是文学作品的内容，若一定要把它重新纳入形式，充其量也只不过是两种互不相干因素的机械拼凑。

第七章 读者心理

读者，这个概念的含义就是书籍的阅读人。其队伍庞杂无比，上至皇帝，下至平头百姓，只要读过书的都可以称为读者。即使不识字、不读书的人，只要听过书、看过戏，这样的听众、观众也可以称为广泛意义上的读者。读者在书籍中被称为知音、识者、览者、知者、知言者、会心者、解人、阅者、观者、精鉴者、鉴赏者、知己、高士、看官，等等。

文学作品的生命不仅在于被生产出来，而更重要的是在于能被读者接受。"音为知者珍，书为识者传"，读者在我们讨论作品的生命时，是不可或缺的因素。

第一节 读者的心理结构

一、读者和作者——音实难知，知实难逢，逢其知音，千载其一乎

刘勰在《文心雕龙·知音》中说："音实难知，知实难逢，逢其知音，千载其一乎？"正因为这样，作者才把自己的著作"藏之名山，传之其人"，企盼读者，企盼知音。

曹雪芹在《红楼梦》的开首即道"满纸荒唐言，一把辛酸泪，都云作者痴，谁解其中味"。《红楼梦》问世已有二百多年了，经历了旧红学时期、新红学时期、解放后到现在的评红时期，《红楼梦》的读者千千万万，对《红楼梦》的研究已成了一门专门的学问。但谁是《红楼梦》的知者呢？鲁迅先生说"《红楼梦》单是命意，就因读者的眼光而有种种：经学家看见《易》，道学家看见淫，才子看见缠绵，革命家看见排满，流言家看见宫闱秘事……"不仅如此，就是对《红楼梦》中的同一个人物，读者的看法也大相径庭。

两位读者对于同一部作品的同一个人物的评论，竟有如此大的分歧，原因何在？这是由读者的个体差异造成的。刘勰在《文心雕龙·知音》篇中说："夫篇章杂沓，质文交加，知多偏好，人莫圆该。慷慨者逆声而击节，蕴藉者见密而高蹈；浮慧者观绮而跃心，爱奇者闻诡而惊听，会己则嗟讽，异我则沮弃，各执一隅之解，欲拟万端之变，所谓东向而望，不见西墙也。"

不同的读者对同一篇作品为什么有不同的感受呢？我们说，这是由读者的个体心理结构所决定的。在阅读前，每个人的天分、气质、生活、阅历、修养等等条件是不一样的。这种种不同的先天和后天条件造成了读者个体心理结构的差异，心理结构的差异形成了不同的阅读。读者在阅

读前的这种比较稳定的心理结构，我们称之为"阅读基奠"。

二、阅读基奠

阅读基奠也叫阅读潜能或阅读先结构，这是阅读的前提。西方接受美学把阅读基奠称之为期待视野或期待视界，它包括读者对一部作品接受前的全部前提条件，如社会经济地位、职业、生活经历、受教育水平、文化修养、兴趣、爱好、气质，等等。

（一）社会经济地位——魏武以相王之尊，雅爱诗章

人是社会的人，人的心理发生和形成都离不开他经历的具体的社会活动。人的社会经济地位制约着阅读的选择和态势。秦始皇未统一天下时，对韩非的《孤愤》《五蠹》《内外储说》非常赞赏，说："我能见到作者，跟他交往，死都心甘，"彼时秦王以帝王之尊，正要囊括四海，夺取天下。法家韩非的著作给他提供了思想武器，所以他由喜欢作品而思慕作者。汉武帝读了司马相如的《子虚赋》，感叹说："可惜我不能和这个人同时啊！"这是由于汉武帝时，国势强大，而武帝又好大喜功，所以喜欢张大其词的《子虚赋》。曹丕写《典论论文》，因他是一代帝王，所以居高临下，虎视文坛，品评七子，游刃有余。如是一般作者，则无此气魄。

一个社会经济地位重大的人，其存在甚至于可以影响时代文学的面貌。汉末建安时期，文人学士云蒸霞蔚，文章志深笔长、梗概多气，形成了有名的"建安风骨"，其主要原因当然是由于时代的"世积乱离，风衰俗怨"，但这和掌权的曹氏父子喜爱文学也有很大的关系。刘勰《文心雕龙·时序》说："魏武以相王之尊，雅爱诗章；文帝以副君之重，妙善辞赋；陈思以公子之豪，下笔琳琅；并体貌英逸，故俊才云蒸。"

至于一般的读者，阅读虽也受其社会经济地位的影响，但大体而言，他们对社会上的文学现象并不会产生大的作用。

（二）生活经历——非余之世农，亦不能识此语之妙也

生活经历影响着读者对作品的理解和感受。苏辙在《上枢密韩太尉书》中评司马迁："太史公行天下，周览四海名山大川，与燕赵间豪俊交游，故其文疏荡，颇有奇气。"他之所以对司马迁的作品有如此深刻的理解，这与他的一段游历是分不开的："辙生十有九年矣，其居家所与游者，不过其邻里乡党之人，所见不过数百里之间，无高山大野可登览以自广；百氏之书，虽无所不读，然皆古人之陈迹，不足以激发其志气。恐遂汩没，故决然舍去，求天下奇闻壮观，以知天地之广大。过秦汉之故都，恣观终南、嵩、华之高，北顾黄河之奔流，慨然想见古之豪杰。至京师，仰观天子宫阙之壮，与仓廪、府库、城池、苑囿之富且大也。而后知天下之巨丽。见翰林欧阳公，听其议论之宏辩，观其容貌之秀伟，与其门人贤士大夫游，而后知天下文章聚乎此也。"苏辙因对自己的处境不满意，而要奋发有为，才有了这一段的经历。我们说，这样的经历会对他今后的阅读产生不可估量的影响。

苏轼在其《诗话》中说："陶靖节云'平畴交远风，良苗亦怀新'。非古之耦耕植杖者，不能道此语。非余之世农，亦不能识此语之妙也。"因为苏轼有世代为农种田的经验，对大自然有

足够的感性认识，所以才对"平畴交远风""良苗亦怀新"的描绘倍感亲切，能够领略其中的喜悦之情，贴近诗人之心。刘勰《文心雕龙·知音》说："操千曲而后晓声，观千剑而后识器；故圆照之象，务先博观。"就是这个道理。

（三）职业兵家读之为兵，道家读之为道

职业的喜好、习惯会潜入人的心里底层，其对阅读的导引尤为明显。薛雪《一瓢诗话》中说杜甫诗"解之者不下数百家"，而"兵家读之为兵，道家读之为道，治天下国家者读之为政"。他们对作品的喜好、评价都受到职业的影响。赵普凭着"半部《论语》治天下"，是他从《论语》中借鉴了修身、齐家、治国、平天下的道理。

据《小说小话》载，李自成、张献忠、洪秀全起义时，都从《三国演义》中学习了攻城略地、伏险设防的方法，并能据此取得胜利。"异姓联昆弟之好，辄曰桃园；帷幄运用之才，动言诸葛。"这就是职业对阅读的导引和利用。鲁迅说《红楼梦》的读者"经学家看见《易》，道学家看见淫，革命家看见排满"，可见对文本理解的惯性方向也是由职业决定的。

（四）文化水平——其曲弥高，其和弥寡

文化水平、受教育程度更能直接影响一个人的阅读能力。宋玉对楚王问中有言："客有歌于郢中者，其始为《下里》《巴人》，国中属而和者数千人；其为《阳阿》《薤露》，国中属而和者数百人；其为《阳春》《白雪》，国中属而和者不过数十人；引商刻羽，杂以流徵，国中和者不过数人而已。是其曲弥高，其和弥寡。"

（五）兴趣爱好——意趣所见，多见于嗜好

兴趣也就是审美趣味，是人的一种高级的心理能力，它制约着阅读的倾向性。惠洪说："……意趣所见，多见于嗜好。欧阳文忠公喜士为天下第一，常好诵孔北海'座上客常满，樽中酒不空'，范文正公清严，而喜论兵，常好诵韦苏州诗'兵卫森画戟，燕寝凝清香'；东坡友爱子由，而性嗜清境，每诵'宁知风雨夜，复此对床眠'。"

薛雪在《一瓢诗话》里也说了人的兴趣、爱好左右着人的阅读："从来偏嗜，最为小见，如喜清幽者，则细痛快淋漓之作为愤激，为叫嚣；喜苍劲者，必恶宛转悠扬之音为纤巧、为卑靡。殊不知天地赋物，飞潜动植，各有一性，何莫非两间生气以成此？理有固然，无容执一。"

班固《汉书·扬雄传》云："往时武帝好神仙，相如上《大人赋》，欲以风，帝反缥缥有凌云之志。"相如上赋的目的是讽劝，但却引起了相反的作用。其所以如此，是因为武帝的审美趣味在于"好神仙"。

读者的个人阅读基奠还有许许多多方面，兹不多举。正因为读者阅读的前提条件千差万别，所以阅读的感受也种种不一。

三、阅读的态度和心境

在读者的个性心理结构中，阅读基奠是比较稳定的结构。但在阅读活动中，还有一些随机性的因素影响着读者。

（一）阅读态度——不是老夫朝不食，半山绝句当早餐

读者的阅读，是去消遣，还是去欣赏，或者是去评论？是消极的还是积极的呢？这些态度上的前提都会给阅读造成影响。

杨万里《读诗》写道："船中论诗只诗编，读了唐诗读半山。不是老夫朝不食，半山绝句当早餐。"杨万里在船上并不感到旅途的倦怠，而是废寝忘食，连早饭也不吃了。他去干什么呢？是读唐诗，读王安石的诗，他已经沉迷进去了。这就是欣赏性的阅读。

批评性阅读是欣赏性阅读的一种深化，是很要费一些力气的。如沈彤《果堂集·义门何先生行状》谈到清何焯的阅读："先生蓄书数万卷，凡经传、子史、诗文集、杂说、小学，多参稽互证，以得指归。于真伪是非、密疏隐显、工拙源流，皆各有题识，如别黑白。及刊本之讹阙同异，字体之正俗，亦分辨而补正之。其校订两汉书、三国志、最有名。乾隆五年，从礼部侍郎方苞请，令写其本付国子监，为新刊本所取正。而凡题识中有论人者，必迹其世，彻其表里；论事者，必通其首尾，尽其变；论经世大略者，必本其国势民俗，以悉其利病，尤超数百年评者之林。"

这种阅读不仅费力，而且有些枯燥。但叶德辉却把校书当成怡悦性情的乐事："校刊之功，厥善有八：习静养心，除烦断欲，独居无俚，万虑俱消，一善也；有功古人，津逮后学，奇文独赏，疑窦忽开，二善也；日日翻检，不生潮霉，蠹鱼蛀虫，应手拂去，三善也；校成一书，传之后世，我之名字，附骥以行，四善也；中年善忘，恒苦搜索，一经手校，可阅数年，五善也；典制名物，记问日增，类事撰文，俯拾即是，六善也；长夏破睡，严冬御寒，废寝忘餐，难境易过，七善也；校书日多，源流益习，出门采访，如马识途，八善也。"

我国评点派的阅读，如金圣叹之于《水浒传》《西厢记》，是兼有欣赏性和批评性的。

（二）阅读心境——载哀者闻歌声而泣，载乐者见哭者

阅读的心境也影响着阅读活动。同一个读者在不同的时间里阅读同一篇作品，往往因心境的不同而感受不同。《淮南子·齐俗训》中说："夫载哀者闻歌声而泣，载乐者见哭者而笑。哀可乐者，笑可哀者，载使然也。"所谓"载"即指心境状态。也就是说，主体审美心境的不同造成了审美的差异。

白居易因被贬到偏僻的地方，心情抑郁，听到"同是天涯沦落人"的歌女如泣如诉的琵琶声后，才发生强烈的共鸣："座中泣下谁最多，江州司马青衫湿。"

金圣叹是不被当时社会理解的狂杰、怪才，怨愤满腹，无从发泄，所以在评《水浒传》时才忍不住为之一哭。如在林冲被高俅迫害的情节中，金圣叹先后批道："令人落泪""写得令人堕泪""一字一哭，一哭一血，至今如闻其声""令人大哭，令人大叫""酒店一叹，此处又一叹，如夜潮之一长一落，读之乃欲叫哭"。他之所以如此感情汹涌，直欲哭叫，是因为被小说中的人物遭遇触到了自己心中的隐痛，产生了强烈的共鸣，所以笔下出现上述词汇。正如李贽所说："胸中有如许无状可怪之事，其喉间有如许欲吐而不敢吐之物，其口头又时时有许多欲语而莫可告语之处，蓄极积久，势不能遏，一旦见景生情，触目兴叹，夺他人之酒杯，浇自己之垒块。"

阅读基奠、阅读的态度和心境构成了读者的个体心理结构。这种心理结构就决定着读者阅读的选择、深浅、感受、评价。

四、阅读的能动作用

有什么样的读者就有什么样的阅读。读者是千姿百态的，而阅读也是千差万别的。但我们也可把阅读略加分类，将其概括划分为合格的阅读、不合格的阅读两种。合格的阅读又可分为高级的阅读和一般的阅读。

有的人读书虽多，但死记硬背，食古不化，没有感触，不起任何作用。这就是不合格的阅读。《南齐书·陆澄传》载："澄当世称为硕学，读《易》三年，不解文义。欲撰《宋书》，竟不成。王检戏之曰：'陆公，书橱也。'""书橱"，相当于今天所说的"活字典"。这都是不合格的读者。

在合格的阅读中，读者体现出的水准也高低不一。有的人在阅读中有收获，有创建，有著述，这样的阅读可称为高级的阅读。如《诗品》《诗话》《曲品》的作者及评点派诸人的阅读就是。钟峰就是读了当时的全部诗作，进行比较、研究、总结，写成了《诗品》。此后的《沧浪诗话》《姜斋诗话》《远山堂曲剧品》等等，也都是读诗读曲的真知灼见。至于李贽、金圣叹、脂砚斋诸人乃是最会读书的人。他们对小说、戏曲的评点，也可以说是他们的读书笔记。他们是高级的读者，一般人是达不到这个层次的。

一般的阅读是社会上最为普遍的一种阅读，这种阅读对读者来说，其要求就是有体会，有自己的见解，有一定的收获，甚至能发表一些独到的见解。

（一）读者驰心骋想——作者之用心未必然，而读者之用心何必不然

无论何种阅读，读者都有绝对的自由。他们不是被动的受教育者、获益者，而是可以驰骋自己的想象、联想，能动地去感受作品、理解作品、欣赏作品、评价作品，不受作者的拘系，不受社会思想的羁勒。

董仲舒在《春秋繁露·情华》中说："'诗'无达诂，'易'无达占，'春秋'无达辞。"达，即通达、明白之意。也就是说，《诗》《易》《春秋》这些著作意义含蓄、模糊、多义，你不可能解释得十分确切。到底如何解释？那就靠读者根据自己的情况进行主观能动的想象了。

袁枚也主张说，"诗者传其是，不必尽合于作者"作诗者以诗传，说诗者以说传，传者传其说之是，不必尽合于作者也。如谓说诗之心即作诗之心，则建安、大历有年谱可稽，有姓氏可考，后之人犹不能以字句之迹追作者之心，规"三百篇"哉！不仅是也，人有兴会标举，景物呈触，偶然成诗，及时移地改，虽复冥心追溯，求其前所以为诗之故而不可得，况以数千年后，依傍传疏，左支右吾，而遽谓吾说已定，后之人不可复有所发明，是大惑已。

谭献在《复堂词录序》中说："作者之用心未必然，而读者之用心何必不然？"

沈德潜在《唐诗别裁集·凡例》中说："读诗者心平气和，涵咏浸渍，则意味自出，不宜自立意见，勉强求合也。况古人之言，包含无尽，后人读之，随其性情浅深高下，各有会心。如

好《晨风》而慈父感悟，讲《鹿鸣》而兄弟同食，斯为得之，董子云：'诗无达诂'此物此志也。"

（二）读者左右作者——非是而欲餍阅者之心，难矣

正因为读者发挥了自己的主观能动性进行阅读，他们才在文学史上起到了重大的作用。这种能动性使得历代作者都敬重读者。司马迁在《报任安书》中说，把自己的著作"藏之名山，传之其人"，就是对读者、对知音的热烈企盼。

葛洪说："立言者贵于助教，而不以偶俗集誉为高，若徒阿顺谄谀，虚美隐恶，岂所匡失弼违、醒迷补过者乎？虑寡和而废《白雪》之音，嫌难售而贱连城之价，余无取焉。非不能属华艳以取悦，非不知抗直言之多咎，然不忍违情曲笔，错滥真伪，欲令心口相契，顾不愧景，冀知音之在后也。否泰有命，通塞听天，何必书行言用，荣及当年乎！"

柳宗元在《答吴武陵论非国语书》中也说："今因其闲也而书之，恐后世之知音者用是诟病。狐疑犹豫，伏而不出者累月，方示足下，足下乃以为当，仆然后敢自是也。"他们之所以不苟且写作，不"偶俗集誉"，主要是考虑到后世之读者的评价，怕有害于他们，怕被知者嘲笑。由此可知，在作者的心目中赫赫然有一个读者存在。

作者敬重读者，读者也自有左右作品命运的力量。读者和作品的关系，一是欣赏，再是批评。所以读者对作品发挥作用，也是通过欣赏和批评的活动来进行的。昔日使"洛阳纸贵"的左思的《三都赋》，现在却无人问津。晋代诗人陶渊明仅仅被钟嵘评为"中品"，现在却成了为千万读者所歌颂的伟大的田园诗人。左思、陶渊明作品的命运何以这样不同？我们说，读者不同了。

不仅如此，读者还干预着作品的改编或创作。《三国演义》《水浒传》中的很多故事在流传中经过了成千上万读者的增删修改，最后才由罗贯中、施耐庵组织并定稿。如果说这两部书由于参与修改的读者太多而不易看出读者在成书过程中的作用，那么在《西厢记》的成书过程就可明显地看到读者所起的重大作用了。

唐传奇《莺莺传》是以"始乱终弃"而结局的。至宋代，以秦观、赵令畤为代表的一大批读者便对《莺莺传》的结局极为不满，他们责怪张生"弃掷前欢殊未忍，岂料盟约，陡变无凭准"。

这些读者只是发发牢骚罢了，并没有实际上进行干预。而到了金朝，读者董解元因不满《莺莺传》的结局，便直接插手此事，写出了《西厢记诸宫调》，使张君瑞和崔莺莺结为夫妻，张还中了探花。元王实甫则写了大型杂剧《西厢记》，不仅让崔张团圆，还让张中了状元，"使天下有情的都成了眷属"。从这里可以看出读者的伟大力量：你的作品不能违背他们的意愿。如果违背了，他们会拗过来的。所以悲剧《窦娥冤》被改成了《金锁记》，结局是"父作高官婿状元，父子夫妻大团圆"。

王国维说："我国民之精神，世间的也，乐天的也。故代表其精神之戏剧小说无往而不著乐天之色彩：始于离者终于合，始于悲者终于欢，始于困者终于亨。非是而欲餍阅者之心，难矣。"

可见读者的作用是巨大的，其意志不可违抗。而读者要发挥作用，还是通过阅读，通过欣赏作品、批评作品来完成。

第二节 作品的多种解释

对于同一部作品，同一篇文章，同一首诗歌，同一句话语，人们常常有不同的阐释理解。我们把这种现象称之为"诗无达诂"或"诗无定评"。也就是说，对这个作品的理解并不限于一种说法，而是有多种解释。

那么为什么会有这种情况呢？我们认为，这除了读者方面的原因，还有作品本体方面的原因。文学作品不同于科学著作。科学著作运用逻辑思维进行推理，公式、定理、原理、定律，凡此种种，不能有丝毫差错，与之相关的文章表达也要准确无误。而文学作品用形象思维来描写生活，内容要求形象生动。这样的作品就很难"达诂"，很难"定评"。中国古代文论从许多方面说明了文学作品的这种特色。

一、比兴——比者，以彼物比此物也；兴者，先言他物以引起所咏之辞也

比兴是我国古代诗歌的一种表现手法。最先见于《周礼·春官·大师》，它包括在"六诗"之中，"曰风、曰赋、曰比、曰兴、曰雅、曰颂"。汉代《诗大序》称之为"六义"。

对于比兴概念的基本含义，最早解释的是郑众，他说："比者，比方于物也；兴者，托事于物也。"（《周礼》注）朱熹阐述道："比者，以彼物比此物也。""兴者，先言他物以引起所咏之辞也。"（《诗集传》注）

除这类观点外，还有皎然的另一种提法："取象曰比，取义曰兴。义即象下之义。凡禽鱼、草木、人物、名数，万象之中，义类同者，尽入比兴。"这里最值得注意的是，他把比兴与诗的形象联结起来了。比是描绘物象的手段，兴是物象之中所包含的意蕴。这就把"比"与"兴"结合成了一个整体。形成一个"比兴"的新概念。

总之，比兴是诗歌的一种表现手法：比就是譬喻，包括明喻和暗喻。兴有两种作用：一指用于诗歌发端，二指象征。六朝和唐宋时代的诗论，将比兴手法的特点加以发展，成了兴寄说、兴象说。

兴寄说是指诗歌在政治教化方面的作用，并把政教善恶和美刺比兴联系到一起。如《诗大序》说，《关雎》为后妃之德的表现。后刘勰、陈子昂、杜甫、白居易都提倡兴寄。特别是白居易强调诗歌要"补察时政，泄导人情"，他所说的"兴寄"，已经不是起兴、比喻，而是重在所写的事件中进行规谏、寓有劝诫讽喻之意。

兴象意在以比兴之法创造诗的意象和意境。注重意蕴和象征的表现。贾岛《二南密旨》："感物曰兴，兴者，情也。谓外感于物，内动于情，情不可遏，故曰兴。"清陈廷焯说："托喻不深，树义不厚，不足以言兴。深矣厚矣，而喻可专指，义可强附，亦不足以言兴。所谓兴者，意在笔先，神余言外，极虚极活，极沉极郁，若远若近，若可喻若不可喻，反复缠绵，都归忠厚。"他

用"兴"概括了古代诗歌意象"寄意言外"的特色。"忠厚"当指情感真挚充沛、意蕴深厚而言。

二、形神——不曰形，曰貌，而曰神者，以天下之人形同者有之，貌类者有之，至于神，则有不能相同者矣

形神是我国古代的美学概念。形神原指人的形体和精神，喻为人和物的外部形貌与内在意蕴。庄子最早提出了形神之论。他用许多畸人形象，说明"形残而神全"的可贵。先秦两汉时期尚质重形，不强调传神。魏晋则明确提出在文艺创作中以形传神。唐宋以降，画论都强调传神。苏轼在《书鄢陵王主簿所画折枝二首》一诗中说："论画以形似，见与儿童邻，赋诗必此诗，定知非诗人。"即主神似，而反对单纯追求形似。严羽《沧浪诗话》对于诗的要求则是"诗之极致有一，曰入神。诗而入神，至矣，尽矣，蔑以加矣"。他把"入神"视为诗歌创作和欣赏的最高美学原则。

为什么写人物要注意传神，即描绘人物的个性、神态、气质呢？宋代陈郁说："盖写其形，必传其神；传其神，必写其心。"也就是说，心物交融是传神的基础。清代画家沈宗骞说："不曰形，曰貌，而曰神者，以天下之人形同者有之，貌类者有之，至于神，则有不能相同者矣。作者若但求之形似，则方圆肥瘦，即数十人之中，且有相似者矣，乌得谓之传神？今有一人焉，前肥而后瘦，前白而后苍，前无须髭而后髯，乍见之或不能相识，即而视之，必恍然曰，此即某某也'，盖形虽变而神不变也。"（《芥舟学画编》）这说明，"神"是人最本质的特点，画人画面难画神。只有把人的思想感情、风骨气质表现出来，才能下笔有神，栩栩如生。使人如见其人，如闻其声。

明清时代，传神论张扬蹈厉，大放异彩。在诗歌领域中占了主要地位。性灵、神韵、格调之说相继出现，其基本精神都是传神的表现。

三、意象意以象尽，象以言著

意象表现了文学作品中的空白性、灵虚性，给读者以填补、想象的空间。这在作品心理学中已经谈了，这里不再多叙。

四、意境——状难写之景如在目前，含不尽之意见于言外

意境也表现了文学作品中的空白性、灵虚性，给读者以填补、想象的空间。这在作品心理学中已经谈了，这里不再多叙。

五、象外——蓝田日暖，良玉生烟，象外之象，景外之景，岂可容易谈哉

象外即是"象外之象"，也可称之为"超象"。是唐代美学家司空图提出的一个美学命题。他在《与极浦书》中说："戴容州云：'诗家之景，如蓝田日暖，良玉生烟，可望而不可置于眉睫之前也。'"

严羽最为推崇司空图的"不著一字，尽得风流"之说，把意象的创造推到了一个新的艺术高峰："盛唐诸人，惟在兴趣，羚羊挂角，无迹可求。故其妙处莹彻玲珑，不可凑泊，如空中之音，相中之色，水中之月，镜中之象，言有尽而意无穷。"（《沧浪诗话》）"兴趣"使触物起情，

意在象外。这种意象珠圆玉润，透彻玲珑，情景交融，浑然天成。

六、味外——华之人以（醯、荫）充饥而遽辍者，知其咸酸之外，醇美者有所乏耳

以"味"品诗、评诗是中国文学的传统。味，本指物质的某些属性，或指人和动物辨识物质这种属性的生理机能。古人把常见的酸、苦、甘、辛、咸称为五味。作为人们感知的实体，"味"很自然地成为比喻主观世界中一些抽象而难以言表事物的常用喻体。如《论语》载，"子在齐闻韶乐，三月不知肉味，曰'不图为乐之至于斯也'。"隐以"乐味"浓于"肉味"，心理美感胜于生理快感之理。

六朝时，陆机、刘勰都提出了以"味"品诗，钟嵘提出了"滋味"说，他在《诗品》中指出"味之者无极，闻之者动心"为艺术欣赏的审美标准。他在《诗品序》中说："五言居文词之要，是众作之有滋味者也。故云会于流俗。岂不以指事造形、穷情写物，最为详切者耶！"把"滋味"作为品诗标准提了出来。唐司空图再加发挥，建立了"韵味"说，其内涵更为深广，他在《与李生论诗书》中说："文之难，而诗之难尤难，古今之喻多矣，而愚以为辨于味，而后可以言诗也。江岭之南，凡足资于适口者，若醯，非不酸也，止于酸而已；若鹾，非不咸也，止于咸而已。华之人以充饥而遽辍者，知其酸咸之外，醇美有所乏耳。"这里的"醇美"指酸咸之外的味外味。是"味外之旨""韵外之致"。

苏轼品诗全承司空图的"韵味"说。宋释惠洪在《冷斋夜话》中记有这样一件佚闻："柳子厚诗曰'渔翁夜傍西岩宿，晓汲清湘燃楚竹，烟消日出不见人，欸乃一声山水绿。回看天际下中流，岩上无心云相逐'。东坡云：'诗以奇趣为宗，反常合道为趣，熟味此诗有奇趣，然其尾两句虽不必亦可。'"苏轼所谓奇趣，实际上也就是"味外之味"。他认为收尾两句有蛇足之嫌，也是从"味外味"考虑的。

杨万里在《习斋论语讲义序》中说："读书必知味外之味，不知味外之味，而曰我能读书者，否也。"

在小说戏剧方面，亦有与诗文相应的理论。如小说创作要求"虚与实""形与神""有与无"辩证的统一。金丰在《说岳全传序》中说："从来创说者不宜尽出于虚，而亦不必尽由于实，苟事事皆虚则过于诞妄，而无以服考古之心；事事皆实则失于平庸，而无以动一时之听……实者虚之，虚者实之，娓娓乎有令人之听之而忘倦矣。"毛宗岗评《三国演义》三十回刘备三顾茅庐道："此卷极写孔明，而篇中却无孔明。盖善写妙人者，不于有处写，正于无处写。写其人如闲云野鹤之不可定，而其人始远；写其人如威凤祥麟之不易睹，而其人始尊。且孔明虽未得一遇。而见孔明之居，则极其幽秀；见孔明之童，则极其古淡；见孔明之友，则极其高超；见孔明之弟，则极其旷逸；见孔明之丈人，则极其清韵；见孔明之题咏，则极其俊妙。不待接席言欢，而孔明之为孔明，于此领略过半矣。"

在戏曲上，李贽提倡"化工""自然之美"。"化工"纯任自然，重美的精神，其意无尽，感人至深。汤显祖则倡意趣神色，其在《合奇序》中说："予谓文章之妙不在步趋形似之间，自

然灵气，恍惚而来，不思而至。怪怪奇奇，莫可名状，非物寻常得以合之。"凌濛初提倡"天籁"的自然之美。王国维说："元曲之佳处何在，一言以蔽之，曰自然而已矣。"吕天成论曲讲"意境"。祁彪佳在"意境"说中谈了"梦境""幻景"与"真境""实境"，并谈到"悲境""欢境"。王国维亦持"意境"说。对小说、戏曲中空白性、灵虚性的论述多不胜数，这里不再详说。

总之，由于作品所含有的比兴、形神、意象、意境、象外、味外等特点，就包含了言与意、形与神、虚与实、隐与显、情与景、含蓄与明朗等一系列的矛盾。这些复杂的内部关系给作品造成了较大的未定性、灵虚性、空白性，便于读者根据自己的阅读基奠进行填补。

第三节 文学的意义

一、文学的意义——作品的空白和读者视点的融合

关于文学的意义，当代西方文学美学理论经历了三次转折，亦即三个阶段。（1）以作者原意为理解文学根本依据的作者中心论，在这个理论体系之中，它的要点是：作者原意、作品意义、读者发掘的意义。（2）以作品的文本自身为理解文学意义根本依据的文本中心论。它的要点是：作品的意义只能以作品本文为准，即以作品的形式、技巧和结构为其安身立命之本。（3）以读者的创造性理解为文学意义产生之主要根源的读者中心论。其要点是：读者阅读中对作品的理解便是文学的意义。

对于文学意义阐释的三种理论，我国古代文学理论家都有所阐述，但重点是作者中心论。这三种理论由于各持一隅之见，因而都具有各自的局限性，但割裂的研究最终走向综合研究。因此，作者、文本、读者最后共同进入了文学的本体研究。最普遍的观点认为，文学作品的意义就是读者视点和作品意义的交叉、融合。现在我就本着这一理论框架对我国古代学者的见解进行梳理。

我们已经说过，作品的空白性、灵虚性、模糊性、泛指性、流动性和不确定性，使它的"韵外之致""言外之旨"诉诸想象，并带来了巨大容量和可塑性。对于读者来说，由于阅读基奠的不同，造成了他不同的期待欲，而每个读者的期待欲也具有一种空白性、不确定性、流动性。读者之于作品，真如干柴烈火。虽然如此，假如作品不和读者接触，还是你归你，我归我，文学的意义也就不会产生。正如苏轼《琴诗》所言："若言琴上有琴声，放在匣中何不鸣？若言声在指头上，何不于君指上听？"美妙的琴声来自于指头和琴的碰撞，如果琴在匣中，指头不动，断不会产生琴声。同理，作品若不和读者接触、碰撞，也就不会有文学上的意义。"意义"是对立中介的第三生产物，起因于主客体之间的相互作用。这种作用发生在主客体之间的中途，因而在同一时刻内既包含着主体，又包含着客体。

而单就作品而言，任何一个读者对它的理解、鉴赏也只能构成它意义的一部分。所以一部《红楼梦》就使得"经学家看见《易》，道学家看见淫，才子看见缠绵，革命家看见排满，流言家看见宫闱秘事"。但经学家也好，道学家也好，才子也好，都只能获取《红楼梦》意义的一部分。

而另一方面，对于读者来说，每一部作品也只能满足他的一部分期待欲。孔子闻韶乐的忘情，钟子期对俞伯牙琴声的会心，杨万里读王安石诗的忘食，是读者审美境界的满足。孔子所说的"诗可以兴，可以观，可以群，可以怨，迩之事父，远之事君，多识于草木鸟兽之名"，是读者认知欲的满足。过去的知识分子喜看才子佳人小说，是一种功利欲的替代性满足。清代《耳食录》记载，一女子因读《红楼梦》而死，把《红楼梦》视为宝玉，乃是感官性的代替性满足。读者不仅有各种各样的期待欲，而且每一方面的期待欲都是无穷无尽的。即如审美方面来说，这部作品满足他这方面的审美，而另一部作品满足他另一方面的审美，而人的审美需求是无穷无尽的。

由此看来，作品的空白性和读者的期待欲根本无法重合，它们的外延和内涵只有一部分相交。它既不是原有的作品世界，也不是读者任意涂抹的世界。它新生于两个不同世界的交融之中。它是创作实践和接受实践视野的融合，是艺术形式自身发展和审美感受自身发展的视野融合，是文艺美学和人类美学的视野融合。

二、文学意义的内核——真、善、美

文学的意义也就是作品的意义空白和读者视点相交的那一部分。其具体内涵就是真、善、美。哲学和心理学把知识的结构分为三个部分，即知、情、意——认识、情感、意志三个部分。哲学、自然科学属于认知科学，文学、艺术属于审美科学，政治、法律、伦理属于意志科学。认知科学以追求真为核心目标，意志科学以追求善为核心目标，审美科学以追求美为核心目标。虽然真、善、美三者不可分割、对立统一，但在不同门类的科学中却是不同前提的统一。在认知科学中以真为前提，在意志科学中以善为前提，在审美科学中以美为前提。文学艺术虽然以美为前提，但并不排斥真和善，它在追求美的同时，也追求真和善。所以我们在阅读文学作品的时候，不仅享受到了美，也享受到了真和善。这就是我们常说的文学的认识意义、教育意义、审美意义。对于文学的这些具体的意义，我国古代的学者有着详细的论述。

（一）文学的"真"——读之者无论是何人品，无不可取以自镜

文学作品作为社会生活的审美反映，必然给读者提供一定的认识价值。这种价值就是文学的"真"。孔子在《论语·阳货》中说："小子何莫学夫《诗》？《诗》可以兴、可以观、可以群、可以怨。迩之事父，远之事君，多识于鸟兽草木之名。"这里孔子虽然首先看到的是《诗经》的兴、观、群、怨、事父、事君的教育意义——善，但他也充分地注意到了《诗经》"多识于鸟兽草木之名"的认识意义——真。

《诗大序》则认为："情发于声，声成文谓之音。治世之音安以乐，其政和；乱世之音怨以怒，其政乖；亡国之音哀以思，其民困。"

唐代李益更认为观《诗》可以知天下之化："夫圣人之理。原于始而执其中，观天文以审于王事，观人文而知其国风。故每岁孟春，采诗于道路，而献之泮宫，有以知下之化，达人之穷，发于《关雎》之首，及乎王道之终。"

伟大的诗人杜甫经历了唐代由盛而衰的时期，并用诗歌记载了这一段历史。所以宋代胡宗愈

认为读杜诗可以知其世："先生以诗鸣于唐，凡出处去就，动息劳佚，悲欢忧乐，忠愤感激，好贤恶恶，一见于诗。读之可以知其世，学士大夫谓之'诗史'。"

黄宗羲则更认为，"诗"可补史之阙："今之称杜诗者以为诗史，亦信然矣。然注杜者，但见以史证诗，未闻以诗补史之阙，虽曰诗史，史固无藉乎诗也。逮夫流极之运，东观兰台，但记事功，而天地之所以不毁，名教之所以仅存者，多在亡国之人物，血心流注，朝露同晞，史于是而亡矣。犹幸野制谣传，苦语难销，此耿耿者明灭于烂纸昏墨之余，九原可作，地起泥香，庸讵知史亡而后诗传乎？是故景炎、祥兴，宋史且不为之立本纪。非《指南》《集杜》，何由知闽、广之兴废？非水云之诗，何由知亡国之惨？……可不谓之诗史乎？元之亡也，渡海乞援之事，见于九灵之诗，而铁崖之乐府，鹤年、席帽之痛哭，犹然金版之出地也，皆非史之所能尽矣。明室之亡，分国鲛人，纪年鬼窟，较之前代干戈，久无条序，其从亡之士，章皇草泽之民，不无危苦之词。以余所见者，石斋、次野、介子、霞舟、希声、苍水、密之十余家，无关受命之笔，然故国之铿尔，不可不谓之史也。"

关于小说的认识作用，我国古文论家更是重视非常。明蒋大器说"演义"能使千百载之事豁然于心胸："若东原罗贯中以平阳陈寿传，考诸国史，自汉灵帝中平元年，终于晋太康元年之事，留心损益，目之曰《三国志通俗演义》。文不甚深，言不甚俗，事纪其实，亦庶几乎史。盖欲读诵者，人人得而知之，若诗所谓里巷歌谣之义也。书成，士君子之好事者，争相誊录，以便观览。则三国之盛衰治乱，人物之出处臧否，一开卷，千百载之事，豁然于心胸矣。"

袁宏道说一部《两汉演义》能使村哥、里妇、老翁、童子对汉家四百余年天下悉数历史事件本末："今天下自衣冠以至村哥里妇，自七十老翁以至三尺童子，谈及刘季起丰沛、项羽不渡乌江、王莽篡位、光武中兴等事，无不能悉数颠末，详其姓氏里居，自朝至暮，自昏彻旦，几忘食忘寝，聚讼言之不倦，及举《汉书》《史记》示人，毋论不能解，即解亦多不能竟，几使听者垂头，见者却步。……则《两汉演义》之所为继《水浒》而刻也，文不能通而俗可通，则又通俗演义之所由名也。"

闲斋老人则认为读《儒林外史》者无不可取以自镜："其书以功名富贵为一篇之骨，有心艳功名富贵而媚人下人者，有倚仗功名富贵而骄人傲人者，有假托无意功名富贵自以为高，被人看破耻笑者，终乃以辞却功名富贵，品第最上一层，为中流砥柱。篇中所载之人，不可枚举，而其人性情心术，一一活现纸上。读之者无论是何人品，无不可取以自镜。"

（二）文学的"善"——文人之笔，劝善惩恶也

文学作品是真、善、美的统一，"善"是文艺美的基本内容。因此，文学作品不仅能提高人的认识能力，而且能够教育人、感化人，培养人的美好的道德情操，使人分清善恶，激扬廉耻。

《乐记》主旨就是寓教于乐，荀子认为"乐"可以移风易俗："乐也者，圣人之所乐也，而可以善民心。其感人深，其移风易俗，故先王著其教焉。"

孔子十分重视文学艺术的教育功能。他指出："《诗》三百，一言以蔽之，曰'思无邪'。"

他还提出了"诗"兴、观、群、怨、事父、事君的作用。荀子也认为艺术"入人也深，其化人也速"。《诗大序》更明确地指出诗的教化作用："上以风化下，下以风刺上""故正得失，动天地，感鬼神，莫近乎诗。先王以是经夫妇，成孝敬，厚人伦，美教化，移风俗。"并对风作了解释："风，风也，教也。风以动之，教以化之。"

王充在《论衡》中说："文人之笔，劝善惩恶也。"又说："夫圣贤之兴文也，起事不空为，因因不妄作，作有益于化，化有补于正。"还说："盖寡言无多，而华文无寡。为世用者，百篇无害；不为用者，一章无补。如皆为用，则多者为上，少者为下。"

白居易在《读张籍古乐府》中认为诗可裨教化，理性情："张君何为者，业文三十春。尤工乐府诗，举代少其伦，为诗意若何？六义互铺陈。风雅比兴外，未尝著空文。读君《学仙》诗，可讽放佚君。读君《董公》诗，可诲贪暴臣。读君《商女》诗，可感悍妇仁。读君《勤齐》诗，可劝薄夫敦。上可裨教化，舒之济万民。下可理情性，卷之善一身。"他还认为，褒贬之文惩劝善恶，美刺之诗补察得失："且古之为文者，上以纫王教，系国风；下以存炯戒，通讽喻。故惩劝善恶之柄，执于文士褒贬之际焉；补察得失之端，操于诗人美刺之间焉。今褒贬之文无核实，则惩劝之道缺矣；美刺之文不稽政，则补察之义废矣。虽雕章镂句，将焉用之？"

清黄子云主张诗有裨益于世教人心："由《三百篇》以来，诗不绝于天下者，曰：美君后也，正风化也，宣政教也，陈得失也，规时弊也，著风土之美恶也，称人之善而谨无良也。故天子闻之则圣敬跻，大夫闻之则讦谟远，多士闻之则道义明，匹夫匹妇闻之则风节厉，而识其所以愧耻矣。"

关于小说的教育作用，文论家亦申之甚详。南宋罗蝉在《醉翁谈录》中描述了小说的效果和作用："说国贼怀奸从佞，遣愚夫等辈生嗔；说忠臣负屈衔冤，铁心肠也须下泪。讲鬼怪令羽士心寒胆战；论闺怨遣佳人绿惨红愁。说人头厮挺，令羽士快心；言两阵对圆，使雄夫壮志。谈吕相青云得路，遣才人着意群书；演霜林白日升天，教隐士如初学道。噎发迹话，使寒门发愤；讲负心底，令奸汉包羞。"宋小说家亦认为"话须通俗方传远，语必关风始动人"。

明胡应麟在《少室山房笔丛·九流绪论》中说："小说者流，或骚人墨客，游戏笔端，或奇士洽人，搜罗宇外，纪述见闻，无所迥忌，覃研理道，务极幽深，其善者，足以备经解之异同，存史官之讨核。总之有补于世，无害于时。"

在小说发展的初级阶段，这种文学形式是为人所轻视的。但随着小说的成熟，加上小说家和理论家在理论上的阐发，小说的地位日渐提高。它与政治、道德的关系也愈来愈密切。

在戏曲方面，李贽在《红拂》中认为它同样有兴、观、群、怨的功能："孰谓传奇不可以兴，不可以观，不可以群，不可以怨乎？饮食宴乐之间，起义动概多矣。今之乐犹古之乐，幸无差别视之其可！"王骥德在《曲律·杂论》中认为戏曲"故不关风化，纵好徒然"。李渔也认为戏曲"劝善诫恶，有裨风教"，他在《闲情偶记·戒讽刺》中说："窃怪传奇一书，昔人以代木铎。因愚夫愚妇识字知书者少，劝使为善，诫使勿恶，其道无由，故设此种文词，借优人说法，与大众齐听，谓善者如此收场，不善者如此结果，使人知所趋避，是药人寿世之方，救苦弭灾之具也。"

又说：“然卜其可传与否，则在三事：曰情，曰文，曰有裨风教。情事不奇不传，文词不警拔不传，情文具备而不轨乎正道，无益于劝惩，使观者听者哑然一笑而遂已者，亦终不传。”

（三）文学的美学意义——陶写性情，感发意志，动荡血脉，流通精神，有至于手舞足蹈而不自觉者

文学的认识作用、教育作用都是在审美娱乐作用中实现的。文艺是人类审美意识的产物，文艺从生产、巫术等活动中分化出来，发展为一种独立的意识形态，就是为了满足人们愈来愈强烈的审美需求。因此审美就成了文艺的最基本、最主要的特质。而由这种特质所决定的功能乃是文艺最基本、最主要的社会功能，即审美娱乐功能。也就是文学的美学意义。

《乐记》首先道破了音乐的实质：“乐者，乐也，人情之所不能免也。”孔子对音乐的美感津津乐道。《论语·八佾》记载了孔子对《韶》乐喜不自禁的感受：“子谓《韶》，尽美矣，又尽善也。谓《武》，尽美矣，未尽善也。”《论语·述而》亦载：“子在齐，闻《韶》，三月不知肉味，曰：‘不图为乐之至于斯也’。”

孟子认为“充实之谓美”（朱熹注：力行其善，至于充满而积实，则美在其中，无待于外矣），并在《孟子·告子》中阐述了人类对于美感的共同性：“口之于味也，有同嗜焉；耳之于声也，有同听焉；目之于色也，有同美焉。”

钟嵘在《诗品》中论述了阮籍的《咏怀》诗之美：“《咏怀》之作，可以陶性灵，发幽思，言在耳目之内，情寄八荒之表。洋洋乎会于风雅，使人忘其鄙近，自致远大，颇多慷慨之词。”

颜之推说：“夫文章者……施用多途。至于陶冶性灵，从容讽谏，入其滋味，亦乐事也。”

司空图论诗主“韵味”，苏轼论诗，亦主“美在咸酸之外”。朱熹论颂诗主：“诗须是沉潜讽诵，玩味义理，咀嚼滋味，方有所益。”刘祁论诗为：“能动人心，荡人气血。”李东阳论诗是：“陶写性情，感发志意，动荡血脉，流通精神，有至于手舞足蹈而不自觉者。”陈廷焯论词主：“情长味永，感人深婉。”

黄子云论学诗主臭味：“学古人诗，不在乎字句，而在乎臭味。字句，魄也，可记诵而得；臭味，魂也，不可以言宣。”

关于小说的美感，明代绿天馆主人认为说话人当场描写，“感人捷且深”：“试令说话人当场描写，可喜可愕，可悲可涕，可歌可舞，再欲捉刀，再欲下拜，再欲决腹，再欲捐金；怯者勇，淫者贞，薄者敦，顽钝者汗下。虽小诵《孝经》《论语》，其感人未必如是之捷且深也。”

关于戏曲的美感，论述颇多。明代臧懋循认为戏曲能使人快、愤、悲、羡：“曲有名家，有行家，名家者，出入乐府，文采烂然，在淹通闳博之士，皆优为之。行家者，随所妆演，无不摹拟曲尽，宛若身当其处，而几忘其事之乌有，能使人快者掀髯，愤者扼腕，悲着掩泣，羡者色飞，是惟优孟衣冠，然后可与于此，故称曲上乘首曰当行。”

王骥德论曲之妙处在摹欢令人神荡，写怨令人断肠：“套数之曲……奇妙处不在声调之中，而在字句之外。又须烟波渺漫，姿态横逸，揽之不得，挹之不尽。摹欢则令人神荡，写怨则令人

断肠，不在快人，而在动人。此所谓'风神'，所谓'标韵'，所谓'动吾天机'。不知所以然而然，方是神品，方是绝技。"

黄周星认为曲之妙在其有趣能感人："论曲之妙无他，不过三字尽之，曰'能感人'而已。感人者，喜则欲歌、欲舞，悲则欲泣、欲诉，怒则欲杀、欲割，生趣勃勃，生气凛凛之谓也。"

三、文学意义的契机——美感

文学艺术是一种审美科学，审美科学最主要的特征就是给人以美感。读者的阅读活动是一种主观的心理状态。在这种状态中起作用的，一方面是读者在阅读基奠上的想象力，一方面是在阅读基奠上的对作品的理解力。想象力是具有创造性的、自发的，因此是完全自由的。而理解力则是读者认识客观现实（作品）的能力，他要以现实为前提进行认识。审美判断是以理解力作为基础，然后展开想象力的自由活动。有无相生，将产生一种新的意义。想象力和理解力在主观上达成如是和谐，就产生了美感。

正因为有美感，文学的意义（追求真、善、美）才能够实现。也就是说，在美感的前提下，才能实现文学的意义。而一旦离开美感，文学意义的实现就是一句空话。所以美感是文学意义实现的契机。孔子云："言之无文，行而不远。"说的就是这个意思。至于文学怎样才算具有美感，也就是说，什么样的文学才是具有美感的文学呢？我国古代的文论家对文学方方面面的美感特征、规则作了详细的论述。

（一）形象的美感——飘飘然仿佛出于人目前

文学的世界是由系统性的形象构成的艺术世界。文学形象就是文学作品中所描绘的、具体生动的人物、环境和场景。

文学形象是必须具有美感作用的。

苏轼在《书摩诘蓝田烟雨图》中说："味摩诘之诗，诗中有画；观摩诘之画，画中有诗。"

赵令赵令時在《元微之崔莺莺蝶恋花词》中说崔莺莺形象写得仿佛出于人目前："乐天谓微之能道人意中语，仆于是益知乐天之言为当也。何者？夫崔之才华婉美，词采艳丽，则于所载缄书诗章尽之矣。如其都愉淫冶之态，则不可得而见。及见其文，飘飘然仿佛出于人目前，虽丹青摹写其形状，未知能如是工且至否？"

严羽论唐诗："盛唐诸人，惟在兴趣，羚羊挂角，无迹可求。故其妙处，玲珑透彻，不可凑泊，如空中之音，相中之色，水中之月，镜中之象，言有尽而意无穷。"

沈谦说读好词若身临其境："词不在大小深浅，贵于移情。'晓风残月''大江东去'，体制虽殊，读之若身临其境，惝恍迷离，不能自主，文之至也。"

贺裳在《皱水轩词筌》中说："词家须使读者如身履其地，亲见其人，方为蓬山顶上。"

沈德潜说："事难显陈，理难言罄，每托物连类以形之。郁情欲舒，天机随触，每借物引怀以抒之。比兴互陈，反覆唱叹，而中藏之欢愉惨戚，隐跃欲传，其言浅，其情深也。倘质直敷陈，绝无蕴蓄，以无情之语而欲动人之情，难矣。"

许印方认为诗文贵其善写情状："盖诗文所以足贵者，贵其善写情状。天地人物，各有情状。以天时言，一时有一时之情状；以地方言，一方有一方之情状；以人事言，一事有一事之情状；以物类言，一类有一类之情状。诗文题目所在，四者凑合，情状不同，移步换形，中有真意。文人笔端有口，能就现前真景，抒写成篇，即是绝妙好词。所患词不达意耳。"

王国维在《宋元戏曲考》中说："然元剧最佳之处，不在其思想结构，而在其文章。其文章之妙，一言以蔽之，曰：有意境而已矣。何以谓之有意境？曰：写情则沁人心脾，写景则在人耳目，述事则如其口出是也。"

金圣叹说，《水浒传》人物事件写得活画，如闻其声，如见其人，如临其境。其在第二十二回写道："我尝思画虎有处看，真虎无处看；真虎死有处看，真虎活无处看；活虎正走，或犹偶得一看，活虎正搏人，是断断必无处得看者也。乃今施耐庵忽然以笔墨游戏，画出全幅活虎搏人图来。今而后，要看虎者，其尽到《水浒传》中，景阳冈上，定睛饱看，又不吃惊，真乃此恩不小也。"

脂砚斋认为《红楼梦》，写形追象，人物活现，如闻其声，如见其形，有气有声，有形有影；"此回（第二十回）文字重作轻抹。得力处是凤姐拉李嬷嬷去，借环哥哥弹压赵姨。细致处宝钗为李嬷嬷劝宝玉，安慰环哥，断喝莺儿。至急为难处是宝蟾论心。无可奈何处是拿今日天气比，湘云（黛玉）冷笑道"我当谁，原来是他"。冷眼最好看处是宝钗黛玉看凤姐拉李嬷嬷这一阵风，玉、麝一节，湘云到，宝玉就走，宝钗笑说等着，湘云大笑大说，蟾儿学咬舌，湘云念佛跑了数节，可使看官于纸上能耳闻目睹其音其形之文。"

（二）真实的美感——不精不诚，不能动人

我们的生活中存在着三种真实。第一种为经验的真实，第二种为逻辑的或抽象的真实，第三种便是审美的真实，或诗意的真实。艺术真实可以看作诗意真实的最高体现，它是艺术家在生活的真实的基础上，通过艺术的想象和虚构所创造的艺术形象的真实性。别林斯基说："一部艺术品总是以真实性、自然性、正确性、现实性来打动读者，使你在读它的时候，会不自觉地、但却深刻地相信，里面所叙述或者所表现的一切，真是这样发生，并且不可能按照另外的样子发生。"

庄子在《庄子·渔父》中说："真者，精诚之至也，不精不诚，不能动人。故强哭者，虽悲不哀；强怒者，虽严不威；强亲者，虽笑不和。真悲，无声而哀；真怒，未发而威；真亲，未笑而和。真在内者，神动于外，是所以贵真也。"

王充作《论衡》的目的就是"疾虚妄"，他说："是故《论衡》之造也，起众书并失实，虚妄之言胜真美也。故虚妄之语不黜，则华文不见息；华文放流，则实事不见用。故《论衡》者，所以铨轻重之言，立真伪之平，非苟调文饰辞为奇伟之观也。"

班固《汉书·艺文志》说："刘向、扬雄博极群书，皆称迁有良史之才，服其善序事理，辨而不华，质而不俚，其文直，其事核，不虚美，不隐恶，故谓之实录。"

刘勰认为，为文应要约写真，依情待实："昔诗人什篇，为情而造文，辞人赋颂，为文而造情。何以明其然？盖风雅之兴，志思蓄愤，而吟咏情性，以讽其上，此为情而造文也。"诸子之徒，心非郁陶，苟驰夸饰，鬻声钓世，此为文而造情也。故为情者要约而写真；为文者淫丽而烦滥。而后之作者，采滥忽真，远弃风雅，近师辞赋，故体情之制日疏，逐文之篇愈盛。故有志深轩冕，而泛咏皋壤；心缠几务，而虚述人外。真宰弗存，翩其反矣。夫桃李不言而成蹊，有实存也；男子树兰而不芳，无其情也。夫以草木之微，依情待实，况乎文章，述志为本，言与志反，文岂足征！"

袁枚在《续诗品·葆真》中说："貌有不足，敷粉施朱。才有不足，征典求书。古人文章，俱非得已。伪笑佯哀，吾其忧矣。画美无宠，绘兰无香。揆厥所由，君形者亡。"

方东树论陶渊明诗说："读陶公诗，专取其真，事真景真，情真理真，不烦绳削而自合。"

刘熙载说："诗可数年不作，不可一作不真。"

李贽在论《水浒传》时说："《水浒传》文字，原是假的，只为他描写得出真情，所以便可与天地相始终。"无碍居士也说小说"事真而理不赝，即事赝而理亦真。"

曹雪芹自言写《红楼梦》"至若离合悲欢，兴衰际遇，则又追踪蹑迹，不敢稍加穿凿，徒为供人之目而反失其真传者"。脂砚斋评《红楼梦》也是："毕肖毕真，如见如绘""近情近理，至情至理。"

（三）典型的美感——略小存大，举重明轻，一言而巨细咸赅，片语而洪纤靡漏

文学典型是写实性文学形象的高级形态，是作家运用典型化的方法创造出来的具有典范性的艺术形象（人物、故事、环境、场景），它源于生活，又比普通的现实生活更高、更强烈、更理想，因此也更具有普遍性和社会意义。我国古代学者早就认识到文学的典型美。

司马迁认为，《离骚》文小而指大："屈平之作《离骚》，盖自怨生也。其文约，其辞微，其志洁，其行廉，其称文小而其指极大，举类迩而见义远。"

刘知几论作文应："略小存大，举轻明重，一言而巨细咸赅，片语而洪纤靡漏。"

金圣叹说："水浒所叙，叙一百八人，人有其性情，人有其气质，人有其形状，人有其声口。夫以一手而画数面，则将有兄弟之形；一口而吹数声，斯不免再映也。耐庵以一心所运，而一百八人各自入妙者，无他，十年格物，一朝物格，斯以一笔而写百千万人，固不以为难也。"

毛宗岗认为《三国》写人物有"三绝"："吾以为《三国》有三奇，可称三绝：诸葛孔明，一绝也，关云长一绝也，曹操亦一绝也。……孔明……是古今来贤相中第一奇人。……云长……是古今来名将中第一奇人。……曹操……是古今来奸雄中第一奇人。"

二知道人说："太史公纪三十世家，曹雪芹只纪一世家。……然雪芹纪一世家能包括百千世家。"

（四）内容和形式关系的美感——雕琢其章，金玉其相，言文质美也

任何文学作品都具有一定的思想内容，又有它特定的形式。文学作品的内容和形式是辩证的统一体，相互依存，缺一不可。其关系是内容决定形式，形式反作用于内容，相得益彰。

孔子早就注意到文章内容和形式的关系，他说："质胜文则野，文胜质则史，文质彬彬，然

后君子。"

刘向《说苑·修文》中说："《诗》曰：'雕琢其章，金玉其相。'言文质美也。"

王充《论衡·超奇》："有根株于下，有荣叶于上；有实核于内，有皮壳于外。文墨辞说，士之荣叶皮壳也。实诚在胸臆，文墨著竹帛，外内表里，自相副称，意奋而笔纵，故文见而实露也。人之有文也，犹禽之有毛也。毛有五色，皆生于体。苟有文无实，是则五色之禽，毛妄生也。"

刘勰《文心雕龙·情采》以形象的比喻说明了文章内容和形式的关系："夫水性虚而沦漪结，木体实而花萼振，文附质也。虎豹无文则鞹同犬羊，犀兕有皮而色资丹漆，质待文也。若乃综述性灵，敷写器象，镂心鸟迹之中，织辞鱼网之上，其为彪炳，缛采名矣。"

杜牧《答庄充书》则说："凡文以意为主，以气为辅，以辞采章句为之兵卫。未有主强盛而辅不飘逸者，兵卫不华赫而庄整者。"

胡应麟《诗薮》言："汉人诗，质中有文，文中有质，浑然天成，绝无痕迹。"

（五）结构的美感——总文理，统首尾，定予夺，合涯际，弥纶一篇，杂而不越

结构是事物的系统内各组成部分要素之间的有机联系和相互作用方式。文学作品的结构是作者按照美的原则传达和表现其创作意图的重要手段，是作者对作品内容诸要素所做的精心编制和安排。他赋予作品明晰的思路和特定的格局，控制和调节作品的节奏和韵律感，使作品最终成为完美的艺术整体。

刘勰《文心雕龙·附会》所谈文章的结构较为详细："何谓附会？谓总文理，统首尾，定予夺，合涯际，弥纶一篇，使杂而不越者也。若筑室之须基构，裁衣之待缝缉矣。……凡大体文章，类多枝派，整派者依源，理枝者循干，是以附辞会义，务总纲领。驱万涂于同归，贞百虑于一致，使众理虽繁，而无倒置之乖，群言虽多，而无棼丝之乱，扶阳而出条，顺阴而藏迹，首尾周密，表里一体，此附会之术也。"

刘勰《文心雕龙·章句》又说："夫设情有宅，置言有位，宅情曰章，位言曰句。故章者，明也；句者，局也。局言者联字以分疆，明情者总义以包体，区畛相异，而衢路交通矣。夫人之立言，因字而生句，积句而成章，积章而成篇。篇之彪炳，章无疵也；章之明靡，句无玷也；句之清英，字不妄也。振本而末从，知一而万毕矣。"

姜夔《白石道人诗说》中说："作大篇尤当布置，首尾匀停，腰腹肥满。……波澜开阖，如在江湖中，一波未平，一波已作。如兵家之阵，方以为正，又复是奇；方以为奇，忽复是正。出入变化，不可纪极，而法度不可乱。"

乔吉论作乐府要凤头、猪肚、豹尾："乔孟（梦）符吉博学多能，以乐府称，尝云：作乐府亦有法，曰凤头、猪肚、豹尾六字是也。大概起要美丽，中要浩荡，结要响亮。犹贵在首位贯穿，意思清新。"

（六）语言的美感——字字铿锵，人人乐听，有金声掷地之评

文学是语言的艺术。文学语言是表情达意的工具，但又不同于一般的工具，它本身就具有审

美价值，能够体现出"工具美"。从这个意义上说，文学语言既是手段，又是目的。作家苦心孤诣地营造语言世界，不仅是为了塑造艺术形象的需要。

也是为了建造语言艺术的精品，供人欣赏。

孟子早就指出了美言的作用："言近而指远者，善言也。"

沈约的"四声八病"说则把语言美推到了一个极致。"四声八病"说主要是针对诗歌语言而言，四声指"平、上、去、入"，八病指"平头、上尾、蜂腰、鹤膝、大韵、小韵、旁纽、正纽"八种诗病，它总结了过去作家和理论家的经验，并结合了当时佛经翻译的转读，形成了系统的声律论，使诗歌语言具有错综悦耳之美，对后世诗赋骈文的影响颇大。

沈约在《宋书·谢灵运传论》里对自己的声律论作了简要的概括夫五色相宣，八音协畅，由乎玄黄律吕，各适物宜。欲使宫羽相变，低昂互节，若前有浮声，则后须切响。一简之内，音韵尽殊；两句之中，轻重悉异。妙达此旨，始可言文。

"宫羽相变"是指文章中轻重音相互配合运用；"浮声""切响"指字音的声调，大概"浮声"为平，"切响"为上去入，平上去入间隔运用，因而诗歌一句之内，平仄相间；两句之中，音调各异，使诗歌音韵多彩流丽。但"四声八病"规定过于繁琐严格，连沈约本人的诗作也难以遵守。

杜甫亦极重语言之美，他说："为人性僻耽佳句，语不惊人死不休。"

洪迈《容斋续笔》谈到了王安石的雕章琢句："王荆公诗'春风又绿江南岸，明月何时照我还？'吴中士人家，藏其草，初云'又到江南岸'，圈去'到'字，注曰不好，改为'过'，复圈去而改为'入'，旋改为'满'，凡如是十许字，始定为'绿'。"

吕本中论诗"予窃以为字字当活，活则字字自响。"

张炎论词说："句法中有字面，盖词中一个生硬字用不得，须是深加锻炼，字字敲打得响，歌诵妥溜，方为本色语。"

王骥德《曲律·论句法》也说："句法，宜婉曲不宜直致，宜藻艳不宜枯瘁，宜溜亮不宜艰涩，宜轻俊不宜重滞，宜新采不宜陈腐，宜摆脱不宜堆垛，宜温雅不宜激烈，宜细腻不宜粗率，宜芳润不宜唯杀；又总之，宜自然不宜生造。意常则造语贵新，语常则倒换须奇，他人所道，我则引避；他人用拙，我独用巧。平仄调停，阴阳谐叶，上下引带，减一句不得，增一句不得。我本新语，而使人闻之，若是旧句，言机熟也；我本生曲，而使人歌之，容易上口，言音调也。一调之中，句句琢炼，毋令有败笔语，毋令有欺嗓音，积以成章，无遗恨矣。"

关于戏剧，李渔《闲情偶记》认为，戏曲语言宜从角色，"说何人肖何人"，勿使雷同浮泛。并应取街谈巷议、耳根听熟之语。宾白须清亮悦耳，"字字铿锵，人人乐听，有金声掷地之评"。

在小说方面，金圣叹《读第五才子书法》谈到了《水浒传》的语言："《水浒传》并无之乎者也等字，一样人便还他一样说话，真是绝奇本事。"《水浒传夹批》："句句使人洒出热泪，字字使人增长义气，非鲁达定说不出此语；非此语定写不出鲁达，妙绝妙绝！"（第五十七回）

脂砚斋《红楼梦评》言："看他众人联句填词时各人性情，各人意见，叙来恰肖其人，二人

联诗时，一番讥评，一番叹赏，叙来更得其神。"（第七十六回）

（七）风格的美感——文者，天地之精英，而阴阳刚柔之发也

文学风格是文学作品内在精神气质的体现。精神气质不同，风格的表现形态也就各异。从美学的角度着眼，我国古代文论家将风格分为"四体""八体""二十四诗品""阴柔阳刚"等不同种类曹丕认为文有四种风格：奏议宜雅，书论宜理，铭诔尚实，诗赋欲丽。

刘勰论作品有八种风格：典雅、远奥、精约、显附、繁缛、壮丽、新奇、轻靡。

司空图二十四诗品：雄浑、冲淡、纤秾、沉着、高古、典雅、洗炼、劲健、绮丽、自然、含蓄、豪放、精神、缜密、疏野、清奇、委曲、实境、悲慨、形容、超诣、飘逸、旷达、流动。

姚鼐把文章的风格分为两种蕭闻天地之道，阴阳刚柔而已。文者，天地之精英，而阴阳刚柔之发也。……其得于阳与刚之美者，则其文如霆，如电，如长风之出谷，如崇山峻崖，如决大川，如奔骐骥；其光也，如杲日，如火，如金镠铁；其于人也，如凭高视远，如君而朝万众，如鼓万勇士而战之。其得于阴与柔之美者，则其文如升初日，如清风，如云，如霞，如烟，如幽林曲涧，如沦，如漾，如珠玉之辉，如鸿鹄之鸣而入寥廓；其于人也，漻乎其如叹，邈乎其如有思，暖乎其如喜，愀乎其如悲。

另外，关于作品的时代风格、地域风格、作家风格之美，我国文论家也多所论述。刘勰在《文心雕龙·时序》中详尽地论述了时代风格；孔尚任在《古铁斋诗序》中把诗分为南北派，论述了地域风格；杜牧在《李贺集序》中则对李贺诗的风格从多方面进行论述，兹不多说。

总之，不同的文学风格有不同的审美价值。如阳刚之美、阴柔之美、简约之美、繁缛之美、典雅之美、朴素之美、幽默之美、荒诞之美等等都是美。风格不仅给人以形式上的满足，而且足以陶冶人心。雄浑刚健的风格可以壮人胸怀，清新俏丽的风格可以舒人心脾，飘逸疏野的风格可以养人性情，沉着含蓄的风格可以启人思力……正如高山瀑布、长风出谷、大海怒涛、落日斜烟、平湖秋月、出水芙蓉、旧蕾初绽、冬梅傲雪；或如独坐修篁、鸿雁不来、窈窕深谷、时见美人、玉壶买春、赏雨茅屋、壮士拂剑、浩然弥哀，凡此都各有风韵，给人以不同的审美享受。

四、文学意义的实现——审美

审美，就是人们欣赏着美的自然事物、艺术品和其他人类产品时所产生的一种愉快的心理体验。文学的意义是在人们的审美活动中实现的。文学的审美活动就是人们在阅读文学作品过程中感受、体验、想象、和品评艺术形象的一种精神活动。文学作品是作家按照美的规律用感性的语言塑造鲜明生动的艺术形象，从而揭示事物的某些本质，以感染、启迪读者并给读者带来美的享受的精神产品。读者，通过对作品的阅读和领会，展开想象和联想，以自己的审美经验和情感为基础去进行感受和体验，从而把握作品的意蕴，获得精神上的愉悦并进行审美评价，这就是文学的审美活动。

审美活动是人们以感受美、领略美、判断美而获得精神愉悦的一种高尚的思想感情活动，在这种活动中文学的意义亦得以实现。我国古代的文论家对文学的审美活动从各个方面进行了较为

细致的论述。

（一）审美态度——操千曲而后晓声，观千剑而后识器

曹丕认为，鉴赏别人的作品首先要端正态度，去掉"文人相轻"的毛病，并详细地指出了这种毛病带来的危害："文人相轻，自古而然。傅毅之于班固，伯仲之间耳，而固小之，与弟超书曰：'武仲以能属文，为兰台令史，下笔不能自休。'夫人善于自见，而文非一体，鲜能备善，是以各以所长，相轻所短。里语曰'家有敝帚，享之千金'斯不自见之患也。""常人贵远贱近，向声背实，又患暗于自见，谓己为贤。"（《典论·论文》）

刘勰《文心雕龙·知音》主张"博观"才能品评得当："凡操千曲而后晓声，观千剑而后识器。故圆照之象，务先博观。阅乔岳以形培塿，酌沧波以喻畎浍，无私于轻重，不偏于憎爱，然后能平理若衡，照辞如镜矣。"

清代尚常说："盖文章者，天下之公物，非可以一二小夫之私意为欣庆，遂可据为定评也。"（尚镕《书魏叔子文集后》）

薛雪在《一瓢诗话》中竭力反对以一己之私见而论文："诗文无定价，一则眼力不齐，嗜好各别；一则阿私所好，爱而忘丑。或心知，或亲串，必将其声价逢人说项，极口揄扬。美则牵合归之，疵则宛转掩之。谈诗论文，开口便以其人为标准，他人纵有杰作，必索一瘢以诋之。后生立脚不定，无不被其所惑。吾辈定须竖起脊梁，撑开慧眼，举世誉之而不加劝，举世非之而不加沮。则魔群妖党，无所施其伎俩矣。""从来偏嗜，最为小见，如喜清幽者，则细痛快淋漓之作为激愤，为叫嚣；喜苍劲者，必恶宛转悠扬之音为纤巧，为卑靡。殊不知天地赋物，飞潜动植，各有一性，何莫非两间生气以成此？理有固然，无容执一。"

（二）审美注意——涤除玄鉴，能无疵乎

审美注意是心理（意识）活动对一定对象的指向和集中，审美注意是指审美欣赏过程中，主体全神贯注陶醉于对客体的感受和欣赏，而暂时忘却了其他事物的存在及其功利价值的特殊的心理状态。这种状态可使主体更能感知、理解和认识要欣赏的对象，从而也可使欣赏主体产生强烈的审美愉快。

老子的"涤除玄鉴"可以看作是中国古代美学审美注意的源头。老子说："涤除玄鉴，能无疵乎？""致虚极，守静笃，万物并作，吾以观复。"第一段话是说对于"道"的观照：清除内心的杂念，澄清心境，能够做到（让内心）一尘不染吗？第二段话是对第一段话的阐释：（内心）达到虚无的境界，切实保守清静，万物都在生长，我已观察到它们返还的过程。老子这些话当然不是说审美注意，但它的哲学意义对以后的文艺理论家都有深远的影响。

庄子继承了老子此说，而发展为"心斋""坐忘"的理论。庄子在《人间世》说："若志一，无听之以耳，而听之以心，无听之以心，而听之以气。听止于耳，心止于符，气也者，虚而待物者也。唯道集虚，虚者，心斋也。"这段话是说，你必须摒除杂念，专一心思，不用耳朵去听而用心去体会，不用心去体会而用气去感应。耳的功用仅只在于聆听，心的功能仅只在于跟外界事

物交合。气乃是空明而能容纳外物的，只要你达到空明的心境，道理自然与你相合，"虚"（空明的心境）就是"心斋"。庄子《大宗师》的"坐忘"是对"心斋"的进一步发挥："堕肢体，黜聪明，离形去知，同于大通，此谓'坐忘'。""堕肢体"就是要"离形""无我"，"黜聪明"就是要"去知"，做到离形去知，就能"同于大通"，达到"至美至乐"的境界。这也就是说，审美主体在审美过程中如果不是极力排除外物的干扰，而将审美注意的焦点集中在注意域中，也就不能把握审美客体的审美意蕴，也得不到审美的愉快。这种思想还见于庄子的"庖丁解牛""佝偻承蜩"。

此后荀子提出"虚一静"，《淮南子》亦主"虚静"。

刘勰《文心雕龙·神思》说："陶钧文思，贵在虚静，疏瀹五藏，澡雪精神。"苏轼也"尚静""尚虚"。他说："夫人之动，以静为主，神以静舍，心以静充，志以静宁，虑以静明。其静有道，得己则静，逐物则动。"他尚虚，虚和静联系密切，要虚必须要静，静而能虚。他说："正则静，静则定，定则虚，虚则明。"即提倡一种空虚明静的心理境界。他在《送参寥师》中说："上人学苦空，百念已灰冷，……欲令诗语妙，无厌空且静。静故了群动，空故纳万境。阅世走人间，观身卧云岭。咸酸杂众好，中有至味永。诗法不相妨，此语当更精。"孔子闻《韶》乐三月不知肉味，也体现出了高度的审美注意。

黄子云认为诗的审美注意在臭味："学古人诗，不在乎字句，而在乎臭味。字句，魄也，可记诵而得；臭味，魂也，不可以言宣。当于吟咏时，先揣知作者当时所处境遇，然后以我之心，求无象于宵冥恍惚之间，或得或丧，若存若亡，始也茫焉无所遇，终焉元珠垂曜，灼然毕现我目中矣。"

欧洲19世纪前期德国的文艺理论家赫尔德说，抒情诗"是语言最高度音响美的象征""必须用心灵的耳朵去听，这耳朵不是去计算、测量和衡量个别的音节，而是去倾听持续的音调，并继续沉浸其中"。

孔子对《韶》乐就是用心灵的耳朵去听，黄子云对诗就是用心灵的鼻子去嗅。通感的产生就是因为审美主体高度的审美注意。

（三）审美想象——身不离于衽席之上，而游于六合之外；生乎千古之下，而游于千古之上

审美活动中，审美主体直接感受对象时，并不以机械消极的感受为满足，而总是积极地调动和改造由于审美对象的信息刺激再现出来的过去记忆中的表象，将其按照主体的审美理想进行新的组合，从而充实和丰富审美形象，或创造新的审美形象。

如李贺的欣赏音乐之诗《李凭箜篌引》所写："吴丝蜀桐张高秋，空山凝云颓不流，江娥啼竹素女愁，李凭中国弹箜篌。昆山玉碎凤凰叫，芙蓉泣露香兰笑。十二门前融冷光，二十三丝动紫皇。女娲炼石补天处，石破天惊逗秋雨，梦入神山教神妪，老鱼跳波瘦蛟舞。吴质不眠倚桂树，露脚斜飞湿寒兔。"这首诗描写了诗人聆听宫廷乐工演奏箜篌时展开的奇特想象，他一方面热情地赞扬了李凭高超而感人的技艺，以及乐曲的优美动听；另一方面又以自己的想象生发出超越乐

曲本身的独特感受。欣赏者在艺术接受过程中，审美想象是必不可少的。

在审美想象上，元代郭经提出了"内游"："欲学迁之文，先学其游也。"但司马迁游览了那么多名山大川，以一般人的条件又如何去学呢？所以他提出了"内游"故欲学迁之游，而求助于外者，曷亦内游乎？身不离衽席之上，而游于六合之外。生乎千古之下，而游于千古之上。岂区区于足迹之余，观览之末者所能也？持心御气，明正精一，游于内而不滞于内，应于外而不逐于外。常止而行，常动而静，常诚而不妄，常和而不悖，如止水，众止不能易；如明镜，众形不能逃。如平衡之权，轻重在我。无偏无倚，无污无滞，无挠无荡，每寓于物而游焉。"

想象的作用发挥到了极致，时间的限制，空间的隔阻都不存在了，内游者心中只有意识的流动既游矣，既得矣，而后洗心斋戒，退藏于密，视当其可者，时时而出之，可以动则动，可以止则止，可以久则久，可以速则速。蕴而为德行，行而为事业，故不以文辞而已也。如是则吾之卓尔之道，浩然之气，岚乎与天地一，固不待于山川之助也。彼隋山乔岳，高则高矣，于吾道何有？长江大河，盛则盛矣，于吾气何有？故曰：欲游乎外者必游乎内，噫，以史迁之才，果未游乎内耶？盖亦称之者过矣。

郭经主张内游的目的是德行、事业、文辞，而不是审美。但读者在审美过程中，这种内游也是必不可少的。

（四）审美移情——观文者披文以入情，沿波讨源，虽幽必显

情感在审美活动中起着重要的作用，没有情感就没有审美活动，也就没有艺术创作。刘勰说："夫缀文者情动而辞发，观文者披文以入情。沿波讨源，虽幽必显。"所以无论是创作还是欣赏，情感都在其中起着重要作用。

移情就是审美主体在聚精会神地观照某一对象时，由"物我两忘"达到"物我统一"，把人的生命和情趣移至于审美对象，使无生命的和无情趣的外物仿佛具有了人的生命，使客体对象具备了人的感情色彩，达到物我交融。于是客体对象才使人感到美。"相看两不厌，唯有敬亭山"，李白为敬亭山的美景所陶醉，越看越爱看；而在诗人笔下敬亭山也爱上了李白，对李白也是百看不厌，这就是移情。

19 世纪后半叶德国美学家立普斯提出了"审美移情说"，其特点就是"以人度物""寄情于景""托物寓意""意与象通"。

老庄的"天人合一""身与物化"说的都是审美移情。在《齐物论》中，庄子以"庄周梦为蝴蝶"为例，提出了"物化说"："昔者庄周梦为蝴蝶，栩栩然蝴蝶也。自喻适志与！不知周也。俄然觉，则遽遽然周也。不知周之梦为蝴蝶与？蝴蝶之梦为周与？周与蝴蝶，则必有分矣。此之谓物化。"庄周梦为蝴蝶，翩飞之时生机活泼，甚为得意，竟然忘记了自己是庄周。但梦醒之后，想到自己又是庄周，故感到惊奇而又可疑。

金圣叹也说："人看花，花看人，人看花，人到花里去；花看人，花到人里来。"这种人化为物、物我同一的境界就是审美移情的一种境界。

我国古代关于审美移情的理论和作品都不胜枚举。刘勰说："登山则情满于山，观海则意溢于海。"又说"观文者披文以入情，沿波讨源，虽幽必显。"

元结说："乡无君子，则与山水为友；里无君子，则与松竹为友；坐无君子，则以琴酒为友。"

苏轼在《书晁补之所藏与可画竹》诗言："与可画竹时，见竹不见人。岂独不见人，嗒然遗其身。其身与竹化，无穷出清新。庄周世无有，谁知此凝神。"在创作构思时，创作主体的思想感情移入创作客体之中，"身与竹化"，从而达到合二而一，将自己的感情、意志、心态和创作对象完全融合。以至达到"忘我""忘身"的境界，从而创造出心物合一、天化生成的作品。

画家郭熙在《山水训》中谈山水时，对山水感情的投射溢于言表："真山水之云气，四时不同：春融怡，夏蓊郁，秋疏薄，冬黯淡。画见大象，不为斩刻之形，则云气之态度活矣。真山水之烟岚，四时不同：春山淡泊而如笑，夏山苍翠而如滴，秋山明净而如妆，冬山惨淡而如睡。画见大意，而不为刻画之迹，则烟岚之气象正矣。"这里"如笑""如滴""如妆""如睡"就是对山水的移情。

王国维在《人间词话》中所说的"以我观物，物皆著我之色彩"，一语道破了"审美移情"的实质。

《牡丹亭》是一部感人至深的剧作。据《剧说》载，它曾使一些女子断肠而死、投水而死、气绝而死、单恋而死。无疑这部作品使许多读者产生了巨大的移情作用。但如果移情过分，就不成为其审美。所以一些文学理论家主张在读者阅读作品进行审美时，要保持一定的心理距离。

（五）审美距离——无私于轻重，不偏于憎爱，然后能平理若衡，照辞如镜矣

审美距离是指在艺术的创作和欣赏中，主体和客体要保持一定的情感心理距离。也就是带有一定的非功利性。只有这样，在创作中才能写出好作品，在欣赏中才能感受到作品的艺术魅力。距离说在20世纪初由瑞士的布洛提了出来。这个理论在我国古代的学者中虽然没有被系统论述，但这种审美思想早在一些人的著作中体现了出来。先秦诸子和后来的文论家所主张的"虚静说"都含有这种思想。庄子《达生》篇"梓庆削木为鐻"的故事比较突出地表现了这种思想梓庆削木为鐻，鐻成，见者惊犹鬼神。鲁侯见而问焉，曰："子何术以为焉？"对曰："臣工人，何术之有！虽然，有一焉，臣将为镶，未尝敢以耗气也，必斋以静心。斋三日而不敢怀庆赏爵禄；斋五日，不敢怀非誉巧拙；斋七日，辄然忘吾有四肢形体也。当是时也，无公朝，其巧专而外骨消；然后入山林，观天性；形躯至矣，然后成见钝，然后加手焉。不然则已。则以天合天，器之所以凝神者，其是与！"

梓庆这位工匠所雕刻的鐻的图案极为精美，为什么能达到这种神化境界呢？就是因为他能"斋以静心"，能以明镜般清澈的心胸去对待创造对象。其一是"不敢怀庆赏爵禄"，置个人得失于度外；其二是"不敢怀非誉巧拙"，创作前先不考虑以后的观赏者对自己作品的评价；其三是"忘吾有四肢形体"，进入忘我状态；再加上"无公朝，其巧专而外骨消"，将公务置之度外，排除一切外来干扰。这样，"然后入山林，观天性"，就自然"胸有成鐻"，创造出巧夺天工的

艺术作品。可见，在艺术创作和欣赏中，排除一切关于利害得失的考虑，使主客体保持一定的心理距离是十分必要的。庄子还说"以瓦注者巧，以钩注者惮，以黄金注者殙。其巧一也，而有所矜，则重外也。凡外重者内拙。"用瓦作赌注，其技巧就能充分发挥出来；用黄金作赌注，就会精神紧张，思维混乱，成绩一定不会好。所以不论干什么，只要排除功利是非之心，就能发挥最高的水平。

《淮南子》也论述了审美中的"虚静"心态，因为"载哀者闻歌声而泣，载乐者见哭者而笑。哀可乐者，笑可哀者，载使然也"。所以说"是故贵虚"，只有保持一种超脱凡俗功利的澄明的心态，才能客观地对待自己的欣赏对象。

刘勰也说："故圆照之象，务先博观。阅乔岳以形培嵝，酌沧波以喻畎浍，无私于轻重，不偏于憎爱，然后能平理若衡，照辞如镜矣。"只有"无私于轻重，不偏于憎爱"，才能更好地欣赏文学作品。

朱熹在《清邃阁论诗》中也主"虚静"："今人所以事事做得不好者，缘不识之故。只如个诗，举世之人尽命去奔做，只是无一个人做得成诗。他是不识，好底将做不好底，不好底将做好底，这个只是心里闹不虚静之故。不虚不静，故不明，不明，故不识。若虚静而明，便识好物事。虽百工技艺，做得精者，也是他心虚理明，所以做得来精。心里闹如何见得。"不保持虚静的心境，就不能运用艺术的眼光去洞悉审美客体的内部规律，当然也就作不出好诗。

宋代画家郭熙在《林泉高致》中也谈到审美就要保持一定的心理距离："余因暇日，阅晋唐古今诗什，其中佳句，有道尽人腹中之事，有装出目前之景。然不因静居燕坐，明窗净几，一炷炉香，万虑消沉，则佳句好意，亦看不出；幽情美趣，亦想不成。即画主之意亦岂易？"

梁启超在《美术与科学》中亦主审美须保持心理距离，他以达·芬奇画蒙娜丽莎为例，说达·芬奇画蒙娜丽莎的一点微笑画了四年。在作画过程中，达·芬奇对蒙娜丽莎虽然恋爱极热，却始终拿极冷酷的客观态度去画她。梁启超由此得出结论："热心和冷静相结合是创造第一流艺术品的主要条件。"所以他说，"要对所观察的对象有十二分兴味"，又"要取纯客观的态度"，才能更好地创作和欣赏。鲁迅也曾说过，情感最热烈的时候，最好不要写诗。因为感情过烈，会失去心理平衡，失去理智的控制，从而也失去对客体冷静分析的态度。

第八章 中国古代文学的当代性意义

如果说"一切历史都是当代史"的话，那么，古代文学思想，在本质上都具有当代性，理当属于当代文论的范畴。问题在于：古代文论的"当代性"并非在任何历史与文化状况下都是特别凸显的，而其凸显显然有着现实和理论等诸多方面的深刻原因。本文将"当代性"作为一个问题提出来，并明确地将"当代性"意义作为古代文论的应有品格加以研究，是由于这一问题关涉到对古代文论乃至传统学术的生命力及其当代呈现的基本估价，关涉到西方文论乃至西学传统在当代中国文论研究境域中的中国成像及其发展前途，因此，在现实和理论两个方面，中国古代文论的"当代性"问题，理当引起学界同仁的广泛关注和深入研讨。

首先从现实层面看，"当代性"之凸显与当代人文研究所处的新语境，所出现的新情况、新问题，以及传统文化在当代的境遇密切相关。自20世纪90年代以来，世界历史出现了许多令人瞩目的变化，政治格局的巨变，高科技的飞速发展，全球化的迅猛发展，使整个世界已经处于一种普遍交往的时代，这一交往当然也包括人文方面的思想价值学说的对话交流，以及相互碰撞和相互渗透。同时，随着中国经济力量的日益强盛与文化自信心的逐步提升，当代中国的经济、政治、文化正在世界范围内产生着日益明显的影响。现实生活情境的重大变化，使包括文学在内的传统人文研究面临着一个新的历史机遇，古代文论在当代的生命力和阐释方向，也即古代文论的当代性质和当代意义问题，自然便成了学界关注和讨论的焦点，促使学者加以重新审视和估价。

与一味守成的排拒变化姿态、缺乏学理依据的"创新"姿态相比，"当代性"问题恰恰触及了当前文学理论研究如何与新的时代氛围、文化语境同步的问题。这也意味着这种"当代性"的最终实现也必须是对新的时代语境的科学理性的认识和驾驭。自20世纪90年代以来，中国古代文论研究的学术理念和方法论原则逐渐呈现出一种多元化的走向。应当承认，在这种多元化的过程中，学人们的视野比以前宽广多了，学术空间也比以前大多了。

这对于学术研究之推进和深化而言，其意义自不待言。但是，总体上来说，相关研究在参与时代重大主题这一点上却仍然存在着很大的欠缺。这其中重要原因之一就在于，从当代中国学术文化学术建设的内在使命出发，真正关注21世纪中国文学理论"当代性"品格塑造的意识不强。因此，需要强调的是，在21世纪中国文学理论"当代性"问题上，无论文化批评的出场，还是马克思主义文论的重建，以及中国古代文论的现代转化，既是文学理论研究的内部学术自律和理论学术独立发展的必然要求，也是在外部语境发生改变的情况下，文学理论研究为了因应社会历史情境变化所做出的一种因应姿态。

必须指出，在"当代性"引领下的 21 世纪中国文学理论研究，其旨趣并不在纯粹的思维、逻辑驰骋和概念、范畴拼接，它的思想落脚点最终应该是生活和社会历史。因此，提问和阐释水平自然是研究工作得以展开的基本前提，但是决定理论学术前进的最直接的因素却是在重大的时代文化主题方面的发言。这也是我们现在回答和解决"文论何为"这一提问的最基本的一个答案。我们应该清醒地看到，当前的文学理论批评对当下的文学现象的理论反映和学理阐释能力还亟待改进和提高，通过理论批评的学术实践活动而促进文学创作及其传播接受，为和谐社会文学艺术的发展进步和人民的精神生活，乃至和谐世界建设而提供审美文化资源方面的支持的功能也还远远不够充分。面对我们所处的这个急速变革和发展的时代所不断生成的理论批评方面的新问题、新课题，我们的文学理论批评难免会显现出捉襟见肘的窘态。

在"创新""和谐"等业已成为当前时代最响亮口号的背景下，当代中国文学理论研究必然会在不远的将来形成自己的"当代性"。但是任何理论的创新过程，首先都必须对自己所依赖的理论平台、包括文学理论研究学术史在内的整个思想史进程，以及当代社会历史条件和文化语境变迁等重大问题进行审理，这是一个无法回避的问题。人文思想研究的历史业已证明，一个学科在基础理论构架方面越是缺失，就越是只能赶别人的时髦。正是因为这一原因，在回答当前中国文学理论研究如何进入中国先进文化、和谐社会建设语境以及如何走向当代社会、文化语境这一问题，必须首先反思我们研究中的价值思维方式和具体的学术理念，通过文学理论研究的"当代化"来促进、实现文学理论的"当代性"，从而促进 21 世纪中国文学理论研究的进一步发展。就此而言，"当代性"或者"当代意识"对于中国古代夹论研究而言，既是一个充满激励性的口号，也是一个富有挑战性的问题。

再从理论层面来看，"当代性"问题的提出，其根本目的首先在于消除笼罩在古代文论研究上的种种遮蔽和误区，以期从学术立场阐发和彰显其当代意义，并为现代人所遭遇的生存困境和文学困境寻找一条可能的解决路径。长期以来，囿于西方近代哲学及文艺学观念的局限，学界往往将古代文论置于近代知识论和知性科学的背景下加以观照，致使对古代文论的本体论价值和当代意义完全估计不足，古代文论的知识特性、表达方式乃至学术担当与价值意义一度就被遮蔽在这种近代误读之中。比如苏联文艺理论体系所形成的解释框架，囿于近代哲学的知识论和本质主义的思维逻辑，坚守现实主义反映论的等等，就是这种近代误读的典型，它们对近 60 年来的古代文论研究均产生了程度不等的影响。正因为如此，相当长时期以来的置于西方近代哲学范式中的古代文论研究，在总体上并不能展现传统文论的知识宗旨与精神特质；而以"通史"模式书写的传统文艺理论教科书，又并不以历史材料本身状况为根据，而是从现实政治需要出发，从意识形态的各种结论中提炼、拼接出各种主义和体系，然后套用到对传统文论经典文本的阐释上。基于这样的误读而建构起来的古代文论体系，在历史依据与理论逻辑两大基础性问题上并没有得到真实有效的论证，其知识合法性存在很大问题。凡此种种遮蔽与误读，使得古代文论在当代知识状况下被看作是过时的理论，缺乏对当代问题的回应，所以古代文论的"当代性"问题的提出，首先是针对这种对于古代文论的近代误读，并导致其当代意义被遮蔽而言的。纵观一个世纪以来的中国古代文论研究学术史，几代学人不仅在具体的理论阐释观点方面"当代化"的速度很快，而且在学科理念和方法论方面求新、求变的自觉意识也越来越强盛。这对于中国古代文论研究的进程产生了极大的学术推进作用。事实上，中国古代文论研究的百年学术史，从研究理念、研究方法、价值目标，一直到研究中所具体运用的知识工具，乃至于研究范式的形成与嬗变，都是导致学术创新、学术增长和学术范式生成的最为直接和有效的驱动力量。所以，如何在当代思想文化和学术语境下阐发传统文论的"当代性"，如何对于传统文论研究的"当代性"达到一个在历史和逻辑两个层面既适合当前学术文化和理论话语建构所需，又符合深化传统文论研究的自身的学理要求的准确定位，对于推动中国古代文论研究的进一步深化便具有关键的意义。更为重要的是，中国古代文论"当代性"的建构。是与中国传统文化的复兴密切相关的，它理当成为 21 世纪中国文化新秩序建设中的重要组成部分。

古代文论对于当代文论话语建构具有不可或缺的思想和知识资源的意义，对于这一基本性质判断，学界并无相关看法。但是，在如何理解和估价古代文论的当代性及其基本内涵和缘由等问题上，研究者从不同角度，阐发了不同的看法。这些不同的意见，涉及了古代文论"当代性"问题产生的历史和现实语境，以及实现古代文论当代性价值的具体路径，因此出现分歧是再正常不过的事情了，而且这种分歧也有利于深化对问题的思考。

从哲学上来说，时间与空间乃是一切事物基本的存在方式，因此，我们考察古代文论当代性问题，也同样可以从文化时空两方面展开。我们先从文化时间也即历史的角度来看古代文论的当代性问题。古代文论"当代性"的提出和强调，首先是为了突破中国文学理论进一步发展之瓶颈，而这种瓶颈又突出地表现在历史地形成的中国当代文艺学的文化无根性危机与古代文论的知识合法性危机两个方面，也正是在对历史地形成的双重危机的超越中，古代文论之"当代性"获得其独特的时代意义：只有首先将其纳入对中国当代文艺学文化无根性危机超越的进程中，古代文论知识合法性问题或可有望得以解决。

首先，是广义中国文学理论学科发展到当下遭遇到了瓶颈。从 20 世纪 90 年代初开始，重新获得生机不久的中国当代文学理论就又面临着双重的挑战：一方面，是来自现代西方的文学、文化理论以及美学、哲学观念的挑战，蜂拥而至的各种名目的新"学说"、新"主义"开始在思想和知识两个层面上冲击着我们原有的文学理论；另一方面，中国市场经济的深入推进所引发的社会转型，也在对包括文学艺术在内的整个人文活动提出挑战，当然同样也对文学理论提出了挑战。以历史的眼光来看，在中国文学的现代化初期，西方文学及其理论被视为最先进、最现代化的典范，为了迅速实现现代化就必须不断接受这些资源，在相当长的时期内，这似乎是个毋庸置疑、不证自明的问题。但在，在经历了一个世纪的现代化之后，加之国际环境的重大变化，单纯地接受西方资源似乎越来越成为问题：在对西方新潮疲于奔命的一轮又一轮的追逐中，我们的文化焦虑越来越强烈，文化认同感的缺失给我们带来了越来越大的精神压力，此即中国当代文艺学的文化无根性危机。古代文论"当代性"问题的凸显，即与此危机密切相关，更为重要的是：充分重视并发挥古代文论的"当代性"价值，乃是克服长期存在的中国当代文艺学文化无根性危机的重要途径之一。

从文艺学的整体来看，古代文论的当代性问题确实是一个开放的、可期待的思想视野。从我们所面临的当代文艺学的文化无根性危机问题来看，从当下各种阐发古代文论当代意义的"接着讲"的基本路径来看，古代文论的"当代性"仍然有待于通过回顾、对话、重新提问才能得以重新发现和理解。古代文论当代意义需要不断地生成，它不是一个现成的结论体系，而是一个始终处于阐释过程之中的问题，因而它就不是一个封闭的体系，而是一种有待激活的精神资源。打个比方说，我们说发挥古代文论在当代文艺学理论建构中的作用，并不意味着是在强调要服中"药"以排除西"毒"。虽然在中国现代文论的发展过程中，出现了严重的传统断裂现象，但是古代文论作为某种精神基因，依然潜隐在中国现代文艺学肌体之中，只是从其体外移植进去的西学基因反客为主而压制着这些基因，使这些基因似乎处于一种睡眠状态，而我们现在要做的正是要激活这些蛰伏的基因。如果把古代文论设想成早已完全剥离于中国现代文艺学肌体的某种要素，似乎未免太低估了我们文化传统的伟大而深厚的精神力量。同样，我们也应该理性地看到，中国文艺学经历了一个世纪的现代化，西学因素也已成为其肌体中无法剥离的基因，而非某种可以通过外科手术可以切除的某种附属物。对此我们应该有清醒的认识，种种或隐或显的文化原教旨主义的问题，首先还不是偏激不偏激的问题，而是可行不可行乃至必要不必要的问题。随着 21 世纪中国综合国力的进一步提升，我们的文化自信将不仅表现在对我们悠久的文化传统更充分的发扬上，同样也表现在我们将以更加开放、包容的胸怀对西方及一切有益于我们的其他民族文化的更充分的吸收上。

其次，作为中国现代文学理论研究的一部分，古代文论研究的进一步发展还遭遇到一些特殊的瓶颈。如果说相当长时期以来不断追逐西潮的一般；文艺学研究，遭遇到了文化无根性危机的话，那么，古代文论研究所遭遇的则主要是知识合法性危机，对此双重危机的同时超越，应是中国当代文艺学研究整体突破的重要途径，而在此境遇中，古代文论的"当代性"问题，将会越来越充分地展示其非常独特的时代价值。从积极的一面来看，现在许多学者宁愿把"古代文论"称之为"中国文论"，而这种提法的变化，虽然不乏后殖民语境的色彩，但是，我们从中也可以领悟出当代学者不但在文化的自信心上较之 20 世纪的学者有大幅的提升，而且对于传统文论的当代性质和当代意义，似乎也已经达成了相当程度的共识。我们应当看到，无论是惊呼当代文论之"失语"，还是提倡古代文论之"现代转换"，既有深刻的历史和现实的文化背景，也体现了当下中国极其复杂的时代文化、学术特点。这种特点近年来得到了学界同仁的普遍关注，尽管对这种特点进行现象描述和实质分析很不容易，甚至于是一件很艰难的事。但是大致说来，这种学术文化特点，既是近代以来中西文化碰撞和冲突的历史延伸，与全球化思潮所引发的文化自省和自觉意识等相关，又与改革开放以来中国经济腾飞给我们带来的逐渐提升的文化自信密切相关；这种特点一方面昭示了文论研究领域面对当下文化、文学语境的现实问题时的束手无策的窘迫困境，另一方面却又演示为口号式的学术上浪漫主义，有着极强的实用主义的功利性。这种特点对当代文艺学的影响将会是长期而深刻的，也是当前文艺学研究所处的语境和面临的主要问题。

在西学的不断冲击下，古代文论的知识合法性危机一次比一次更突出地表现出来，遂成为一个多世纪以来学界不断商讨的中心议题之一，而总体来说，古代文论知识合法性危机在当下不是缓解了，而是更加凸显了。一个不可回避的事实是，百余年的西学东传，对我们的生活方式，进而对经验方式、审美感知、言说方式乃至知识结构的改造，事实上构成对古代文论经验方式的严峻，并在某种深度上早已改塑了古代文论既有的文化品格，因此，一种原原本本的古代文论之完全复原已无可能。

所谓的知识合法性问题，隐含的前提问题就是：谁合法？谁立法？对此，学界大体有两种视域或立场。一种情况是，认同西方文化的学者深受西方中心主义、黑格尔主义的影响，以古希腊，尤其是亚里士多德诗学理念以来至近代西欧诗学、美学的范型为主要参照，以"五四"以来的科学、理性、进步为尺度，认为中国古代充其量只有文学思想，而没有严格意义上的文学批评理论；另一种情况是，同情传统文化的学者认为，近百年来，我们所受的均为西方文论的训练熏陶，即使是主观感情上认为自己是在弘扬传统文化，但解释框架都在西方文化之内，因此在实际操作上，仍然是用西方的话语工具来宰割中国本土文论，形成了"以西释中"的解释传统与思维定式，并没有发掘出中国文论的真髓。以上两种情况尽管立场不同，但也有相通之处，都认为：在百年来的传统文论研究学术史中，"立法者"始终是西方文化，我们的阐释话语中的传统文论的知识合法性，始终是从西方文论那里获得支持和验证的，而问题恰恰在于：古代文论研究能否仅仅从西方文化尤其文论中直接获得应有的知识合法性？

古代文论研究作为一门现代学科得以建立和发展，主要是依赖当时所移植进来的西方现代学术建制，而其合法性则主要受到了同样源自西方的科学主义的支撑，在当时指导所谓现代化的"新文学"的主要是新输入的欧美文学思想论，而中国文学批评史研究作为"整理国故"的一部分，与"新文学"的创作批评实践并没有多少直接关联，让古代文论远离中国现代文学的创作实践，这近乎是一种"去势"的做法，但似乎也正是这种"去势"，使古代文论的现代研究反而获得了合法性，进而也获得了相对平稳的发展。在科学主义屏障的保护之下，加之学科甫建，古代文论第一批现代研究者似乎还没有时间来反思所谓知识合法性等问题，相应地，也没有我们今天如此严重的文化！

最近几年越来越凸显出来的古代文论知识合法性危机，又具体表现在古代文论研究的基本方法论和理论框架中。在讨论借鉴西方文论的观点、方法解释中国古代文论这一问题时，多少年来一直被反复提倡因而成为研究中的一种主流方法即用西方文论的学术范式、理论框架、概念和观点以及问题域来选择和梳理、阐释中国传统文论思想，现在最为关键的一个问题恰恰就是：这种学术方法在知识和思想两方面是否具有合法性？近年来，包括笔者在内的一些学人对此提出了一些质疑。毋庸讳言，自20世纪80年代以来，中国古代文论作为一门学科的合法性即不断遭到质疑，其研究范围与边界，研究方法与方法论体系，理论资源与价值标准，批评史观与叙述范式，这一系列问题始终处于争论不息的状态。实际上，从20世纪初，中国古代文学批评学科的建立，到80年代的重写文学史理念的提出，再到世纪末的重建中国文论的呼声的出现，中国古代文论研究所取得的进展，总是与自身合法性危机意识联系在一起的，只是这种危机意识在全球化语境中更为突出罢。

另一方面，由于古代文论的研究对象似乎远离了人们的当下存在意识与审美体验，对于它所存在问题的研究梳理，是否可望从一个侧面联结中国文化的过去、现在和未来，对此，学界还是心存疑虑的。这种状况的形成，与中国社会的现代化进程息息相关，也是中国现代人文社会科学建设中很多隐：而未决的问题淤积成瓶颈的结果，其中很多的因素并不是仅仅从学术的角度能够阐明的。

历史上来看，在用西方文论话语作为知识工具来解读和阐释中国古代文论时，自然会产生新的学语，并且以这些新学语为联结点，组成了有别于传统诗文评话语系统的新的现代批评史话语系统。在这些新学语的产生过程中，承传与重构的双向交织的现象必然非常突出，有意和无意以及两者之间的误读所造成的话语系统中名词术语方面的文字标识的置换，也就成为必然之事。但是，关于这一问题，我们仅仅注意这种置换中所产生的文字标识、言语外壳表层现象是远远不够的，更应该沿着思想、文化史的学术理论，深入分析其深层所发生的两种处于不同时空以及民族性方面也截然有别的文化之间相互观照、相互涵化的跨文化交流和融和的实质，而不能表面地、片面而极端地认为古代文论现代研究就只是西方文化向古代文论单向殖民的结果，如此方才可以接近问题的实质，才能获得对于问题本身的深解和正解。

此外，理解和阐述过程中的误读，固然容易或必然要受到中西文化营垒两方面的责难，比如持西学文化价值立场和知识工具的人会提出其所导致的西学思想、知识信息的变易和丢失，而持中学文化价值立场和知识工具的人则会提出其所导致的传统思想、知识信息的扭曲、变易乃至丧失。我们看到，一个世纪以来，在关于传统文论现代性生成过程中的一系列大的讨论、争议，大体上都是由此而引发的。但是，对此我们也要辩证地看到它的积极性的一面，就是其至少说明如同汉字文化圈构筑的近现代文化一样，传统文论在现代文论中并没有完全地缺席，而是在顽强地、曲折地发挥着作用，而西学与中学原有部分信息的遗失，恰恰是中西双向互动而有所选择的结果。

实际上，不管怎么说，"中国文学批评史"学科建设的历史，就是用与中国文化非常不同的西学范式来格义的历史，其间所经历的曲折坎坷、经验教训都是值得重视的。前辈学人以他山之石，如柏拉图、亚里士多德、康德、黑格尔、弗洛伊德、海德格尔等人的思想，来建构中国的文学理论，尽管运用的已经不是原本原色的西方思想或方法，但是均有不同的发现并取得不同的成果。从陈钟凡、郭绍虞、朱东润、方孝岳、罗根泽、刘大杰到第二代、第三代研究者等，皆有大小不等的贡献，各种尝试均有一定的价值与意义。事实上，"中国古代文学批评史"学科的形成过程本身，就正是中国古代文学思想与西方文论融合互渗的过程。而中国古代文论学科今后进一步的发展与深化，将仍然离不开中西文论的多方面更加深入的交流、对话与沟通，在这方面，西人现象学、解释学给我们提供了可资利用的新的视域与方法，但对古代文论相关范畴、概念的整理、解读的方法，则需要更进一步结合传统文论经典文本的特性和古人的思维方式来为之，尽可能避免牵强附会或削足适履。我们应该尽力发掘中国文论不同于西方文论的特性与价值，改变裨贩跟风、移植对接的学术状况，但是，我们也应该明确意识到，中西学术的交流互渗已是不堪的事实，因而中国文论的学术生长和发展，也必须在全球化与本土化之间保持必要的张力，尤其是中国文论的研究范式，更需要借鉴与更新，这样才能避免画地为牢、自说自话。以上主要是从学术思想的内在理论而展开分析的，除此之外，我们还更应关注国内外新的时代状况对古代文论研究的影响。伴随着改革开放以来中国社会的发展，思想文化领域也出现了从"政治中心"到"经济中心"到"文化中心"的巨大转变，中国古代文论的研究也经历了从意识形态化到学术化的研究范式的转变，当然，这也是当代中国人文科学研究的一种共同倾向。实际上，在更大的范围内来说，中国文论研究的这种变化，也是整个中国当代人文社会科学发展变化的一个部分，因此，它与人文社会科学研究的整体性转变是具有内在一致性的，而这又大体上可以从内部语境与外在语境两个方面来分析。

由内而看，中国现代文艺学的建立，是与国人引进西方社会科学的知识运动同时展开的，本身就是援西入中的一部分，这不仅表现在其学科性质、理论框架、研究范围经过认同而从西方知识范式中直接移植过来，而且在深层次意义上还意味着，西学中这一系列的理论预设与研究方法在中国文艺学场域中被赋予了正当合法性。中国现代文艺学的这种天生"舶来性"与意识形态"宰制性"，在一定程度上自然形成了对于古代知识系统的排斥。

这也是导致古代文论话语系统被迫边缘化的重要原因之一。不过，情况可能并不是这样简单的，从更深一层看，这是与整个人文社会科学生长的现代社会环境休戚相关的。

随着现代社会整体结构的转型，人类知识的增长方式也发生了根本性的变化，古典时代文史哲一体的智慧型知识系统，已经分化为专业化、工具化的科学与技术知识，用康德的划分，就是"纯粹理性"与"实践理性"，用现代学者的说法，就是"可编码的知识"与"意会性的知识"，或者"科学知识"与"非科学知识"，这也是对科学知识与人文知识巨大分野的一种现代表述，在数字化、定量化、可通约性、可重复性成为超级意识形态的今天。

作为一种特殊的人文知识，古代文论本身并非现代意义上的科学知识或可编码化的技术知识，其知识宗旨首先是一种价值与意义，而非客观的普遍真理，因此，在现代社会对于知识需求发生总体转移的状况下，古代文论与其他传统人文学说一样，边缘化的命运不可避免。因而，我们可以说，现代社会知识结构的分化，也正是造成整个人文研究边缘化的内在根源。以上诸种因素，构成当下古代文论研究不容乐观的知识状况：内在生长乏力、外在形势严峻，理论创新与思想活力严重缺乏。

由外而看，近年来，世界范围内的人文理念、文化立场与出发点均发生了程度不等的范式转变。我们已经从单一的西方或欧洲中心论转变到多元立场、多极世界，黑格尔式的一极世界文明观业已被雅斯贝斯式的多极世界文明突破论所取代，因此，一向被视为具有普遍世界意义的西方价值标准也就转变为中国文化的参照系统和可资利用的对话资源了。同时，西方近代二元对立的思维模式也在逐渐转变，如主体与客体的对立，人与世界的关系，也由认识自然、征服自然和改造自然转变为人与自然的和谐相处；传统与现代的不相容，也逐渐转变为双向互动、视野融合的立场，或者说从传统叙事与启蒙叙事的价值冲突转向两者紧张关系的缓解；强调抽象概念、普遍意义的历史价值观也开始转向注重古今相通的整体意义，注重具体性、地方性的差异。

在这种背景下来重新审视古代文论当下的研究状况，总体上可以说，古代文论的研究正在进行自我文化身份的重新认同，可以说这一认同过程同时也是古代文论研究者自身文化身份和本土意识的一个重新回归过程。通过分析我们可以发现，西方近代以来专业化、工具化的"可编码的知识"或"科学主义"，其知识霸权已越来越受到当代人文知识分子的质疑和挑战，而这无疑也正是与此异质的古代文论重获知识合法性的重要契机，也为古代文论获得当代性价值提供了一个新的生长点。至于这个过程或长或短，现在尚难断言，但无论如何，关键在于我们已经在路上了。

强化文化认同的一个重要环节，是对古代文论基本方法论特点及与之相关的思维特点的重视和研究。目前，我们对于中国传统文论自身的特性及中国文论史的方法学，仍然在探索之中。我们应该有自觉自识，发掘中华民族原创性的诗性智慧与古已有之的治学方法，予以创造性地激活乃至转化。中华民族长期的生存体验形成了对于宇宙世界、社会人事的独特看法，由此培育了传统文化中三才合一、整体圆融的观念与觉识。在古人的文化视野中，人象天法地，在构造上相同，在精神上共感，在表象上互为因果，人与天地、情与景、主体与客体、内根与外境浑然为一，天人、道器、体用贯通一体，神形、心物、知行一面两体，这就自然打通了"人与物""人与他人""人与自我"之间的二元阻隔，肯定了天地人之间的对话互涵、相成相济、相依相待，加之中国思想传统中言象意的符号系统、中庸平衡的方法论原则、充实与空灵的境界追求、生生不息的创造意识，共同铸造了具有中华特色的知识系统与体认方法。我们要超越西方一般认识论的框架与结构，首先就要认清中西学术不同的差异。梁漱溟先生在《东西文化及其哲学》中指出，东西文化的差异，主要在于两者对待人生的态度不同。西方是一种进取向前的态度，印度与之相反，所持的是一种避世退后的态度，而中国则是调和两者。此论大抵是对的，更深一步言，中国主流思想传统中并没有西学那样的主客二分与身心二元以及两者之间的价值冲突与精神紧张，因此，中西文化差异的最根本处，在于对人态度的不同。近代西方文化的建立是在19世纪对亚里士多德逻辑学的回归，以及17世纪文艺复兴后科学革命的基础上产生的，故而对于人的认识，西学基本上采取知识方式的对待与类化指标的建构，在知、情、意的整体心理结构中，偏于"知"这一维度的强调。而在中国的思想文化传统中，从来就少有对人单纯进行知识化的处理，因为它所依生的知识体系是在阴阳对待、四时更迭与五行相生相克的直觉感受与天圆地方、天人同感的比附联想中建立的。对于中国古代这种独有的知识结构和体认方法，传统的经学、子学、玄学、佛学、理学、朴学均有自己的认知方法，这些方法需要我们进行深入细致的梳理与研究，但与古人不同的是，我们今天有了更多的文化参照系，知己知彼，对于我们更准确地认识文化传统，更增添了一层视野。总之，我们认为，21世纪中国古代文论研究的主体性和学科范式的建立，既需要我们继承发扬传统学术，也需要我们在与西方文论相比照、相对话的过程中予以建构，在这一过程中，需要我们有充分的民族文化自信心和认同感，也需要冷静细致地创造性转化工作，就重要性而言，两者都缺一不可。

那么，究竟何谓传统文论的"当代性"？我们将其概括为："当代性"是传统文论的资源价值意义与当代文论话语建构的理论资源诉求相适应的一种理论视域；"当代性"是传统文论参与当代文论话语建设的切入点；"当代性"是传统文论与当代文论互相融通的内在结合点。"当代性"实际上体现、渗透在现代阐释之中。因此，从古代文论的经典文本和原初意义出发，发掘和阐明古代文论经典文本的当代意义，应该成为一个基础性的工作。从历史上来看，古代文论经典文本的原生形态是真正代表古代文论精神实质的理论表述，它与再生的现代文论形态存在着重大差别，其经典性和原创性的获得，跨越了数千年历史文化的检验，其学科知识谱系的呈现连贯而完整，文本自身的思想影响力持续而长远。因此，在研究过程中，我们应该重新认识古代文论的原初性的事实本体与整体性的真实面目，回到体现古代文论精神本真的原初形态与历史情境，并以之作为我们继续前进的出发点。从本质上看，经过系统的整理与阐释，回到古代文论的原生形态，寻找其新的理论视野和理论生长点，既能超越百年来学界谈论古代文论的"合法性"危机问题，又可以克服当前文艺学研究繁荣景象背后所显露的文化无根性困境，其意义和价值是不言而喻的。同时，这也是与当代中国的精神文化建设方向相一致的。进一步说，作为时代文化精神的彰显，充分发挥古代文论的"当代性"价值，有利于我们对时代问题的本质性进行反思，对时代文化表征（症候）进行解答。因此，立足于时代特有的文化问题和境域，充分挖掘和发挥古代文论的当代意义，就成为21世纪中国古代文论研究的主体性和学科范式反思与重构之关键。

第一节 中国古代文学理论范畴在当代的价值

我国古代的文学理论范畴极其丰富，其范畴具有多种层次的特点，比如艺术想象范畴、艺术风格范畴以及论作内容的范畴等。范畴的丰富在一定程度上代表其文学属性以及特征的丰富，能够在较大程度上揭示文学的本质规律，这一点是当代文学理论所不完善的地方，因此，对于古代文学理论范畴需要进行深刻的了解，挖掘其价值，供后世文学学习。例如当代论著作中常常借鉴古代文论范畴中的意境、风格、虚实、豪放、含蓄以及自然等。这些范畴在当代的文学活动中也较常运用，因为其古代的范畴在一定程度上揭示了文学的本质属性及其发展规律，值得被后世借鉴。

一、我国古代文学理论范畴对于当代文学的经验性

我国古代文学理论范畴是整合所有思维方式的集合体，对文学理论进行高度的审美经验以及文学经验概括，对于当代的文学作品具有较强的实用性。同时中国古代文学范畴的经验性具有思辨的特征，主要表现在其文学方式注重直观表达，可操作性强，并且夹杂感悟式的体验，其文学方式注重感悟的直观与语义的模糊，其感悟与直觉的运用，构成了一个民族的思维特性。古代的文学理论范畴大多是借鉴古典哲学，因此，其文学理论中具有哲学性质，形成了丰富的语言文学体系，在一般的论著中常常运用多种修辞手段进行渲染，导致文章主题接近形而上之道的范畴，展现了其特有的思辨特质。其次，思辨与学理是共同发挥作用的，对于当代的文学创作提供了行之有效的思辨结构。国内有部分的学者认为我国古代的文学逻辑思辨借鉴国外的文化思想体系，为此，有学者进行研究，表明其文学理论重视经验感悟，在自身的体系结构中具有系统性的特征，因此不同于西方的文学理论。当代文学价值的发展离不开古代文学理论范畴的经验性。

二、我国古代理论范畴所具备的当代价值

（一）古代文学理论范畴内涵组成当代文学理论重要部分

我国古代文学理论具有较为悠久的历史，部分学者认为其文学理论已经过时，基于当代文学的发展变化，古代文学理论已经不适应其发展的变化，主张抛弃古代文学的研究，或者将其研究仅作为历史研究，缺乏正确的认识。其实不然，文学理论具有其真理性，其真理性并不会随着时间的推移而湮灭，因此，在当代文学理论研究中，其本质规律仍然值得借鉴利用。当今随着社会的发展，文学逐渐偏离了其原始的轨道，文学作品创作者面临较大的危机，主要表现在文学语言的低俗化以及娱乐化，比如诗歌，作为古代文学的主要文学形式，如今已经逐渐地没落，文学作品对于表达情感以及展现理想的内涵逐渐丧失，因此，重塑当代文学的内涵对其文学的发展有着不可忽视的作用，其古代文学范畴中的言志与缘情都应当被重新拾起。

（二）古代文学理论范畴对于矫正当代文学不切实际的现象有着重要作用

当代文学理论大多充斥着抽象以及不切实际的言论，导致当下的文学创作出现不和谐的现象，在很大程度上没有进行有效地批评，引起了读者的反感，这对于当代文学的发展有着极为不利的影响。在文学理论中，只有解决了具体问题给人以启发才能算是真正有价值的理论，古代的文学理论范畴，一般是针对当时具体的时势进行议论，具有实际意义，然而当代文学内容的空洞以及虚无，造成其理论内容空乏，缺少其实际意义。在古代文学理论的观念中，创作过程是人与社会感应的一种联系，通过文学的表达方式抒发情感。这种理论创作的形式都是值得当代文学借鉴的，并且能够从本质上改变其现状。

（三）古代文学理论范畴对于构建文化传统有积极意义

我国古代文学范畴较为复杂，不同时期有着不同的表现，因此，需要加大力度挖掘其不同时期的意义以及变化，为当代的文学创作做出有益的贡献文学阐述同先代文学创作不能照搬照套，应当对古代其手法进行适当地运用，综合古代、当代的文学体系，构建我国的文化特色传统。

我国古代文学理论范畴的理论表述与理论内涵上都有其独特的地方，其采用的感悟性经验表达适当暗改文学最为缺乏的理论，古代文学运用最为形象的语言表达丰富的思想内涵，对于民族的原创性上有着长久的意义。当代文学理论要想取得良好的发展，必须对其古代的文学理论范畴进行深刻的探索。

第二节 中国古代文学与美学的当代价值

构建具有中国特色的现代古典美学，就必须认识中国古典美学这一母体，必须基于中国古典美学的基础之上。那么为何要认识中国古典美学呢？因为中国古典美学记录着我们先哲在通往真理的阶梯上所经历的灵魂探险，它包含着真理的颗粒、因素，但还不是真理本身。真理和谬误是对立统一的，没有绝对的真理也没有绝对的谬误；二者在某些情况下还是相互转化的。所以要辩证地全面地看待问题。中国古典美学尤其历史的局限性，但是其内涵却是超越时空的界限的，这就要用现代意义来揭露其在现代化条件下所产生的现代化美学意义。

美学来源于哲学，但是美学的发展和演变有自身的内在演变规律。对于古典美学的研究对象要有所明确；对于古典美学的现代化研究对象也要有所明确。经济基础决定上层建筑，上层建筑反作用于经济基础，社会的主体意识都是为上层阶级服务。从文化发展风尚的流行源头可以看到，回顾往昔宫廷贵族豪门主导着社会下层占人口大多数的意识形态及社会风尚。在《解构与建构：中国古典美学的现代转换》中，就有探讨对于中国古典美学现代意义的转变就是要结合人文的、社会的、科学的、历史的甚至民俗的学科交叉研究在现代生活当中的美学。也就是说："我们不要去孤立地以当代的文化视野和理论去考证、分析古典美学有什么现代意义，而要以历史的、美学的态度，运用社会学、人类学、考古学等学科知识恢复古典美学的情形和语境。"在《解构与建构：中国古典美学的现代转换》就有提及。展望中国古典美学的未来，中国古典美学的民族性时期永恒的光辉是屹立在世界文艺上的珍宝。对于中国古典美学的未来发展方向同时也成了历来学者探讨的方向。周纪文《和谐文化与中国美学的未来发展问题》就提出了有关中国古典美学的三个方向问题：一是中国美学的民族化问题；二是当代美学的转型问题；三是中国美学走向世界的问题。在有关中国古典美学的转型方面就谈到了对于中国古典美学，"不能再陶醉于仅仅对形而上问题的论争、思想体系的构建以及精英阶层的文化批评。美学的发展到了必须重新思考定位以及研究对象、范围、范式、方法等基本问题的时候"。

在文学上的反映。上古原型的参照引用民间文学中的神话、传说、民间故事、史诗等等对于文学创作的影响，是作家文学创作的源头活水。文学结构体式的参照从四言诗到五言诗的发展的演变，从传奇、小调、杂技等等演变为独具中古传统特色的戏曲。例如：诗歌中的《寒江雪》："天山鸟飞绝，万里人踪灭，孤舟蓑笠翁，独钓寒江雪。"这是一种古典审美体现的表现。

在艺术上的反映。特别是在绘画上面的表现：中国水墨画。作为中国画艺术的典型代表的"水墨画"如一颗璀璨的明珠光耀古今。水墨画有着深厚的民族文化底蕴和独具特色的综合艺术的品质。对于山水田园的变现可以从无中生有，如王维的《雪里芭蕉》。王维的一帧极负盛名的画作《袁安卧雪图》，即著名的《雪里芭蕉》曾引起美学、哲学、宗教、文学批评等领域的关注。芭蕉在寒冬时就已经凋谢殆尽的，但在王维的图画中却是绿油油的生机勃勃。这在艺术创作上采用了中国古典美学的审美体验的影响。在现代中古绘画上依然有突出的体现，特别是水墨画上。《汝南先贤传》中记述了这样一段故事，说是有一年下大雪，地上的积雪达一丈多深。洛阳令来汝阳巡察，见穷人们铲除积雪，出外讨饭，唯袁家门前没有路，以为他已经冻饿而死。于是命人除雪进去，见他僵卧在房里，问他为什么不出去，他说：大雪天大家都在挨饿，不应当去求别人。洛阳令被他的贤德所动，便推荐他为孝廉。这便是《袁安卧雪图》的原本故事，王维推崇袁安的精神，故而特地用雪里芭蕉来表现其精神品质。梅、兰、竹、菊，中国古典艺术上的四大天王组合，对于现代艺术绘画的影响也颇为深厚。在现代生活当中，对于梅兰竹菊的推崇随处可见，在文学创作当中就是"墙角数枝梅，凌寒独自开""采菊东篱下，悠然见南山""竹林七贤"，以及在《红楼梦》中黛玉的潇湘竹。兰花在市场经济的推动下，更是以天价的身价出现在生活当中的每个角落。可见中国古典美学对于现代人们社会生活的方方面面的影响。

第三节 中国古代文学对当代学生的教育价值

中国古代文学是一个历史源远流长的发展过程。它与中国大历史、文化紧密相连，显示出特有的民族性、传承性、时代性的特征。它以汉民族文学为主，同时又兼容了其他少数民族的历史与文学，构成蔚为壮观的中国古代文学。无论是中国古代的诗歌，还是散文、戏曲、小说都有着明显的可以追寻的历史。并且呈现着在创作和理论上的不断发展，丰富，日臻完善。每种题材的演进都是一部历史，而且脉络清晰，充分体现并显示着它的历史与文化的博大精深。显示出以中国古代文字为载体的中国古代文学在内涵上极大的丰富和巨大的张力。这些优秀的民族文化对当代大学生来说，是一笔宝贵的财富，它能在一定范围内极大地提高当代大学生的综合素质。现在想从几个方面来谈谈古代文学对当代大学生的价值影响。

一、人文素质方面

人文素质，是指人应具备的内在品质和人生的定位、在学识上的积累、获取和应用知识的能力，即关于人的情感、态度和价值观等人文精神以及个人能力，包括人的理智、能力、情感和意志这几个内在因素。它追求人生和社会的美好境界，推崇人的感性和情感，是完美人格的体现。当代一些大学生民族精神淡化，理想信念模糊，心理素质欠缺，总的来说就是人文素质惨淡。这样的现状令人担忧，因此我们可以向古代文学寻求帮助。理想信念、民族精神是人文素质教育的重要主题，而古代文学正是其重要的文化阵地。古代文学作品是经过几千年的淘洗保留下来的，是历代作家人生信念、人文情怀的艺术外化。在文学的鉴赏中，可以带领学生去触摸我们民族的伟大灵魂。古代文学作品都出自于一些优秀的作家，我们都或多或少听过一些相关的故事，他们是我们民族精神的化身，是激励青年坚定理想信念的楷模，他们的作品具有无穷无尽的感染力量。

古代文学作品是古人思想感情、社会生活、人生体验的缩影。无论社会怎样进步、科学如何发达，人生的哲理亘古不变，人生的处境也不外乎顺境、逆境、绝境。古人和今人都在探寻一种有意义的人生。古代文学的人文性特点决定着其对学生健全人格的培养有着深远的影响。文学作品中的一些典型事例，正是对学生进行人格教育的良好素材。当作家的情操和作品的精神以一种无法抗拒的力量渗入学生的灵魂深处时，他们也就能建立起健康的道德感与审美感，树立起高尚的人格。作家在审视生活中美的同时，还致力于创造文学作品的美，以提高受众感受美和鉴赏美的能力。绵延五千年的中国古代文学，为我们展示了一个绚丽多姿的永恒。在欣赏的同时，我们心灵的世界得以净化，生命的活力得以激发、文学的品位得以提升，使审美教育取得"随风潜入夜，润物细无声"的艺术效果。总之，古代文化可以弥补我们人文素质中的众多缺陷，让我们在学习的过程中不断地完善自己。

二、德育素质方面

中华民族以五千年文明和优良完整的伦理道德体系而著称于世，以"礼仪之邦"而自豪。中华民族的道德伦理说，是中华民族在长期发展过程中形成的一个民族的重要精神力量之一。随着社会经济的不断发展，大学生在物质水平方面有了极大的提升，像以前一样求学艰辛和困难的事基本成为了历史，按理说在物质极大丰富的条件下，精神文明也应该处于一种高度发展的状态，但事实并非如此。物质世界让人失去了基本方向，有些人被金钱利益所主宰，慢慢迷失了自己。这个时候我们不妨回归中国古代文学，让它带领我们重温中国传统伦理学，来对我们的心灵进行一次洗礼。

面对外界的喧嚣，有些人始终无法控制自己的思考，容易被诱惑，然后走上一条错误的路。面对这种情况，古代文学提倡我们修养心性。儒家学说认为一个人只有通过不断地提高自己的道德境界，才能真正做到修身、齐家、治国、平天下，也才真正完成道德修养，成为一个圣人。我们不祈求成为一个圣人，作为大学生，我们只希望能保持自己一片澄澈的心。

（一）"仁爱"待人之心

我们吸收儒家文化很重要的一点就是要继承这种人文精神。它能给我们在待人处事方面以很好的启发作用，能增强我们的责任心和同情心，完善我们的人格。

（二）家庭孝悌之道

目前社会伦序失常的现象让我们不得不把家庭孝悌之道重新搬上讲台。作为大学生，我们比谁都知道要孝敬父母，因为他们生我养我，但越来越多的事实表明这种意识已经淡薄，这就要求我们要加强伦理道德的修养，而古代文学则刚好给了我们一本很好的教材。

总之，古代文学对我们当代大学生来说，意义非凡。我们不仅单纯地在学习一种文化，一种宝贵的文化遗产；同时，我们在学习更好地做人，更好地做一个对社会有用的人。在古代文学学习的过程中，我们能不断完善自己，不管是在人文素质方面，还是德育素质或是其他方面，我们在不断地吸收知识，不断地提升自己的综合素质，更好地挖掘自我的价值。

第四节 中国古代文学对当代文学的价值

文学的发展，乃继承中的创新。没有继承，则无创新。刘勰说："文律运周，日新其业。变则堪久，通则不乏。"变乃创新，通为继承，立足于继承的创新，才是真正有生命力的、永不匮乏的创新。传统文学乃非常重要的文化载体，为中华民族之精神瑰宝。创作固然来源于生活，但不能离开传统文学的滋养，因而，如若希冀当代文学创作有所发展，有所突破，创作出伟大的文学，则不得不植根于中华民族文化的土壤。缘此可知，重视传统文学优秀品质之继承，乃当代文学创作的不竭源泉。

传统文学能够为我们提供什么样的经典质素？首先，传统文学承载着民族精神，那种注重文学的现实性、重视文学的精神品性、追求真善美的文学本体观，是当代文学创作所应该继承的。司马迁创作《史记》而彪炳史册，"究天人之际，通古今之变，成一家之言"——旨在表达对天地自然、社会历史、人类生活的独特认知，考稽其兴废成败之理，这一指导思想乃其获致巨大成功的关键。其实这也正是中国文学的基本精神。文学创作强调有感而发，有为而作，要有现实的针对性，表现出强烈的入世精神。作家要有对社会、生活的深切关注与体味，表达向上的力量，追求真善美。诗人屈原有着强烈的入世精神，正道直行，竭忠尽志。他信而见疑，忠而被谤，却仍然无法忘怀故国，"长太息以掩涕兮，哀民生之多艰""亦余心之所善兮，虽九死其犹未悔"。《离骚》一诗，就是在这样的情形下创作出来的。杜甫历经艰辛，挣扎于"战血流依旧，军声动至今"的乱离之中，始终秉持"穷年忧黎元，叹息肠内热"的情怀，对社稷民生致以深切的关注，"致君尧舜上，再使风俗淳"。即使被尊为"古今隐逸诗人之宗"的陶渊明，颖脱不群，因为还有着对社会人生的深切体验，不能为五斗米折腰向乡里小人，才会弃官归田，勤劳自食。陶渊明思想的高度，使其诗文"文体省净，殆无长语；笃意真古，辞典婉惬"。

缘此，刘勰提出对文学本体的认识："心生而言立，言立而文明，自然之道也。""言之文也，天地之心哉。""写天地之辉光，晓生民之耳目。"文学应该承载传播思想、开启民智的使命。"文者所以明道，是固不苟为炳炳娘娘、务采色、夸声音而以为能也。"传统文化所形成的"天下主义"，追求人生、社会的真善美，开创太平盛世。这样的思想，主导文学本体，成为其主要内核，文学之使命是伟大的。刘勰说："辞之所以能鼓天下者，乃道之文也。"显然，承载传播思想、开启民智，乃文学本体的一个重要内容，也是成就伟大文学不可或缺的精神品性。其次，传统文学经典倡导为文要有针对性，有感而发，要言之有物。孔子曰："我欲载之空言，不如见之行事之深切著明也。"所谓"见之行事"，即通过具体事件的叙述，在生动形象的叙述中，寄寓褒贬，当理切事，鲜明生动地阐明主旨，以积极的艺术感染力吸引读者、感染读者。

其次，文学内容的表达，需要坚实的"材料"来支撑。所谓"材料"，就是漫长的社会历史文化所积累的丰富智慧、文化积淀。从经典文学来说，运用"材料"，就是注重历史文化的延续性。《文心雕龙》曰："事类者，盖文章之外，据事以类义，援古以证今者也。"显然，事类，并非仅仅指用典，而是泛指前代历史文化的丰富积累，侧重于历史文化的延续性。熟悉丰厚的历史文化，提要勾玄、细大不捐、沉浸浓郁、含英咀华，作为文学创作的一个重要基础。如古典诗词创作，即使比较偏重抒情性，也往往特别注重运用典故，而典故乃历史文化的凝结，具有丰富的意蕴，如杜甫《望岳》"会当凌绝顶，一览众山小"，化用孔子"登东山而小鲁，登泰山而小天下"，使得诗人之理想情怀表露显豁，却也不无含蓄之美，也使得诗歌具有充实的艺术容量和颇大的艺术张力，其感人也深。其他文学样式，如戏剧、小说，往往取材于前代，踵事增华，使之更为丰富多彩、意蕴深厚，体现出一种文学的延续性及开拓性，往往取得空前的艺术成就。如唐人对《文选》的学习，积累了丰富的文学素养，锻炼了娴熟的艺术技巧，开创了落尽豪华而见真淳的唐代文学。

有些当代文学作品，忽视了对文学经典的继承，往往缺乏对传统文学、思想、文化、生活的同情之了解，非常隔膜。此类内容，即使作为文学创作的"材料"之一，也很难出现于当代的文学作品之中。当代文学创作出现了想得太多、写得太多而读得太少的弊端，许多作品结构相仿、内容相似，陈陈相因，"所谓陈言者，每一题，必有庸人思路共集之处缠绕笔端"，了无余味，贫乏苍白。其实，在中国文学发展史上，前代文学往往是后来文学的滋养，或者作为进一步创造的"材料"，如《三国演义》《水浒传》是在话本、讲史的基础上发展而成；《红楼梦》与《金瓶梅》有着密切的演进关系；《聊斋志异》说鬼怪、刺人世，入木三分，与前代志怪小说、唐人传奇，一脉相承；其文学语言的典雅、简洁，兼有骈文和古文的优长。戏曲如《西厢记》、《长生殿》，更是《会真诗》《莺莺传》、董解元《西厢记》和《长恨歌》《梧桐雨》的新变，脱胎于前代而独具自家面目，是戏剧史上的典范。至于诗文词曲之积累丰厚，别创新局，自不待言。而我们即使写一些小文章，几乎不能汲取经典文学的奇葩，作为写作的材料而化用自如。这样的状况，呈现出当代文学创作的贫乏与苍白，割裂了历史文化的延续性。其实，前人在这个问题上有着很好的经验，柳宗元说："本之《书》以求其质，本之《诗》以求其恒，本之《礼》以求其宜，本之《春秋》以求其断，本之《易》以求其动。此吾所以取道之原也。参之《谷梁氏》以厉其气，参之《孟》《荀》以畅其支，参之：《庄》《老》以肆其端，参之《国语》以博其趣，参之《离骚》以致其幽，参之《太史公》以著其洁。此吾所以旁推交通而以为之文也。"显然，柳宗元重视经典文学，并视之为后来文学创作的不竭源泉。

最后，传统文学经典的辞章之美，理应由当代文学继承与借鉴汉字。

乃形、音、义构成的复合体，汉语言天然地具有形文、声文、情文之美。《文心雕龙·情采》说："立文之道，其理有三：一曰形文，五色是也；二曰声文，五音是也；三曰情文，五性是也。五色杂而成铺藻，五音比而成《韶》《夏》五性发而为辞章，神理之数也。"形文，指语言文字的色彩之美；声文，指声律之美；五性，乃情感之美。在刘勰看来，讲求形文、声文之美，是为了更恰切而生动地表达情文之美；此乃自然而然，符合"为情而造文"的主旨——语言文字乃表达思想情感之需要。自白话文运动以来，追求语言的通俗化之同时，往往忽略了形文、声文之美，单一地追求情文之美，实际上是无法实现的。事实上，情感思想的表达，需要完美的形文、声文之恰切配合，达到韩愈所说"气盛则言之短长与声之高下者皆宜"。而骈俪与散行的交错运用，可以使句式整齐而富于变化。

"凝重多出于偶，流美多出于奇。体虽骈必有奇以振其气，势虽散必有偶以植其骨。"骈散结合，要善于熔铸古今语言，简约精辟，使文章气势宏博。姚鼐说："文者，皆人之言书之纸上者尔，在乎当理切事，而不在乎华辞。"要知，语言的典雅或简洁，是文学经典留给后世的丰厚馈赠。

辞章，不仅仅指语言文字，还包括结构篇章。结构篇章乃为文之关键，应注意"首尾圆合，条贯统序"，即讲求思维的一致性与周密性。刘勰论篇章结构，有曰："何谓附会？谓总文理，统首尾，定与夺，合涯际，弥纶一篇，使杂而不越者也。"要求"首尾周密，表里一体"，因为此乃"命篇之经略"。清代桐城派讲求义法，方苞说："《春秋》之制义法，自太史公发之，而后之深于文者亦具焉。'义'即《易》之所谓'言有物'也，'法'即《易》之所谓'言有序也'。'义'以为经而'法'纬之，然后为成体之文。"显然，是将思想情感内容与艺术形式并重的。而"法"则指文章的结构布局之先后与层次之衔接，还包括对所写人、事的恰切剪裁，以突出其特质，"所载之事，必与其人之规模相称"。如若忽略篇章结构之经营，则如刘勰所说"若术不素定，而委心逐辞，异端丛至，骈赘必多"。就辞章而言，经典文学，无论长篇或短制，都很重视篇章结构的布局经略，或体制宏大，气势恢宏；或精约简要，有尺幅千里之势，颇值得学习借鉴。而且，即使是实用文体，传统文学亦颇注意于其篇章结构、材料运用、语言艺术的文学性。

桐城派大家姚鼐说："天下学问之事，有义理、文章、考证三者之分，异趋而同为不可废。"姚鼐欲兼收并蓄，融通三者为一。如果不仅仅胶着于桐城派的舌支理论，而将其内涵扩充，以义理为承载思想、开启民智、培养精神品性的文学本体；以考证指文学写作的"材料"，承载历史文化的延续性；以辞章（文章）指文学之结构篇章和艺术性，那么，经典文学的基本质素所提供给我们的，则是民族文化的精神、深厚的历史文化积淀、优美的语言和精密的艺术追求。反观一些当代文学作品，轻视文学本体的追求，缺乏高远的精神品性，内容上几乎割裂了社会历史文化的延续性，不能自如地运用丰富的文化积淀和智慧，而且结构粗疏，语言粗陋、贫乏苍白。这些皆阻碍了当代文学的发展，削减了当代文学的内涵和精神品性。

当代美国极富影响力的文学理论家、批评家哈罗德·布鲁姆；著有《西方正典：伟大作家和不朽作品》，旨在寻找并论述西方文学的经典。布鲁姆选择并品评了26位作家，指陈其伟大之处，乃"是一种无法同化的原创性，或是一种我们完全认同而不再视为异端的原创性"，并且说："传统不仅是传承或善意的传递过程，它还是过去的天才与今日的雄心之间的冲突，其有利的结局就是文学的延续或经典的扩容。"西方文学，正是对前代优秀文学的延续、扩容与超越，其经典质素始终一脉相承，不曾间断，希腊文明、《圣经》文化，文艺复兴的人文精神及艺术品性，或隐或显地传承着，故而能够持续不衰地造就伟大的文学。相反，有些当代文学创作离开经典文学的滋养太久了，而今我们的文学创作，必须重新审视传统文学的经典质素，植根于中华民族文化之壤，很好地继承借鉴，融会贯通，才有创新可言，方可创造出伟大的文学。

第五节 中国古代文学对当代社会的影响与价值

中国是诗歌大国、文章之邦，不仅诗文创作历史悠久，作品数量至为繁多，而且"赋诗作文"堪称中国古代文化人的基本素养和传统标志。从诗骚辞赋、诸子史传、唐诗宋词，直至明清小说，传世名篇数不胜数，是当代中国人极为宝贵的文化遗产。对于这一点，国外学者也深有感触。如日本的松浦友久就说道有两个世界，十分显著地矗立在中国文学史上，一个是读平声的世界，另一个是读上声的世界。对以五万首唐诗为代表的诗歌的爱好，和对以浩博的《二十四史》为象征的历史的珍视，这两点不仅在文学史上，即使从中国文明的广阔背景上考虑，也是非常重要的。

一、中国古代文学蕴含的价值体现

文学作品一经创作出来并流行于世，总会产生一定的功用和价值。对于文学的价值功用，自古以来中国文论就有"观风、刺上、化下""明麒、经国、劝想、载道、自娱、娱人"等多种说法。现代人一般也承认古代文学在记载历史、传承文化、启迪思想、陶冶情操、交流情感、享受艺术、丰富；人们的精神世界、提升中华民族凝聚力、推动社会文明进步等方面发挥了重要作用。

我们认为，作为一种意识形态，文学的本质特点是具有审美性。一切文学作品都是通过对对象的艺术描写，创造出完美的艺术形象，表现出作者丰富的感情以至深邃的思想，从而给人赏心悦目的审美快感。离开了审美感染力，文学作品就没有了存在的必要。正是以审美价值、审美作用为基础，或者说与审美价值、审美作用融合在一起，中国古代文学蕴含着极为辽厚的文化、认识、教育以及应用价值。举其大端，略述如下：

（一）文化价值

一部文学史就是一部民族的心灵史，民族的文学经典是民族的基本世界观、人生观和价值观的形象反馈，"作为文化的重要组成部分，中国文学凝聚着这个民族对于世界的认知和对于生命的感受，因此也可以说是我们民族的血脉和灵魂"。早在60多年前，朱自清在其《经典常谈》一开篇就说："在中等以上的教育里，经典训练应该是一个必要的项目。经典训练的价值不在实用，而在文化……做一个有相当教育的国民，至少对于本国的经典，也有接触的义务。"由此可见，经典的首要价值在于民族文化的积累和传承。如果不想完全抛弃自己的民族文化传统，那么阅读代表自己文化传统的典范性文本，是承继传统的一种必要方式。著名学者葛兆光先生说：现在，我们还要读经典吗？我总觉得，阅读经典，本来是传统接续的一个途径，不要说古代中国思想常常是通过经典的解释与再解释来传续的，就是现代思想，又有多少是天生石猴似的原创版本，而空无依傍呢？所以，阅读经典并不仅仅是历史与文化的普及，常常也是传统和思想的提炼。中华民族有悠久的文明史，虽坎坷多难，仍屹立于世界民族之林，文化的薪火传承居功至伟。在文化传统中，最活跃、最有影响力的，首推文学。优秀的古代文学是民族精神最典型的载体，闪烁着中华民族特有的精神基因，具有很高的艺术性、很强的创造性，是不可重复、无法替代的，具有永远的魅力。经典教育包括古代文学经典的阅读与欣赏，是对中华传统文化血脉的尊重、体认和发扬，是走向中华民族共有精神家园的必经之路。

（二）认识价值

文学作为对现实生活的审美的反映，是以真实性为基础的。这又决定了它往往具有一定的认识作用。文学作品可以帮助读者形象地了解人类社会生活的有关内容、人性的历史形态，人的情感、心理、命运等，可以直观的悟解到人类社会生活的真实本质，在不经意之中给读者以历史知识、文化知识、审美知识。有鉴于此，美国学者说："我们相信文学研究能够让你对一种文化有更多的了解，它可以让你了解你所置身世界的多样性，增长你方方面面的见识，让你用不同的角度看待问题，用全新的方式去体验你的生活。"当然，文学作品有着鲜明的特点。它不是历史的复制品、政治的衍生物、道德的传声筒，而是对人生的一种呈现，是丰富的人生世界和鲜活的生命展示。文学阅读和欣赏的意义就在于它唤起了我们对命运的思考，加深了我们对人生的认识。进入中国古代文学的世界，看塞外风烟、江南云水，听古人低吟长叹，引吭高歌，经典中蕴藏着的普世情感，字里行间的忧思与深情，拨动了我们的心弦，湿润了我们的心灵，使我们的心态安详平和，我们的生命才得以展开，变得绵长而美好。

（三）教育价值

就个人而言，阅读经典，是每个人教养的一部分。阅读经典文本是使阅读者经历一番文化儒化的过程，它可以改变人的气质，提高人的境界，净化人的灵魂。受过经典教育的人，其言行举止、立身处世，其胸襟气度、情怀志趣，都与没有受过这种教育的人截然不同。通过学习古代文学，可以陶冶情操，提高审美品位；增强爱国主义感情，浸溉平等的民主意识；唤起纯洁美好的感情，培养对大自然的热爱，一句话，古代文学有助于熏陶人文气质、积淀人文底蕴，提高人文素养，完善我们的人格。质言之，学习和传承中华古代优秀文学的最大现实意义在于它有助于提高人们的人文素质，而提高人的素质是国家发展、社会进步的重中之重。

文学最基本的要素是什么？是情感和想象。著名作家白先勇曾说："文学经典的功用，主要是情感教育，有了文学的教育，一个民族、一个人的感情要成熟得多，看过、看通、看透《红楼梦》的人，的确要比没有看过《红楼梦》的人高出一截。文学很重要的一点就是教育人要有同情之心、悲悯之情。……还有一点，文学教人懂得欣赏美。如何看夕阳，如何看月亮，如何看花开花落，潮来潮往？什么是'泪眼问花花不语'，什么是'一江春水向东流'？教人如何用诗人的'眼睛'去看大千世界。"著名学者叶嘉莹也曾说："至于说到学习中国古典诗歌的用处，我个人以为也就正在其可以唤起人们一种善于感发的富于联想、活泼开放、更富于高瞻远瞩之精神的不死的心灵。""我之喜爱和研读古典诗词，本不出于追求学问知识的用心，而是出于古典诗词中所蕴含的一种感发生命对我的感动和召唤。现在有一些青年人竟因为被一时短浅的功利和物欲所蒙蔽，而不再能认识诗歌对人的心灵和品质的提升的功用，这自然是一件极可遗憾的事情。"阅读本民族的文化经典，在个人，可以完善人格；对社会，则可以转移风气。有学者曾经撰文论述中国未来十年的七大挑战，其中之一是"社会道德的退化和社会价值观的紊乱"。传统经典固然不可能解决所有的现实问题，但是，经典在当代社会主流价值观的构建中仍有其作用，因为经典教育传递的不是别的，恰恰是价值观。古代文学蕴涵了具有普世意义的"常道"，蕴涵着人文精神、思想境界和处世智慧等，有助于改变现代人过度功利与片面发展的心理生态，为我们提供面对人生各种境遇的精神支柱。整个民族文化素养的提高，既需要今天的文化建设，也需要伟大遗产的哺育，这种吸收对于提高民族文化素养有着更为基础的作用。

（四）应用价值

中国古代文学除了具有上述内在的、看似无用、超越功利的精神性价值外，还具有外在的、实用的、功利性的价值，即古代文学可以帮助并促进经济建设和社会发展。仅以旅游事业来说，古代文学就有着不可低估的文化资源价值。首先，古代文学能够大大增强名胜景观的文化内涵和知名度，具有或隐或显的广告宣传功能，激发人们的游览愿望，这种事例举不胜举。例如武汉黄鹤楼、南昌滕王阁、湖南岳阳楼之所以成为名震天下的"江南三大名楼"，千百年来屡毁屡建，吸引了无数人参观游览，唐宋文人王勃的《滕王阁序》、崔颢的《黄鹤楼》和范仲淹的《岳阳楼记》功不可没。又如杭州西湖闻名中外，2011 年 6 月列入《世界遗产名录》，不仅得益于秀丽的湖光山色，而且得益于深厚的文化底蕴，得益于以"欲把西湖比西子，淡妆浓抹总相宜"等为代表的中国历代诗文的无穷魅力。其次，古代文学还可以促成名胜景观、旅游景点的产生与繁荣。如湖南常德有"桃花源"、湖北十堰有"桃花源"、安徽黔县有"桃花源"，江苏宿城、江西庐山、河南南阳乃至宝岛台湾也有"桃花源"，据称全国各地的"桃花源"有三十多处，全赖东晋陶渊明留下的一篇《桃花源记》。其他如由《水浒传》而生成之"梁山泊"，由《红楼梦》而生成之"大观园"，皆为因虚为实的典型。杭州著名景观断桥残雪、雷峰夕照、万松书院与中国四大民间传说中的《梁山伯与祝英台》《白蛇传》有不解之缘。而"浙东唐诗之路"的命名、兴起则以唐代诗人的探访和吟唱为文化支撑。古代文学对景观、旅游、城市形象的巨大价值，促使不少地方依托古代文学中的故事、传说，开发新的景点景观。于是，河北正定建有"封神演义宫"，安徽合肥建有"三国遗址公园"，江苏无锡建有已成为五 A 级景区的三国城、水浒城，以至山东阳谷县和临清市争抢建设金瓶梅文化旅游区。

除了促进经济建设和社会发展外，古代文学是否还有其他应用价值呢？世界上最有影响力的国际时事刊物之一的美国《外交政策》曾发表耶鲁大学教授查尔斯·希尔的《文学经典与治国理念》一文。该文举了世界上很多政治家，从亚历山大大帝、托马斯·莫尔、伊丽莎白一世、腓特烈大帝、约翰·亚当斯、亚伯拉罕·林肯、格莱斯顿直到中国的毛泽东喜好文学经典的例子，继而进行了深入的分析和阐述："在所有艺术和科学的门类中，唯文学经典，其内容和方法上，无拘无束。文学之自由，可探幽入微，无穷无尽；可展现想象中的人物之万般思绪；可用精致的情节演示出宏大的主题，使它几近于'世界原来如此这般'的现实。战略家所必须具备的，正是文学的这种虚构的层面。战略家无论是否准备充分，但在必须做出决断的情境中，倾其所能，都不可能知悉所有事实、所有考虑、所有潜在的后果。而文学正是应宏大战略领域的诉求而生，它超越理性的算计，以想象得其事功。……为什么文学洞见对治国艺术至关重要，是因为这两件大事都涉及一；些单靠理性思维解决不了的最大课题。"

二、古代文学在当代社会的呈现形态

正因为中国古代文学在当代社会仍然具有多重价值和功用，所以古代文学并没有一去不复返，而是以各种不同的形式存在于当代社会尤其是当代文化建设中。古代文学的当代呈现大致可以概括为"重现（再现）"与"转换（变换）"两种基本形态。

（一）重现

重现是指古代文学以其原有的面貌呈现在人们的面前，这里有多种形式：首先，最为常见的一种形式是各类古代文学作品、著作的不断出版、印行。例如中华书局先后整理出版了《先秦汉魏晋南北朝诗》《全唐诗》《全唐五代词》《全宋词》《全金元词》《全明词》《全清词·顺康卷》，陆续出版了《中国古典文学基本丛书》近百种。上海古籍出版社陆续出版了《中国古典文学丛书》百余种，还有《中华古籍译注丛书》《中华活页文选》以及《古本戏曲丛刊》《古本小说集成》等。至于各地方古籍出版社编辑出版的历代文学作品，更是不胜枚举。《唐诗三百首》《宋词三百首》《古文观止》等无疑是目前印刷量最大的书籍。其次，各类古代文学作品在大中小学课堂上的宣讲，中国古代戏曲在当代舞台上的演出、在影视中的播出，各种文化场所，尤其是在名胜古迹、旅游景观和广告宣传中古代诗文的抄录、镌刻、引用等等，都是经典古代文学的直接呈现。

（二）转换

转换是指古代文学作品经当代的改编、重写之后，以各种包装形式的呈现，诸如传统戏曲的新编重排、根据古代文学名著制作的影视作品、融入古典文学元素的广告宣传等。广义的转换不仅包括当代人对古代文学的内容（主题、情节、形象等）的吸收与发展，也包括当代人对古代文学的形式（体裁、语言、手法等）的继承与发扬，即人们常常利用古代文学的原有形式充实以现实内容，抒发当代人的思想情感。例如，自"五四"新文化运动以来，古典诗词逐渐淡出文坛，但是，中国当代旧体诗的创作一直没有断绝，近年有越来越多的人热衷于旧体诗词的创作。

三、实现古代文学当代价值的思考

中国古代文学在中华文明绵延不绝数千年的衍生和发展中一直扮演重要的角色。进入 20 世纪以后，风云变幻、时移势迁，社会生活日益多元化，古代文学昔日的辉煌渐趋暗淡。然而，古代文学在当代社会并没有、也不可能完全消逝。究其原因，一是作为华夏民族的珍贵遗产，古代

文学的不朽魅力吸引着千千万万的读者和受众，为人们万般钟爱、反复鉴赏；二是古代文学内容丰富、形式多样、技巧精湛，犹如一座蕴藏丰富的艺术宝山，为当代文化建设者提供了永远汲取不尽的源泉。正是在人们对古代文学宝藏欣赏、开发和利用的过程中，中国古代文学获得了新的生命力。

深入考察古代文学在当代文化建设各大领域（电影电视、戏剧戏曲、旅游景观、广告宣传、大众文化等）中的重现与转换现象，总结已有的经验，弥补存在的不足，我们认为应在不断拓展途径、准确把握尺度、着力提升层次三方面下更大的功夫，才能更好地实现古代文学的当代价值。

（一）拓展途径

中国古代文学过去主要是以语言文字为物质媒介，靠口头和书面形式来传播、传承的。随着现代科技的发展，特别是在互联网、数字技术、多媒体视频技术等一系列高新技术的推动下，古代文学的传播、传承方式已悄然生变新的传播方式和传播效果又给古代文学的重现和转换带来了新的机遇。与现代科技相结合的传统文学在获得新的活力的同时，也使人们可以从更多的侧面进一步认识古代文学的经典价值和无穷魅力，进而获得更多的艺术享受。这也告诉我们，以现代激活传统，传统便能融入现代而获得永生，古代文学的重现和转换应当不断寻找新的方式、开拓新的途径，以使古代文学的价值历久弥新。

（二）把握尺度

中国古代文学的经典之作，经过历史上的长久积淀和广泛流传，其典型形象、幽远意境和主体内容、基本意义已经成为民族的共识、传统的要素、社会的财富。每一个民族成员对古代文学经典都应怀有敬畏之心。古代文学的重现和转换也就应当建立在把握原作精髓、坚守社会价值观准则的基础上。适当地调整、增删一些元素只是为了更好地实现转换。而为取悦世俗、扩大市场，一味解构经典、搞笑圣贤，对古代文学经典名著进行"颠覆性"改编之类的做法，则放弃了对民族基本精神的传承，并非我们届说的重现与转换。

（三）提升层次

中国古代文学博大精深、涵养深厚，当代文化建设中已有的重现与转换成果，与之相比，还只能算是冰山之一角，而且不少仅流于表面形式。应当着力提升古代文学呈现的层次，力求形神兼备地实现古代文学的重现与转换。其中，如何深入一步，在更高的层面上继承和弘扬中国文学之精神内涵（仅以伟大诗人屈原和杜甫为例，就包括"路漫漫其修远兮，吾将上下而求索"的执着追求、"亦余心之所善兮，虽九死其犹未悔"的坚强意志、"苏世独立，横而不流兮"的独立人格、"带长剑兮挟秦弓，首身离兮心不惩"的英雄气概、"上感九庙焚，下悯万民疮"的忧患意识、"致君尧舜上，再使风俗淳"的入世态度、"安得务农息战斗，普天无吏横索钱"的人文关怀、"不为困穷宁有此，只缘恐惧转须亲"的博爱精神，等等），使优秀传统文学成为新时代鼓舞人民前进的精神力量，是今后重现与转换的努力方向。

总之，现代文化和西方文化的猛烈冲击，一方面使本民族传统文化受到挑战和挤压，另一方面又使本民族传统文化处于与外国文化、现代文化的对话交流中，并获得广阔发展的机遇。在此背景下，作为中华民族优秀文化遗产重要组成部分的古代文学如何成为现实生活中起作用的传统？换言之，古代文学的当代传承及其价值实现问题，已经成为一个极具现实意义的课题。这一课题亟须社会各界充分关注。当代文化建设者如能对此坚持不懈地进行探讨和实践，定当有益于全国各地文化强省的建设，推动社会主义文化事业的大发展、大繁荣。

第九章 新媒体时代下中国文学存在方式的转型

文学的存在方式，可以分别从本体层面和现象层面上来理解，即"文学是什么"和"文学是怎样呈现的"对于文学存在方式的理解，不同的时代侧重点不同。以新媒体的勃兴（20世纪的八九十年代）为界，新媒体时代以前，研究者大都是从本体层面上来理解文学的存在方式，即认为文学的存在方式跟文学的本质只是同一个问题的不同说法。因此，在世纪以前中西方文论的漫长历史中，每一次对文学本质的定义都意味着一次对文学存在方式的阐释。

中西方一度盛行着关于文学本质的各种解释，包括"模仿说""再现说""表现说""移情说""理念的感性显现说""性本能说""兴观群怨说""缘情说""感物说""经国说""言志说""载道说"等等，但是它们都没能将文学存在方式的研究单列出来，思想家们对于文学本质与文学存在方式的解释要么是他们哲学思想的延伸，要么是他们世界观、道德观的象征。直到世纪西方文论思想的昌盛，人们才开始意识到文学存在方式的研究对于文学本身的意义。艾布拉姆斯的《镜与灯》提出了文学的四个要素"作品""艺术家""世界""欣赏者"，以及这四个要素形成的一个文学意义产生的系统空间，给文学存在方式的研究提供了一个崭新的视角。随之而来的各种文论流派，如形式主义、接受美学、结构主义、新批评、新历史主义、女权主义等等，要么从作家、要么从读者、要么从作品、要么从社会、要么从这四个要素之间的循环互动中深度掘进文学存在的意义。而极具代表性的是伊格尔顿的《二十世纪西方文学理论》与韦勒克、沃伦的《文学理论》，但无论是伊格尔顿的"政治批评"，还是韦勒克、沃伦的"透视主义"原则，他们虽然明确了对文学存在方式的研究应该是内部研究和外部研究的综合，但是他们的研究仍然是在文学本质的框架内进行的。而随着后现代主义解构思想与反本质主义思潮的兴起，文学存在方式的研究开始拥有了一个全新的视域空间，这使得以往从本体层面上研究文学存在方式的模式发生了根本性的转变。

随着20世纪西方哲学领域内发生的本体论向认识论的转向和语言哲学的转向，以及各种后现代主义理论的勃兴，人们开始重新审视诸如本质、本体等一切带有传统形而上学意味的哲学命题。此时，文学的本质、文学的存在方式被人们重新提起，学者们开始反思一味地从本体层面上理解文学的存在方式是否恰当，尤其是面对新媒体时代和娱乐消费时代下文学遭受到多媒体艺术的挤压已然号称"终结"的现实境遇，文学究竟该何去何从，诚然，千百年来，人们从不同角度对文学的起源、文学的本质做出的解释，对于人们认识文学有着积极有益的帮助。但是，在当下文学面临被"终结"的紧急情况下，文学的现实、文学的前途才是文学在当下最需要得到关注、最迫切得到回应的问题。诚如马克思在《关于费尔巴哈的提纲中》指出的"哲学家们只是用不同的方式解释世界，问题在于改变世界"。同样，当下中国文学需要的不是解释，而是改变。而且直面新媒体时代下文学的困窘，人们也必然放弃对文学本质的过多关注而转向于对文学现实和实践的反思。

因此，与其无休止地纠缠于一个意义不大的形而上学问题，倒不如直接向文学的现实困境发问。那么传统意义上对于文学本质的提问—文学是什么—到现在，就变成了文学的现实与现象是什么这种提问方式的转换，意味着文学存在研究模式的转型，即放弃本体论意义上的文学存在研究，而是专注于紧扣文学现象改变文学现实。但目前，我国学术界内的大多数学者依旧是将文学存在方式的研究等同于文学本质的研究，依然是在文学四要素"艺术家""作品""世界""欣赏者"之间寻找文学存在的意义。而随着国内的一批年轻学者，如陈吉猛、单小曦等人对将文学的存在方式区分为"静态存在与动态存在"即现象层面上的文学作品与文学活动，以及20世纪80年代以来，我国发生的两次大的学术论争，即"审美意识形态"的论争和"日常生活审美化"的论争，给了文学存在方式研究以新的启发。当下文学所面临的危机不仅需要人们敢于直面现实的勇气，更需要人们改变现实的智慧。而这也正是本文将文学存在放在新媒体时代下考察的意义所在。

第一节 传统媒体时代下的文学存在方式

如前所述在传统媒体时代，文学存在方式的研究被等同于文学本质与文学本体的研究，亦即现象层面上的文学存在并没有得到应有的重视。但是随着文学的现实语境和哲学语境的改变，尤其是直面新媒体对文学的全面包围和尖锐挑战，对文学存在方式进行现象层面上的解读和阐释，实则是对当下文学的危机和困境进行有力的回应。但是在进行新媒体时代下文学存在方式转型的问题讨论之前，必须梳理和归纳传统媒体时代下的文学存在方式。鉴于传统媒体时代下文学本质与文学存在的关系，此次梳理与总结实际上是对中西方文论史上关于文学本质与文学本体界定的一次较系统的回顾。笔者认为统媒体时代下文学本质的界定可以大致概括为三大类，即文学是一种审美创造，文学是一种意识形态，文学是道德的象征。

一、文学作为一种审美创造

文学是一种审美创造，指的是文学不仅是作为一种对现实的模仿，更是作为一种对现实的回应。即文学作品所代表的不仅是作家对所见所闻的忠实或夸张的记录，更是代表着作家或是当时人们对现实的态度。当然，文学作为一种主动性的审美创造，并不是一开始就得到了思想家们的认可——从被动的"再现"到主动的"发现"从机械的"反映"到能动的"反应"从功利的文字写作到超功利的审美创造，人们对于文学本质的理解日渐成熟。

（一）从"再现""反映"到"发现""反应"

长期以来，文学被认为是"再现"的。尽管在中西方文论史上对于文学"再现论"的表述不尽相同，但是从本质上来讲，它们都应当被归纳入现实主义流派。因为现实主义者始终坚定不移地认为，以文学的方式将现实忠实而客观地呈现出来，是作家义无反顾的责任。尽管现在看来，这种客观几乎是不可能的，因为再客观的文字也总是要掺杂作家的情感和判断，但那时的现实主义者们却依然不依不饶地实践着它们的文学理想。法国著名作家巴尔扎克甚至说"小说家就是自己同时代人们的秘书"。即便发展到今时今日，这种文学观念依然还在左右着相当一部分文学创作者。中国 20 世纪 90 年代，曾经蔚为大观的"新写实小说"更是强调"零度情感"，即主张作家在叙述的过程中应该禁绝自己情感的介入，哪怕是叙述的故事是多么的惨绝人寰。这份极度残酷的"客观"，正是新写实主义作家们评判作品成功与否的标志。对现实进行忠实而客观的反映和记录，是现实主义者津津乐道的文学标准。但是作家的思想毕竟是主观的，世界也毕竟是"人化的自然界"，万事万物无不处处体现出"人"的气息，完全客观毕竟是不可能的。因此，将文学认为是"再现"的最终要过渡到文学是"发现"的。文学"并不是对一个现成的即予的实在的单纯复写，它是导向对事物和人类生活得出客观见解的途径之一"。也就是说，文学是作家发现世界的一种方式"它不是对实在的摹仿，而是对实在的发现"。作家创作文学作品，在立意构思、遣词造句时总是有意或无意地熔铸了自己的情感与价值判断，即作家以客观的笔写出了主观的世界。所以不论是作家还是读者，都能从文学作品中发现自然和人类存在的价值和意义。也因此，我们才能从自称"书记员"的巴尔扎克的作品中读出一份怜悯与慈悲，从而我们也才能从这些文学作品中抽象出美与丑、善与恶，并规范我们的日常行为。因此，文学不仅是对现实的"再现"和"反映"，更是对现实的"发现"和"反应"。

（二）文学作为一种审美创造

正如德国著名思想家卡西尔所言"即使最彻底的摹仿说也不想把艺术品限制在对实在的纯粹机械的复写上"。正所谓"一枝一叶总关情"，文学对现实的复写总是带有强烈的主观色彩。文学艺术对世界的描述总是映衬着如此明显的"人"的痕迹。从某种意义上来讲"所有的摹仿说都不得不在某种程度上为艺术家的创造性留出余地"。说到底，文学与其说是人类对现实的一种"再现"与"反应"，不如说是人类的一种审美创造。也就是说人类面对着千姿百态的大千世界以及百感交集的内心世界，"情动于中而形于言"。人类进行审美创造的真正目的，不在于对外部世界和内心世界进行机械被动的模仿，而在于这种审美创造积极能动地展现出了人类对美、对善、对未来的期待。正因为如此，无论是"书记员"式的忠实记录，还是狂放不羁式的浪漫夸张，都体现了当时人们的世界观、人生观和价值观。

这些文学作品通过审美的方式，被作家以想象性的创造创作出来，彰显出他们对于世界的本源、人生的意义、生存的价值的理解与批判。因此，亚里士多德断言"诗人的职责不在于描写已经发生了的事，而在于描述可能发生的事。我们不妨这样来理解亚里士多德的这句名言人类正是基于一种普适性的情感价值，才会信服并沉迷于在那些看似夸张不可信的文学情境里。所以，文学既是审美的，又是创造的，是人类情感与智慧的结晶。在长期的文论演变史中，文学作为一种审美创造早已成了广大文艺学者的共识。即便是在今天，我们讨论文学之所以是文学，依然提及的是文学的审美性、超功利性、想象性以及创造性，我们仍一如既往地认为文学区别于科学、区别于历史的标志在于规定了文学本质的审美与创造。然而随着时间和空间的推移，当下文学存在的环境已然发生了巨大的变化。文学曾以为傲的审美性、创造性受到了各种新媒体的尖锐挑战。文学与非文学的区分变得越来越模糊，文艺理论家们曾给文学修建的"艺术柏林墙"眼看已到了崩塌的边缘。

二、文学作为一种意识形态

虽然在 20 世纪以前的中国文论史上并没有明确提出文学是一种意识形态的观点，但在中国古代文论史上将文学政治化的观点太多太多。随着马克思主义文论明确提出文学是一种意识形态，20 世纪的中国文艺学界在马克思主义的影响下，对文学是一种意识形态的观点进行了具体层面上的实践。一定时期内，文学意识形态论被简单化、片面化理解，造成了中国文学的损失。这种误解持续了十多年后，学界提出文学是一种审美意识形态，对这种实践进行了纠偏。然而到了新媒体时代，文学的意识形态功能被进一步淡化，文学的本质遭到了现实的拷问。

（一）从文学政治化到文学作为意识形态

文学作为一种意识形态，是马克思主义文论的明确观点。虽然马克思在早期的《德意志意识形态》中是从贬义的层面上阐释意识形态，但是马克思后期却在《〈政治经济学批判〉序言》中区分经济基础与上层建筑时，将文学艺术明确归纳为上层建筑中的意识形态。尽管在我国古代文论史上，没有明确提出文学是一种意识形态的观点，但是从文学的功用层面来理解文学的本质却是我国古代文论的特点。中国文学的政治化标记着古人对文学认识功能、德育功能以及政治教化功能的看重。我国古代文学与政治、与意识形态有着密不可分的关系。可以说，整个中国古代文学史上的诗人、小说家，没有一个是严格意义上的专业作家，他们的文学创作不是为文学而文学。文学并不是这些作家赖以安身立命的职业，他们的作品是其作为政治家、思想家以及道德家的情感和价值的感性显现。因此，不论是苏轼寄寓自身仕途的诗词、还是范仲淹感唱国计民生的散文，都烙印着明显的意识形态痕迹。在整个中国古代文艺理论史上，理论家们更是不断强调文学的意识形态功能。

早在先秦时期，孔子就提出了"兴观群怨说""诗可以兴，可以观，可以群，可以怨"。按照郑玄的注解，观就是"观风俗之盛衰"，即诗歌可以反映下层人民的生活状态以及精神风貌。《毛诗序》说"上以风化下，下以风刺上"，统治者可以通过采集这些诗歌体察出民间疾苦，从而对自己的统治手段与政策做出相应的调整。当年，柳宗元即是感唱"苛政猛于虎"而写了《捕蛇者说》，目的是在于"以俟夫观人风者得焉"。孔子甚至教育弟子"不学诗，无以言"，更是将诗歌作为人际交往能力和政治才能高低的一个重要标准。而且在孔子看来，学习诗歌的最终目的是

"远之事君，迩之事父"，即学习诗歌的最终归宿是维护由家及国的伦理制度。《毛诗序》甚至说"故正得失，动天地，感鬼神，莫近于诗。先王以是经夫妇，成孝敬，厚人伦，美教化，移风俗"。而到了汉代的曹王，更是将文学的意识形态作用提升到一个前所未有的高度"盖文章，经国之大业，不朽之盛事"。即便到了20世纪初的中国，文学的意识形态功能依然焕发着强大的生命力，表现为文学作为理性启蒙的重要工具。

（二）文学作为审美意识形态

文学是一种审美意识形态，这个观点的提出具有鲜明的针对性，是对过去错误认知的一种纠偏。20世纪80年代，我国文艺理论界以钱中文、童庆炳、王元骧三位教授为代表的学者，提出了"文学是一种审美意识形态"的观点。它以审美为起点，接续康德关于美是一种超功利的"不依赖概念而被当作一种必然的愉快的对象"的论断，认为文学对外部世界的反映是一种"审美的反映"，它反映的"不是事物的实体属性，而是事物的价值属性"。以"审美反映"为基点，文学是审美意识形态的观点不仅强调了文学具有意识形态的共性，更强调了审美才是文学的本质属性。因为按照马克思主义的观点，文学和宗教、道德等同属于上层建筑中的意识形态，但是与其他意识形态相比，文学有着自己的独特性。这种独特性表现在文学具有审美的本质属性。也就是说，文学尽管具有一般意识形态的功能，即帮助人们认识世界、改造世界，但是文学最本质的归宿却是诉诸于人类的情感与价值，它代表的是人类对于理想和自由的追逐。文学是一种审美意识形态的观点，曾经一度被当成不言自明的真理被人们所接受，但是随着一批中青年学者的不断话问，这个看似真理的观点遭到了严重质疑。以单小曦、董学文为代表的学者承认审美是文学的本体属性，意识形态是文学的功能属性，但是他们坚决反对将超功利的审美和功用性的意识形态统一起来。虽然童庆炳教授一再强调审美意识形态"不是审美的意识形态，不是审美与意识形态的简单相加"，但是他的种种论述仍不免有走中间路线的嫌疑。尽管这场关于审美意识形态的论争，到目前为止还没有形成统一的认识，但是它对于学界重新审视文学的本质有着较大的启发作用。

三、文学作为道德的象征

文学作为道德的象征经历了一个逻辑演变的过程，在中西方古代文论史中，文学曾经是"上帝"理念、道的象征，即文学是对世界本源的一种反映，但是随着文论的不断发展，文学美逐渐从形而上学的象征转化为伦理象征，即道德的象征。文学作为道德的象征在中国复古文学史观里表现得极为典型，正是道德评判标准归置了整个中国古代文学的发展。

（一）从"上帝"到"道德"

在中西方文学生发的初期，尤其在中国古代的先秦时期，文学还远远没有作为一门独立的艺术门类被单列出来。在诗乐舞三位一体的先秦文艺体系中，文学常常是被当作向上天祷告和祭祀的工具。同样，在古希腊柏拉图构筑的理想国中，被神灵附体的诗人更是被看成为上帝在人间的代言人。进而，柏拉图认为此类诗人创作的文学作品是对理式本质的模仿。而其他诗人所创作的文艺作品只是得到了影像，而"不曾抓住真理"。因此，柏拉图认为这类文艺作品非但无助于人们认识本质和真理，还会"像毒素一样毒害人们的心灵"。而后，黑格尔更是鲜明提出"美文学是理念的感性显现"。马克思也认为"美文学是人的本质力量的对象化"。而在先秦之后的中国古代文论发展史中，文艺理论家们接续了自孔子与老子等先圣倡导的"仁""道"，提出了"文以载道""文以明道"等主宰了整个中国古代文学发展史的理论主张。因此，我们不妨认为文学是对圣人所宣扬的"道"的象征。而随着中国古代伦理体系的不断演化，"道"逐渐被具体化为"道德"，由此文学开始成为道德的象征。从"上帝"理式、道、真理到"道德"，标志着文学从对世界本源的象征转化为对人间伦理的表征。文学是道德的象征，在中国古代文学发展史上，尤其是在层出不穷的各种文学复古运动中得到了极为典型的体现。正是这种道德评判标准归置了中国古代文学的整体发展。

（二）文学作为道德的象征

朱熹在《诗集传序》里认为文学是"人心之感物而形于言之余也"，同时又认为"心之所感有邪正，故言之所形有是非"。在朱熹看来，人心的高低、正邪之分导致了诗歌格调的高低、正邪之别。而且，在这位终身致力于维护儒家道统的哲学大家的眼里，只有圣人之诗、先王之诗才能完全符合"乐而不过于淫、哀而不及于伤"的文学标准，而普通人的诗歌只有在圣人教化之下才能皈依于儒家文学的正统序列。因此，朱熹认为《诗经》的"国风"中，只有"周南、召南独为风诗之正经"，原因就在于这两篇"被文王之所以化成德，而人皆有以得其性情之正"。《诗集传序》充分彰显了这位宋代大儒的文学发展观及文学评判标准，文学的流变与发展是今不如古、文学的正邪高下在于道德是否完满。其实，这种复古文学史观和道德标准早在刘勰的《文心雕龙》里就得到了系统的阐述。《文心雕龙》开篇三章"原道""征圣""宗经"开宗明义"道沿圣以垂文，圣因文而明道"，并要求"论文必征于圣，窥圣必宗于经"。千百年来，这种复古文学史观和道德标准束缚了无数文人的艺术天赋，他们甚至终其一生也无法冲破这层沉重的坚壁。而且非但如此，他们更常常很自然地担负起维护这种文学道统的历史使命。

纵观整个中国古代文学发展史，从诗到赋，从赋到词，从词到曲，文学无论是在形式上，还是在内容上都有着不断地创新与变化，但是这种文学道德标准却始终未变，而且不论是多有艺术天赋的文学大家都小心翼翼地尊崇着这种文学标准。而历朝历代的文学复古运动则更是在这种道德标准的衡量之下展开的。从唐代李商隐、韩愈等人的"古文运动"到宋代黄庭坚、陈师道等人的"江西诗派"，再到明代的"前七子""后七子""唐宋派"，复古运动的每一次展开，都是由于诗人们有感于文学的道德标准受到了挑战。"歌诗合为事而作""文以载道""言有物、言有序"等等文学主张的提出，就在于同时代兴起的诸如"宫体诗""西昆体"等新的文学形式威胁到了文学的道德标准。所以，古人不惜以不断开展的复古运动重申文学的道德准则，并再次告诫人们如果文学一味地讲究辞藻的华丽与形式的繁褥，是无益于人心教化的。即便到了20世纪，梁启超发表文章《论小说与群治之关系》，提出"欲新道德必新小说"，还是试图以文学小说为载体，希冀假借文学之手变革传统的封建道德，从而最终完成对晚清人民的思想启蒙。

第二节 新媒体时代下文学本质的消解

文学作为整个社会系统中的一个有机组成部分，标记着社会的发展和人类的精神状态。正所谓一个时代有一个时代的文学，任何国家和民族的文学都无法离开其所在的时代独立存在。因此，研究文学存在方式，必须将文学放置在其所在的整个社会背景下考察。作为酝酿和生发整个当代中国文学的摇床，我们不能不体察当下文学所面临的三大背景新媒体时代、新历史主义、新娱乐时代。正是这三大环境，分别在文学的观念、文学的本质、文学的接受上消解了传统意义上的文学本质。

一、新媒体时代下文学观念的变革

新媒体的兴起是人类媒介形态史上的又一次革命，它对当下社会的影响不是简单的、浅层次上的媒介作为一种工具的变化，而是作为一种新的尺度影响甚至决定事物的发展。新媒体的快速发展对文学的影响是巨大的，它带给文学的不是简单的使承载文学的媒介从印刷体走向数字化，更重要的是它将建构一种新的文学秩序，使传统文学的边界坍塌，从而最终改变人们对文学定义和文学观念的认识。

（一）新媒体的哲学延伸

当下，文学面对的最直接、最尖锐的挑战就是多媒体对文学的挤压。文学最现实的难题就是如何谋求在新媒体时代实现突围。所以能否厘清新媒体与文学的关系就成了文学能否成功突围的前提。新媒体实现了信息传播的数字化、影像化、全民化、互动化，甚至在一定程度变革了人类与信息之间的秩序。在笔者看来，新媒体应当被区分为技术层面上的新媒体和哲学层面上的新媒体。在技术层面上与传统媒体相比，新媒体之"新"，在于它传播信息的数量、速度与质量都有着革命性的飞跃。首先，新媒体承载的信息实现了数量的海量化和质量的高清化，导致了人类无处不在不被信息包围。其次，新媒体变革了传统媒体的传播方式，实现了点对点的信息传播，达到了信息传播的全民化、互动化。然而，新媒体之"新"，不仅仅是就技术层面而言的，而更是就哲学层面和传统媒体有着本质区别而言的。因为哲学层面上的新媒体对于人类的意义不是简单地标志着人类进入了一个信息高速公路时代，更重要的是它引进了一种尺度，从根本上变革了人类与信息的关系。首先，新媒体的海量、高清信息，使人类从对信息的主动阅读变成了被信息强势灌输，尤其是技术和全息投影技术带来的无比真实感和在场感，几乎剥夺了人类和信息之间的所有距离。其次，全民化和互动化的信息传播方式凸显了新媒体的对信息世界秩序的全面重构，它将完全变革人类对媒体的认识。而一直被传统媒体捧为至宝的客观、真实原则将受到新媒体的尖锐挑战。

（二）传统艺术的失落

哲学层面上的新媒体，已经在悄悄地改变着整个世界与人类的生存、生活方式。表现之一，就是包括文学在内的传统艺术在新媒体的冲击下变得异常失落。新媒体特有的多媒体影像技术不仅在技术层面上全面变革着人们的感觉器官，更重要的是它胁迫人们重构对艺术的理解与接受。暴力、血腥、速度，惊心动魄的震撼场面、一波三折的悬疑情节已经在潜移默化中改变着人们的接受习惯。当下，人们的精神生活呈现出明显的阅读快餐化、观看影像化、思想平面化。对于观众而言，新媒体改变的不仅是艺术表现的形式，更是艺术在人们内心深处的情感格局。普通的大众已经不习惯于在艺术中思考沉重的话题，人们需要的是对感官世界的轮番冲击。

因此，无论是表演艺术中的话剧、戏曲，还是造型艺术中的雕刻，还是视觉艺术中的绘画，无一不在这场席卷而来的新媒体洪流中变得面目全非。残留在人们脑海中关于传统话剧的记忆，除了偶尔上演着老舍的《茶馆》、曹禺的《雷雨》以外，一部由台湾导演赖声川操刀的《暗恋桃花源》却走的是娱乐路线，与传统意义上的话剧已经大不相同。而一直让国人赖以自豪的传统戏曲，除了在中央 11 套戏曲频道与春节联欢晚会上截取的戏曲片段之外，普通大众，尤其是年轻一代却早已丧失了观看戏曲的耐心。即便是作为中国戏曲中的经典之作《牡丹亭》，到了当下也只能改头换面为《青春版牡丹亭》，以此来吸引年轻一代的眼球。传统相声的命运似乎并不比传统话剧、戏曲好得了多少。尽管每年在电视台的春节联欢晚会上看似活跃着一大批相声演员，但是春节晚会一过，还有多少人会去关注这门曾经风靡一时的艺术。传统话剧、戏曲、相声的命运尚且如此，更遑论从未在普通百姓中普及过的绘画、雕刻，即便是被看作当下最流行的艺术电影，也无法逃脱这种衰落。

（三）文学"柏林墙"的坍塌

与话剧、戏曲等传统艺术的命运一样，文学遭到来自新媒体的挑战同样严峻。纵观整个中国文学发展史，从来没有哪一个时代，文学尤其是传统意义上的纯文学与媒体的关系如此剑拔弩张。从口头文学到纸媒文学，中国文学的每一次进步与发展都与媒介的进步与发展紧密相连。正是得益于传统媒介形式的不断进步，中国文学才得以流传千年。中国文学的一大高峰——明清小说的迅猛发展，更是得益于当时出版传媒事业的有力支持，但是时至今日，新媒体非但没能成为推进中国当代文学发展的催化剂，反而俨然成了中国文学发展的"拦路虎"。美国学者希利斯·米勒在北京召开的"文学理论的未来中国与世界"国际学术研讨会上发言，提出了一个令在场学者感到震惊的观点"文学终结论"。在米勒看来，随着全球化时代的到来，文学在各种影像媒体的挤压下必将终结，他甚至援引解构主义大师德里达的话，颇有点耸人听闻地说"甚至连情书都不能幸免"。

虽然国内学术界仍有相当一部分学者坚持认为，所谓文学的"终结"只不过是我们从字面意思上对米勒观点的误读，但是纯文学在眼下面临的困境却是大家有目共睹的事实。

然而新媒体对传统文学的影响，不仅是使得文学由技术层面上的印刷体走向数字化，更重要的是它将在哲学层面上重构文学存在的新秩序。首先新媒体的兴起导致了传统文学的衰落，促使传统纯文学作家转移自己创作的重点，乃至使得作家转行。由于新媒体变革了人们的接受习惯，使得文学领域内充满感官刺激的大众文学得到了人们的热捧。因此，一些传统作家开始转移自己的关注重点，比如曾为先锋文学代表人物的广西作家李冯，在20世纪90年代以后干脆当起了电影编剧，先后编有电影剧本《英雄》《十面埋伏》《霍元甲》。其次，新媒体的昌盛促进了大量文学作品的改编，而这些作品也因为有新媒体的支持才得到了更多普通大众的认同。如刘恒的《伏羲伏羲》、余华的《活着》、尤凤伟的《生存》、鬼子的《瓦城上空的麦田》先后被改编为电影《菊豆》《活着》《鬼子来了》《生日》。如根据作家刘庆邦的《神木》改编而成的电影《盲井》，更是获得了第53届柏林电影节银熊奖、第40届台湾金马奖最佳改编剧本奖。最后，新媒体变革了文学创作与文学改编的先后次序。在以往的文学改编模式中，总是先有文学作品，再有影视剧本。但是时下由于新媒体的巨大影响，这一模式遭到了颠覆，变成了先有影视剧本和电影，再依据电影的影响力决定是否创作文学作品。如果说作家刘震云的《手机》还是先有小说再有电影，那么到了他的《我叫刘跃进》就彻底转变为先有电影，然后再有小说。近年来热映的电视剧、电影，包括《康熙王朝》《我的兄弟叫顺溜》《孔子》等，在举得成功之后都有根据剧本改写的同名小说发行，有的甚至还在很大程度上保留了原有的剧本模式。新媒体对文学秩序和文学地位的变革，更促使人们重新思考文学的定位。2010年，中国作协修订了《鲁迅文学奖评奖条例》，首次向网络文学的参评递出了"橄榄枝"，但尴尬的是网络作家们并不领情。作为网络文学鼻祖级人物慕容雪村表示"绝不参赛"，因为在他看来"如果鲁迅文学奖无法接受新媒体所重写的文学定义，那么它对网络文学的接受只不过是一种姿态"。面对传统文学的窘境，文艺学界以陶东风教授为代表的学者主张以"文学性扩张"来挽回文学与文学研究的颓势。他们试图打通日常生活和审美之间的隔膜，淡化文学世界和现实世界的区别，而仅以"文学性"笼而统之地完成对一切审美现象的指称。然而令人尴尬的是，"文学性"这个由俄国形式主义提出，原意在于彰显文学的特殊性，用以区分文学和非文学的概念，在这里反而变成了推倒文学"柏林墙"的工具。新媒体对传统文学秩序的挑战，将对文学观念、文学存在方式进行前所未有的解构。这种挑战对于文学来说可能是致命的文学的批判性、文学的诗性、文学的审美性、文学的创造性、文学的意识形态性等等一系列在传统文学理论里被列为文学之所以是文学的东西，将遭到全面而彻底地颠覆。倘使果真如此，那么关于"文学是什么""文学如何呈现""文学的价值何在"等等问题，就亟须得到人们的重新审视与回应。

二、新历史主义下文学本质的瓦解

新媒体技术在文学的观念、文学的价值方面对传统文学存在方式进行了全面而彻底的颠覆。但是令传统文学感到祸不单行的是，潜藏在时代激流之下的新历史主义，则在更深层次的哲学层面上给当下的文学存在方式蒙上了一层浓厚的反本质主义色彩。"历史话语化""文学语言化"导致历史与文学的唯一性、神圣性遭到严重质疑。新历史主义的盛行，必然迫使人们重新审视"语言"的定义，祛魅过后的语言将文学的本质完全消解。

（一）新历史与当代中国文艺

作为 20 世纪西方最有影响力的哲学思潮之一，新历史主义的兴起是与整个西方社会在政治、经济、文化领域内的一系列巨变紧密关联的两次世界大战，尤其是核爆炸对整个人类生存的威胁、掠夺式的经济开发对自然环境的毁伤、高度发达的科学技术对人类自身的灾害，无数次的惨痛教训迫使西方社会开始反思诸如"科学""理性""本质"等一系列命题。这类反思看似是对当下人类所遭遇困境的应对，但实际上则是对人类能力及人类存在的诘问。与其坚持"无所不能"的盲目乐观，倒不如保持"有所能有所不能"的明智。在这个大背景下，维特根斯坦、福柯、海德格尔等西方哲学思想家纷纷提出自己的创见，正是他们对"语言""历史""存在"的反思与话难汇集成了新历史主义的浩荡大潮。

20 世纪八九十年代，新历史主义随着我国文艺理论界对西方哲学著作的译介而涌入我国。虽然一直以来，我国文艺理论家对西方文艺与哲学思潮的接受有着囫囵吞枣的嫌疑，但是正是基于对中国当下现实的思考，他们对源于西方的理论做了切合中国实际的解读与消化。尽管这种解读和消化可能与原著的思想相去甚远，但是这并不妨碍我国文艺理论界对本国的过去和未来做出崭新的判断。不仅如此，更有一大批先锋及新历史作家，比如韩东、刘震云等，他们以自己的文学理念和文学实绩凸显了我国文艺工作者对新历史主义的理解。但是对于一个拥有数千年文明史的古老国家而言，要对如此厚重的历史做出重新解释与批判，要对长期保持的"诗言志""文以载道"的文艺道统做出反叛，不仅需要勇气，更需要智慧。

（二）历史的文学化

准确地说新历史主义应该是一场哲学思潮，它所主张的"历史的文本性"和"文本的历史性"带给我们对于历史和文学的重新审视。新历史主义的兴起，对于传统历史观来说是一次解构的过程。它打破了我们对于历史的成见，即以往人们认为从历时层面上看，历史一旦发生就不能重现，因此历史具有不可复制的神圣性和唯一性。新历史主义所强调的对历史进行重述或重构，跟传统历史观相比有着本质上的区别。这种区别表现在重构历史时的历史精神、话语方式和边缘立场上。甚至从本质上来说，新历史主义所强调的不是"合法"，而是"合理"。

新历史主义对历史进行重述和解读所释放出来的意义，很可能是在以往的宏大历史叙事中被忽略乃至被掩盖的真实。因此，新历史主义的叙事风格、话语方式常常体现出一种民间特色，叙述人也往往是站在与主流意识形态相对的边缘立场上。新历史主义通过叙述更加合情合理的历史事件，哪怕某些事件充满了叙述人的主观想象，但是它给予我们的是对于历史的崭新认识。新历史主义之"新"，就在于它不将历史理解为一种不言自明的真理，"历史的真实性和必然性"也不再具有完全有效的合法性。但值得注意的是新历史主义并不是历史虚无主义，它对历史提出的怀疑和思虑不是要瓦解整个历史的真实，而只是要消解历史的神秘，填补那些被历史有意或无意遗忘的细节，尽力还原一个本真的历史真实。尽管这种还原在技术来说几乎是不可能的，因为重述的本身夹杂着太多的主观色彩和现实利益，任何一种对于历史的重述都有可能是一次离心的过程，它可能会背离叙述历史所强调的客观、科学原则，但是这种重述历史的价值在于它尊重了当下人们的情感抉择和价值标准。而且最关键的是，在不断重构历史的过程中，历史的神圣和神秘被彻底取缔，自此历史由神坛走下。当然，这种重构历史并不意味着可以对历史进行任意的歪曲和改变，它必须要在一定的常识和限度之内进行。历史的文本化促使人们重新定义历史的概念，人们对历史的叙述开始走向文学化。或"戏说"，或"个人化书写"，新历史主义对历史观念的变革，促使我国在 20 世纪 80 年代末出现了一个新历史小说的大潮。从莫言的《红高粱》到余华的《活着》，从刘震云的《故乡天下黄花》到苏童的《我的帝王生涯》，从二月河的《康熙大帝》到唐浩明的《曾国藩》，我国的作家们以数量庞大的文学作品实践着他们对于新历史主义的理解。

（三）文学本质的瓦解

然而，新历史主义给中国当代文学带来的不只是一个新历史小说，更重要的是它带来了文学本质的瓦解。历史的文本化，乃至历史的文学化，说到底就是历史的话语化，它通过解构历史的神圣从而还原历史的本真。当历史的神秘感被揭开，历史的厚重感、使命感、价值感也随即而去，而这对于文学来说则是抽空了文学赖以存在的时间感、空间感。人们对于文学的信赖也不再是完全的拜服。历史的话语化导致的是文学的语言化，文学的神圣性、象征性遭到了彻底的颠覆，文学已然变成了一场语言的游戏。至此，文学的本质全然瓦解。

本质被消解之后的文学，语言几乎成了文学的全部内容。伴随着 20 世纪哲学领域内的语言学转向，走向本体意义的语言就像一个无法冲破的牢笼统领着文学的一切，包括文学的形式和意义。新历史主义不仅迫使人们重新审视历史，也迫使人们重新审视文学，更迫使人们重新审视以往被看成文学要素的语言。语言第一性，这是人们当前谈论文学时不得不直面的首要问题。而关于语言的第一性，德国哲学家海德格尔有着精妙的论述。他提出了一个"语言说话"的命题，用以反驳那些流俗的语言观"语言是对内在心灵运动的有声表达，是人的活动，是一种形象的和概念性的再现"。在海德格尔看来，"词语破碎处，无物可存在"，一切事物的存在和意义都开始于语言说话，终止于语言说话的结束，也就是"任何存在者的存在寓居于词语之中"，亦即"语言是存在之家"。按照海德格尔的观点，文学的存在与意义也尽在语言当中，甚至可以说语言就是文学的一切。存在主义的语言观、文学观，对 20 世纪 80 年代的中国文学，尤其是先锋诗歌产生的影响是使文学回到了最根本的语言属性。作为中国先锋诗歌的代表人物，韩东提出"诗到语言为止""回到诗歌本身"，试图将诗歌的价值的和意义定格在语言当中，从而使诗人摆脱三种世俗的角色"卓越的政治动物、稀有的文化动物、深刻的历史动物"。阅读韩东的代表作《大雁塔》《你见过大海》，人们不难发现历史赋予文学的意义和价值被解构一空，文学的神圣性、象征性消失殆尽。而这一切对于长期以来过分强调伦理教化的中国文学来说，未免不是使文学获得了某种自由。

第三节 新娱乐时代下被读者建构的文学

　　新历史主义对一切带有形而上学意味事物的消解，使得人们得以放下长期加诸他们身上的历史文化、意识形态重担。从过度政治化的中国到全民娱乐的中国，新娱乐时代的到来标志着国人心态与思想的进步。尽管这种娱乐背后隐藏的消费之手使得当下人们的精神消费走向平面化、浅俗化，但同时它也使得民间智慧和大众文化得到了尊重与理解。而这对文学产生的影响，是使文学的读者得到了前所未有的关注，文学开始脱离精英知识分子的定义，成为被读者建构的文学。

一、全民狂欢开启的新娱乐时代

　　1997 年，由湖南经济电视台联合台湾言情小说家琼瑶打造的电视剧《还珠格格》开始热映，一时之间象征着"快乐"的"小燕子"形象风靡大江南北。但此时，几乎还没有人意识到娱乐对于一个国家和民族的积极意义。2004 年湖南卫视推出"超级女声"，作为当时国内唯一的一档全民选秀节目，在一个恰当的时机引发了一场全民狂欢，之后湖南卫视更是将自己定位为"快乐中国"的总策源地。而后各家电视台纷纷推出自己的娱乐选秀节目，如中央电视台的《星光大道》，东方卫视的《加油，好男儿》以及浙江卫视的《我爱记歌词》等。电视荧屏的娱乐新生态促使人们重新定义"娱乐"的概念，一个由全民狂欢开启的新娱乐时代已经到来。

　　首先，新娱乐时代全面解放了当下人们的精神束缚。不可否认，从古至今国人都一直生存在道德和意识形态的精神重压之下。精英知识分子对社会责任和历史使命的不断规训和强化，使得国人的心态变得谨慎而牢固，而全民狂欢开启的全民娱乐却将这一切打破。正如 2007 湖南广播电视局局长魏文彬在哈佛演讲时所说"中国传媒的娱乐功能曾经长期被忽视甚至被弱化。我们在恰当的时候，率先改变观念，强化了传媒的娱乐功能，赶在许多同行之前，开始为中国人大批生产'快乐'。其次，新娱乐时代全面变革了娱乐的概念。娱乐概念的全面泛化，不仅使得娱乐领域之内的事业得到全面放肆的发展，更重要的是它促使以往的那些被看成严肃庄重的领域也逐渐被快乐占领。从法国总统萨科奇的超模第一夫人与中共最高领导人的粉丝团"什锦八宝饭"到奥运会上刘翔、博尔特的巨星效应与射击名将埃蒙斯的悲情一刻，再到百家讲坛易中天的"品三国"等，政治的娱乐化、体育的娱乐化、学术的娱乐化，标志着娱乐的力量已无所不在。最后，新娱乐时代全面提升了受众的地位。与以往任何一个时代的娱乐所不同的是，新娱乐时代将娱乐的受众提到了一个前所未有的高度。甚至可以毫不夸张地讲，受众的审美标准、心理嗜好将完全主宰各种娱乐对象的命运。亦即，新娱乐时代下，没有受众的娱乐将是完全失去意义的娱乐。

二、"粉丝"的黄金时代

　　反观整个中国文化史，从来没有一个时代能像今天这样，完全由接受者主宰文化消费品的命运。普通大众，这群以往被精英知识分子视为"可使由之，不可使知之"的庞大人群，从一直被启蒙、被教化的被动状态转变成积极能动的主导状态。这种转变的意义是巨大的，尽管它可能导致文化走向平面化、浅俗化，但是它却使大众文化和民间智慧得到了真正的尊重。可以说，这是一个"粉丝"的黄金时代。

一系列"粉丝"支撑下的大众文化的强势崛起娱乐产品的受众，将他们对于文化的理解、对于梦想的追求投射到他们所支持的明星身上。他们和他们所托举的神话，代表着一种个性化的话语权力向大众和媒体发声，以诉求他们所认同和欣赏的文化立场和文化产品。因此可以说，新娱乐时代下的所有娱乐产品都将被打上"粉丝制造"的标识。当然，文学也概莫能外。

三、被读者建构的文学

新娱乐时代下，文化接受者的地位受到了前所未有的重视。就文学而言，读者对于文学的意义却是在艾布拉姆斯提出文学四要素时才受到充分的重视，而到了西方接受美学和读者反映批评，姚斯、伊瑟尔等接受美学家则纷纷开始强调读者对于文学的决定性作用。伊瑟尔指出"接受美学探讨的是处于不同历史情况下的读者对文学文本的反应""读者大众在判定哪些可被称为艺术的同时也揭示了自己的评判标准"。在这些接受美学家看来，读者对于文学作品的接受和解读是文学意义得以释放的前提。尽管接受美学和读者反映批判，已经充分凸显了读者在文学场域内的应有地位，但是到了当下新娱乐时代和消费主义时代，这种理解却需要得到进一步的掘进。读者对于文学的作用不仅仅是对于文学意义的释放，更重要的是读者对于文学存在的建构作用。即无论是文学的形式与内容，还是主题与思想，都是被读者建构的。也就是说读者对于文学的作用不是被动地阅读和理解，而是决定文学能否在当下继续存在的前提。尽管读者对于文学的决定性作用还没有取得当代文艺理论界的一致共识，但是在实际的文学实践中，读者却俨然决定着当下中国文学发展的大势。读者的心理嗜好、读者的审美趣味得到了包括作家、出版集团在内的文学生产者前所未有的关注。面对这种现实，众多文艺理论家开始反思文学的意义与价值以及文学的前途与命运。越来越多的文艺理论家开始关注读者对于文学存在的意义，传统文艺理论中那些一直被认为是理所当然的概念与命题受到了质疑。

一直以来，将纯文学与通俗文学区分开来，是传统文艺理论家坚持固守的文学边界。在他们看来，纯文学所熔铸的诗性精神和人文担当，是一味强调迎合大众口味的通俗文学所无法比拟的。然而，真正的文学实践却让传统文艺理论家感到了理想与现实的尴尬—正是他们所强调与固守的文艺标准导致了当下纯文学门可罗雀的现实。怀着这种复杂的心情，一批新锐的文艺理论学者开始了文艺研究的转向。一些学者在他们的文艺理论著作中专门开辟一章"通俗文学"，用以讨论之前被排斥在正统文学序列之外的武侠、言情、网络小说。而在2009年，以郭敬明为代表的网络青春写手集体加入中国作协。尽管此事有着纯文学"扩容""越界"的嫌疑，一度被诟病为到底是纯文学对通俗文学的集体收编，还是纯文学对通俗文学的缴械投降然而从理论根源上说，这正是由于文艺界已经意识到了文学应当多元发展，读者理应影响，甚至决定文学的存在、发展及传播而做出的决定。显然，文学不应只是精英知识分子的专利，更是普通大众精神消费的客体。

第四节 新媒体时代下中国文学存在方式的转型

新媒体对文学的挤占、文学本身的激变、读者注意力的转移，在这三股力量所形成的强大合力的作用下，纯文学在当下几乎已经到了自娱自乐的地步。文学的困窘与危机，决定我们对文学存在方式的研究，应该由对文学本质的阐释转向到对文学现实、文学实践的关注。而实质上，当下的文学也正以大量的文学实绩和实践活动，彰显文学存在方式的悄然转型。从审美创造到复制生产、从意识形态到话语狂欢、从道德的象征到消费的象征，文学存在方式的转型虽不免让人对文学的命运感到沮丧，但这却是文学自身在风云激荡的新媒体时代被迫做出的无奈抉择。

一、从审美创造到复制生产

文学的创作方式由审美创造到复制生产的改变，标志着文学从艺术作品到精神产品的转型。文学不再是作家对生活进行体悟、深思后的艺术创造，而是沦为一种机械时代下的简单复制。这种复制将导致文学的神圣性、批判性、唯一性丧失，文学最终的归宿只是作为一种产品而已。当下中国的文学审美教育，尤其是中学文学教育真切地诠释了文学作为一种产品的概念。文学教育的功利化、模式化导致了文学教育的异化。当下的中国文学离人的自由越来越远。人们，尤其是年轻人对文学的期待和关注越来越低。

（一）机械复制时代下的文学生产

文学对现实的再现、反映，乃至发现、反应，都体现出文学所构筑的是人类栖居于世界的情感家园。作家们通过审美创造的方式创作出人类历史上灿若星云的文学作品，这些文学作品所代表的审美价值象征着人类对于未来的祈求。尽管历代而下的文学作品千千万万，但是能够在穿越时空之后，仍旧得到当下人们追捧的文学经典总是寥落可数。然而，这种大浪淘沙式的文学传播方式到了当下就发生了质的变化。新媒体对文学传播提供的强大技术支持，使得文学作品对于普通人来说，不再难以获得。特别是博客、日志等网络泛文学形式的快速发展，使得全民都能够轻而易举地拥有创作文学的权力。面对当前极度发达的出版传媒业，文学作品包括传统文学、网络小说、青春小说、玄幻小说，乃至于一些泛文学类的情感、时尚读物的海量涌现，使曾经长期横亘于普通读者和精英文学之间的鸿沟被填平。

这种距离感的丧失，让当下的读者感觉到文学作品是如此的容易获得，甚至他们自己本身就是文学作品的创作者。当下的文学作品在大量复制和传播的过程中，虽然能够使文学的价值得到几何级的扩散，但是也由此导致了文学作品丧失了它的"即时即地性"，即文学的"原真性"，并因此引发文学作品"光韵"的沦丧。按照本雅明的观点，"光韵"指的是"在一定距离之外但感觉上如此贴近之物的独一无二的显现"。当下文学带给人们的这种极易获取的占有感、满足感，彻底解构了文学作品的独一无二性，文学的"光韵"和神圣遭到了彻底的颠覆。数量如此庞大的文学作品堆积在世人的面前，尽管有人认为这是文学欣欣向荣的表现，但是对于那些早已失去阅读耐心的读者来说，他们不免要质疑文学还需要审美创造吗，抑或是当下的文学就是一种机械复制当文学从创造性的审美转变为机械性的复制，文学作品也就从一种深度的艺术作品沦为简单的精神产品。

（二）当下中国文学与青年的自由

这种严重功利化的文学审美教育不仅导致了年轻一代文学素养的低下，更使得文学自身离年轻一代愈走愈远。而且，当下的文学还存在着一个极大弊端"许多作家和作品在回避我们的现实"，"脱离正在发生如此巨大变革的中国现实"。在以"60后""70后"作家为创作主体的纯文学那里，当下中国文学所描绘出来的文学图谱，绝大部分的时间线还停留在20个世纪80年代以前，甚至更早的70年代以前。他们对于中国现实的书写，几乎都是基于自己的回忆和想象。也就是说，他们笔下所呈现出来的社会与当下飞速变化发展的中国现实有着某种隔膜。尤其是对于从未经历过革命斗争和政治运动的"80后""90后"年轻一代来说，由"60后""70后"作家回忆和想象出来的文学世界，并不能让他们产生切肤的真实感和亲切感。而且在直面升学、工作、住房、婚嫁等生存困境时，当代文学并没能给长期生活在精神和物质重压下的人们以精神上的寄托和慰藉。当下纯文学要么还在续写"文革"时期的尴尬，要么还在捕猎农村的奇事怪闻，但这一切对于那些还艰难跋涉在社会底层的年轻一代来说，是如此的无关痛痒。然而，当下中国却是这样的"锋利、粗糙和惊心动魄"。当下的纯文学，不仅以青年生活为题材的文学作品少之又少，而且以青年为主体的纯文学作家更是寥寥无几。在整个中国作协的成员构成中，代表年轻一代的"90后"作家，除了早年的郭敬明以外，实在"乏人可陈"。当下的纯文学已经出现了文学不关心青年、青年不关心文学的状态。文学离年轻人越来越远，离人的自由也越来越远。尽管马克思、恩格斯曾多次强调文学的发展与经济基础之间存在着不平衡规律，但是时下的中国文学却在真实地上演着经济基础决定上层建筑、理想无法照进现实的真实。

二、从意识形态到话语狂欢

从意识形态到话语狂欢的转型，是当代中国文学在危机时代下基于理想和现实的无奈选择。然而，当文学除去自身背负的意识形态枷锁，意图回到自由的文学时代时，却发现自身已经被泛化了的文学重重包围。于是，背叛、回归，乃至以一种行为艺术的方式，悲壮地诊注着纯文学在当下的无力与失落。而"旧常生活审美化"也注定无法挽回文学的颓势，文学语言和话语的狂欢更像是一场世纪末的盛宴。

（一）重返文学的娱乐时代

不管是文学作为一种意识形态，还是作为一种审美意识形态，过于强调文学的意识形态功能，导致其承担了许多原本并不属于自己权责范围之内的职责。从古希腊的"净化"到中国古代的"兴观群怨""经国之大业"等等，文学背负的是一个国家、一个民族，乃至整个人类的信仰。正是这些意识形态的东西，总是试图让文学走向一条故作深沉和严肃的道路。当然，文学有益于人心教化、有益于人类对于梦想和未来的追求，无疑是正确的。但是过于强调文学的意识形态功能，总容易导致人们淡忘文学在除却庄重和严肃之外，还有一张轻松活泼的面孔。而这正是文学在不断意识形态化的过程中被人批判，乃至被人遗忘的娱乐功能。文学具有娱乐的功能，这在中西方文论史和文学史上早有相关呈现，譬如贺拉斯的"寓教于乐"，又譬如席勒的"游戏说"，再譬如中国古代文学中"词"的元生意义。只不过在传统媒体时代下，尤其是在中西方古代文论史上，它常常是作为被批判的对象出现的。比如，柏拉图一心要将诗人逐出他所构建的"理想国"，理由之一就在于他认为诗人创作的诗歌逢迎了"人性中低劣的部分"。他说"性欲、忿恨，以及跟我们行走的一切欲念，快感的或痛感的""它们都理应枯萎，而诗却灌溉它们，滋养它们"。在今天看来，所谓"人性中低劣的部分"只不过是普通人的一些基本欲求，柏拉图所批判的正是文学本应具有的娱乐功能。随着新媒体时代的到来，娱乐在某种程度上已经成为这个时代人们精神消费的一个重大主题。从八卦事件到花边新闻，从电影明星到体育巨星，娱乐俨然已成为市民社会里最热门的词汇。同样，活在当下的文学也注定无法逃避被娱乐的命运。尽管文学早就具备娱乐的功能，但是市民社会里无节制的娱乐，还是常常让文学陷入极度的狂欢之中。涌动在中国当代文坛的各种闹剧，几乎让一向严肃的文艺圈演变成了娱乐圈。

（二）作为"行为艺术"的诗歌

历览中国古代文学的发展历程，诗歌一直是传统文学中最为古老、最为正统的文学形式。尽管一个时代有着一个时代特有的文学形式，譬如宋代的词、元代的曲、明清时期的小说，但是不管这些文学形式在当时是怎样的蓬勃发展，却丝毫没能动摇诗歌在精英知识分子心中的崇高地位。在这些立志为往圣继绝学、为万世开太平的传统儒家文人眼中，与其说诗歌是一种寄寓情志的文学形式，倒不如说它是一种道德和理想的象征。而这也就是为什么历代以来中国传统诗歌的头上总是盘旋着一层神圣的"光韵"。因此，从《诗三百》开启的中国传统诗歌之潮，诗歌本身的形式尽可以千变万化，从不对称到对称、从不押韵到押韵。但是蕴含于字里行间的"诗性"，却是诗歌的精魂不能动摇。正是这种"诗性"凝聚了中国数千年来的诗歌创作成果，它像一面旗帜承载和召唤着一个民族的情趣与理想。

然而到了当代，这种曾经寄寓了千万传统知识分子梦想的文学形式，在各种因素的共同影响下，已经发生了本质性的改变。从胡适提倡用白话写诗，以变革传统诗歌的外观到20世纪80年代中后期，以韩东、于坚为代表的"第三代"诗人主张"诗到语言为止"，对长期以来附注于诗歌身上的意识形态价值进行反拨再到20世纪90年代以后彻底改变了传统诗歌的一切。在历经近一个世纪的发展后，传统诗歌的改变不仅从形式上的文言旧体演化成白话文体，更重要的是诗歌的魂魄——"诗性"遭到了彻底的颠覆。这种颠覆相较于诗歌语言与形式的转变，改变的不是诗歌的皮肤毛发，而是将坚守了数千年的价值和理想连根拔起。当代诗人在力图解构诗歌意识形态枷锁时，却将自身的诗意全部放逐。"诗意"和"诗性"的丧失，对于中国当代诗歌的打击无异于釜底抽薪。令韩东等先锋诗人们没有想到的是，将诗歌从神坛上请下，原意是寄望于还原诗歌的语言特征，但带来的后果却是整个当代诗歌的逐渐沦丧。尤其是在文学遭遇到"终结"的语境下，作为传统文学中最为古老而正统的文学形式，诗歌更是首当其冲遭遇了从未有过的溃败。除却当下的诗歌刊物不多于 20 种甚至更少不说，调查显示，读者不再读诗的情况也愈演愈烈。当下的诗歌俨然已经成为一门行为艺术，当代诗坛也俨然成了诗人们进行集体狂欢的娱乐圈。然而被娱乐的仅仅只有诗歌吗？当我们仔细审视对于普通大众而言的文学，还有哪一种文学形式，值得人们给予充分尊重和膜拜的呢？

（三）被泛化的文学

当下，人们每每怀念著名诗人海子，但令人沮丧的是，越是怀念海子越是说明当下诗歌的悲哀。因为海子的自杀，象征着整个诗歌神话的破灭。而这种破灭则标志着整个诗意和诗性王国的坍塌。而且诗意和诗性的逐渐沦丧不仅存在于诗歌当中，在整个当下的中国传统纯文学中也是一个不可回避的问题。与诗歌的遭遇稍有不同，当下的小说还在很难的抉择当中。到底是坚守严肃的文学领地，还是走向纯粹的商业化之路，中国文学还无法找到自己的确切定位。无论是作家，还是文艺评论家，他们一方面依然对纯文学的传统身份念念不忘，执着于凸显纯文学赖以区别网络文学等通俗文学的高贵血统而另一方面面对文学在当下的严酷现实，他们又不得不时常采取一些具有嫌疑的举动谋求人们对纯文学的重新关注。作家们也无法寄希望于这些没有经过专业文学训练的普通读者，能够深刻体会到作品中试图展现出来的悲悯和人文关怀。对于生活在新媒体与娱乐时代下的普通大众来说，文学是一种泛化了的"文学"。他们所理解和接触到的"文学"，就是情感知识读物、时尚休闲杂志和电信传媒。他们对于广告、流行歌曲、电影以及时装的关注，并无意要从这些时尚的文字叙述中发现多么深刻的人生意义，他们所追求的只是在阅读的过程中获取短暂的愉悦和快感。

这种读者注意力的转移导致文学产生了重大危机。20 世纪 70 年代末、80 年代初，《人民文学》的发行量曾高达多万册，然而到了今天"抢救地方性纯文学期刊的呼声此起彼伏"。为了应对文学的危机，我国的文艺理论界发生了一次是否将文学研究转化为文化研究的论争。这次论争的理论前提正是米勒提出的"文学终结论"，因为按照他的逻辑既然文学都将不复存在，那么以文学为研究对象的文艺理论研究还有必要存在吗？即文学的终结意味着文学理论研究的终结。这次争论中，以童庆炳教授为代表的老一辈学者坚决否认文学会走向终结。因为他们认为"文学有属于自己的独特审美场域""不论如何边沿化，都永远不会终结"。然而，以陶东风教授为代表的中青年学者却提出截然不同的看法，他们认为当下"占据大众文化生活中心的已经不是传统的经典文学艺术门类，而是一些新兴的泛审美艺术现象"。因此，陶教授提出"日常生活审美化"，在文学研究的领域内进行"越界"和"扩容"，从而使文学研究转化为文化研究。但不管是"日常生活审美化"还是文学研究的文化转向，都反映了我国文艺理论家内心的纠结与复杂。一方面他们为当下文学和文学研究的前途感到焦虑，另一方面他们又没有足够的勇气直面文学的失落乃至"终结"。然而，当下的文学真正需要怎样被正视呢？

三、从道德的象征到消费的象征

文学从审美创造的艺术作品转型为机械复制的精神产品，使得文学将不再承载意识形态赋予的历史与政治价值。随着消费主义时代的来临，作为文学作品消费端的读者的身份得到了空前的提升与尊重。自此，文学生态领域内由作家、评论家、读者三股力量保持的平衡被打破，消费最终完成了对文学市场的天下一统。文学生产机构所倾心关注的也不再是文学本身所持有的诗意价值，而是文学作为一种消费品所潜藏的商业价值。文学由作品到产品，再到商品的转变，标志着文学不再是道德的象征，而是消费的象征。

（一）消费时代的艺术秩序

正如波德里亚断言的，从来没有哪一个时代能像今天一样，在人们的周围急速增长着由服务和物质财富所构成的"惊人的消费和丰盛现象"。当下的人们"不再像过去那样受到人的包围，而是受到物的包围"。物质财富和服务的极度丰盛带给人们的不仅是享受的快捷，更重要的是它带来了一场人际关系的变革，它瓦解了长久以来以权力为纽带的人际网络。"正如中世纪社会通过上帝和魔鬼来建立平衡一样，我们的社会是通过消费及对其揭示来建立平衡的"。消费的横行，抹平了过去人们在权力关系上的差异，建立起了商业社会里以消费为准则的交往秩序。这种新的平衡完全模糊了人与人之间的关系，而唯一得到凸显的是人与物的关系，即消费者和商品的关系。世界上的一切物质和个人，都能够在这个二元交易的模式中找到自己的定位。消费就像一张巨大的弥天之网笼罩了整个时代——要么作为消费者，要么作为商品，除此之外，别无第三种角色可供选择。任何事物都能找到其存在的商业价值，成就了当下消费时代的神话。这种消费的力量是这个时代最隐秘，但是却又最无法阻挡的势力，它对人们的诱惑就像迷药一样令人眩晕。

巨额的经济收益几乎可以横扫一切话语禁忌，它呈现给人们的虽然是赤裸的金钱，但它留给当局者的却是直白的快感。因此，当代艺术，包括文学在内都无法回避这个最现实的语境。在消费社会里，早就沦为精神产品的艺术遭到了再次贬值——由精神产品沦为精神商品。尽管在消费时代来临之前，艺术和美一直被学者们认为是超功利的。为此，德国哲学家康德还专门在《判断力批判》中辨析了美与善、美与快感的区别，并以此来强调艺术和美的超功利性。但是当消费时代真正到来，艺术却无法对抗如此强大的潜在力量。因为，"顾客是上帝"是消费时代中千金不换的市场准则，消费者对精神商品的选择决定了艺术很难坚守自己的原则。眼下，一个以消费者和商品为核心建立起来的游戏规则，号令了整个艺术市场，并将重建整个艺术领域内的秩序。

（二）先锋艺术的"末路"

消费重建的首先是先锋艺术的秩序，使得曾经风靡一时的先锋艺术走向"末路"。作为中国先锋艺术的代表，摇滚乐曾经在20世纪80年代引发了一股热潮。但到了90年代，指斥时代弊病，挖掘人类心灵，浇筑理想家园的先锋艺术随着消费主义带来的世俗化而化为一场迷梦。先锋艺术在消费时代走向"末路"的还不止摇滚音乐一家，曾被文艺理论界寄予厚望的先锋小说遭遇了同样的尴尬。

在当代文学步入世纪年代，一向被学者们认为是代表着中国文学未来的先锋小说似乎在一夜之间崩溃。以马原、李冯、余华、刘震云为代表的一大批先锋作家，包裹着他们的锐气和锋芒，从文学的实验场中纷纷撤退下来。先锋小说从反叛传统开始，但最终的归宿却只能再次回归到传统的文学秩序。而此前，先锋小说却因为不断尝试艺术形式的实验，而成为文学领域内最为超功利的代表，更被人们尊崇为思想与深度的标杆。尽管绝大多数受众对于先锋小说的理念和形式都有一种前所未有的陌生感，但是这并不妨碍他们对于先锋小说的追捧。或许，先锋文学向人们叙述的不是有待解读的文字与形象，它只是在树立一种与世俗永不妥协的精神姿态。造成先锋小说集体溃退的原因是多方面的，其中固然有过于追求形式上的前卫性、反叛性，使得先锋小说更像是西方文艺理论与中国本土语言的嫁接品。但最重要的在于，无论是先锋作家们，还是曾经给予先锋文学鼓励与支持的文艺评论家们，都没有意识到进入年代的当代中国文学是一个被读者消费的文学。

（三）被消费的文学

准确地说，当今的文学是被读者消费的文学，消费者才是文学隐在的上帝。纵观当下的文艺生态圈，存在着三股力量作家（包括传统意义上的作家和游离于文坛之外的网络作家、青春写手）、文艺评论家、读者。这三股力量分别代表着三种话语权力在文学的名利场中进行博弈。其中，作家、文艺评论家在以往的文学活动中拥有绝对的话语权，他们长期凌驾于读者之上发号施令。一直以来，是作家和文艺评论家在给作为文学消费者的读者限定阅读的内容和方式，他们早已习惯了充当读者的启蒙老师和引路人。在作家和文艺评论家的共谋下，读者也早已习惯于精英话语对于他们的规劝与训导。主动的给予和被动地接受，这是20世纪90年代以前中国当代文学的生态秩序。但是这种秩序在消费时代来临的时候开始发生剧烈的变革，作家、文艺评论家、读者三者架构的生态平衡，由于消费者身份的提升而被彻底打破。在以往的文学活动中一直处于失语和缺席状态中的读者，一夜之间突然暴长为文学的上帝。读者的审美趣味、接受习惯成了文学活动的风向标。读者是否愿意掏钱为文学作品买单，决定了包括作家、出版社在内的文学生产环节的态度。比如，当下的一大出版公司就根据网络小说在文学网站中点击率的高低，来决定出版哪一部作品。这种话语权力的突然倒置，让习惯处于文学上层的作家和评论家感到了一种无形的压力。然而他们依然不愿意进行角色的转换，他们依然可以斥责某些作家的背叛、某些出版商的媚俗，但就是不愿意直面文学秩序的变革。然而正是这种文学秩序的变革和文学地位的颠倒，造成了包括先锋小说在内的传统纯文学的"末路"。

进入崭新的21世纪以来，中国当代文学的命运并没有因为跨过世纪的门槛而有所改变。文学对于普通大众来说依然还是那样无关痛痒，文坛和文艺理论界也依然没有足够的勇气直面当下文学的惨淡。新媒体的挤兑、网络文学等新兴文学形式的冲击，并没能从根本上完全扭转文艺理论界对于文学观念的偏见和执拗，而纯文学则依然以鸡肋的身份行进在困窘的旅途之中。质疑、回避、激辩，都无力挽回文学在世纪年代的春天。或许，只有直面新媒体、娱乐消费、读者的重重逼问，才是文学在眼下最现实的宿命。然而，问题毕竟不在于解释，而在于改变。面对中国当代文学的惨淡现状，需要的不是文坛和文艺理论界的集体沉默，而是全体文艺工作者的相互扶持与共同努力。本文的意义就在于希望警醒人们，当下的中国文学最理应受到大家重视和关注的焦点，不在于持续争论文学的本质究竟是什么，而是改变当下中国文学现状的出路和策略是什么。以下为笔者的一些建议。

第一，直面现实，树立以当下为基点的文学创作新方向。

回避现实、拒绝当下，正是造成普通大众，尤其是"90后"年轻一代疏离传统纯文学的重要原因。因此，要改变这种现状，纯文学就必须直面现实，树立以当下为基点的文学创作新方向。首先，纯文学必须实现作家视线上的转移。尽管当下的纯文学作家依然是以"70后""80后"作家为主，但是这并不意味着整个当代文学的表现对象也要以20世纪80年代以前的事情为主。文学不应该只是一度沉迷于回忆和想象之下的闭门造车，作家对生活的体察应该有着和当下人一样的切肤之痛，而不是经过专门的"体验"臆想出来的。而且就人生的历练和写作水平而言，"60后""70后"作家的确要远比"80后""90后"作家成熟。因此，如果传统作家们能够将他们的视线转移到当下，那么由他们所书写的现实图景就又要远比"80后""90后"沉迷于虚幻的浪漫来得真实。所以，要求一部分，乃至绝大部分传统作家，将他们文学创作的视线聚焦到纷繁复杂的当下。当代作家创作的当代文学作品，应该是他们通过对当下社会切身的体悟和反思后的产物。其次，纯文学必须实现作品题材上的转变。当下纯文学的弊端不仅在于绝大部分传统作家们将视线定格于世纪年代以前，更在于他们对于当下现实的回避，尤其是缺乏对当代年轻人生存困境的关切。在当代纯文学的表现题材上，绝少作品是以当下年轻一代的现实为主。然而纯文学唯有直面这个时代的人民，尤其是年轻一代的真实苦痛，才能得到普通大众的认可与拥戴。因此，在一定程度上放弃对传统题材的关注，而将纯文学表现的重点聚焦于当下人民的生活，尤其是郑重关切"80后""90后"年轻一代在物质和精神上的困惑与迷茫，纯文学才能走出与当下以及年轻一代无关痛痒的窘境，从而最终得到当下人们的谅解与支持。最后，纯文学必须实现文学批判精神的回归。笔者认为任何时代的文学，都应该是在对自身所处社会的沉思和批判当中提炼出来的。对于社会的弊病和不正当现象，文学不应该缺席和失语，而应该对当时社会的纷乱与复杂进行反思和批判。当下纯文学回避现实、拒绝当下，而且常常沉迷于对个人权力和欲望的不断渲染，说到底是由于文学批判精神的失落。当然，我们不要求，也不寄望于当代文学能够实现对时下人民的思想启蒙，但是传统作家们却要重新拾起批判的精神和勇气，敢于以文学的武器批判现实的弊病。只有实现了批判精神的回归，文学才能够像一盏人性的航灯，引领人们走向真、善、美的彼岸。唯有这样，也只有这样，文学才能重塑自身在当下社会的公信力，成为人们在烦闷与绝望时，仍然可以信赖和栖居的精神家园。

第二，回归大众，构建以读者为中心的文学生态新秩序。

正如笔者前面所述，在当下的娱乐和消费时代下，纯文学的传统生态平衡已被打破，读者成了当下时代里抉择文学的"上帝"。目前这种文学秩序的失衡，还没能得到文坛和文艺理论界的高度重视。甚至还出现了文学批判家、作家和读者三方之间的意气之争与相互指责。这种混乱的文学生态环境，如果任其长期发展下去，必然会带来文学的内耗与损伤。因此，必须重新构建一个文学批评家、作家、读者三方能实现良胜互动的文学生态新秩序。而鉴于读者对于文学存在的绝对意义，所以重构后的文学生态秩序必须以读者为中心。在这个新型的文学秩序中，首先，作家要找准自己的定位。作家们应当明晰在数千年的人类文明史中，文学一直是与人类的理想和精神家园休戚与共的，文学守望的是自由和美的诗意王国。因此，作家始终所要坚持的应该是文学精神的独立，尤其是批判精神的独立。文学始终应当坚持"诗性"的精神追求，而不应该堕化为纯粹的肉体愉悦和感官刺激。其次，文学评论家们要切实地担当起文学健康发展的鞭策人。评论家们所做的文学批评不应该是应景式的廉价吹捧，也不应该是西方文艺理论辞藻的简单堆砌，真切的批评应该是基于对整个当下文学现实和文学作品深思熟虑后的真知灼见。文艺评论家必须真正承担起对当代文学的砥砺和鞭策，以使大众的趣味不至于沉沦到低俗的地步。但是必须指出的是，世纪的文学大众不需要莫须有的"精神之父"，他们的审美选择也不需要进行专门的"把关"。文艺评论家们必须放下自己的身段，和读者站在平等的位置展开良好的互动。最后，尊重读者的选择。在重构后的文学新秩序中，读者的地位应当被重新看待。作家的创作、文学评论家的评论都应当以读者为中心，评价文学作品是否成功的标准，应当是文学是否真切地表现了读者的苦痛与欢乐。文学应当永远是为人民服务的，所以对于读者在高雅和通俗的选择上应该给予充分尊重。更何况关于文学的通俗和高雅之分，在历次的争论和激辩中从来就没有达成过共识，更别说每个时代定制的文学观念和文学标准还在不断发生变动。而且将文学硬性区分为通俗和高雅的做法，丝毫无损于那些能够超越历史的文学作品的价值。因此，对于读者的选择，我们不妨坚持多元的文学观，多一份包容与尊重，结果可以由人民与历史来共同裁决。除此之外，对于文学的外观、文学的形式、文学与大众传媒的结合等等，不应当过于吹毛求疵与求全责备。也只有这样，文学才能在理想与市场的双重博弈中找到自己的平衡点。

第三，面向未来，重建以审美为旨归的文学教育新体系。

艺术审美教育的异化，包括中学语文作文教育的概念化、机械化、模式化是目前审美教育领域内不容忽视的顽症。因此，直面当代中国文学在接受与创作上的双重困境，文学必须面向未来，培养以青少年为主体的接创队伍，重建以审美为旨归的文学教育新体系。其一，将文学审美教育体系的重建，纳入整个中学教育体制的改革当中来进行。如果不对以高分和名校为旨归的中学教育体制进行彻底改革，形成真正意义上的素质教育体系，那么将永远也无法从根本上实现对文学审美教育体系的重建。在笔者看来，审美的超功利性与当前被严重功利化的中学教育体制之间的矛盾是无法从根本上调和的。因此，必须完成中学教育体系的去功利化。而要完成中学教育的去功利化，国家就应当首先优化整个高等教育体制的结构，让职业专科院校、普通本科院校和重点院校形成合理的比例，并以此来引导中学教育的发展方向。在优化后的教育体制中，录取分数线低，但是被国家大力扶持且就业前景广阔的职业教育，应当成为人们现实和理性的选择。唯有用现实的举措击破人们的高分情结和名校情结，才能让中学教育，包括语文作文教育走向真正的审美之路。亦即当高分、名校、升学率不再成为人们和学校之间互相攀比和趋之若鹜的对象时，整个中学教育里泛滥成灾的功利思想才能从根本上被祛除。素质教育，包括审美教育才能是在真正的意义上培养一个全面发展的人才。其二，变革高考作文的评分准则，让审美化的作文真正成为中学作文教育的风向标。笔者曾亲身参与过一次高考阅卷，尽管作文阅卷组领导一再强调在高分作文上，一定要以人性化的审美之文取代机械化、模式化的概念之文，但是在实际的操作过程中，仍有一部分阅卷老师无法彻底改变他们长期形成的评分习惯。因此，加大对阅卷老师和语文教师的培训，加大媒体对高考作文评分标准的宣传，切实执行高考作文的审美标准，才能让审美之文真正引导中学作文教育的健康发展。其三，培养以青少年为主体的接创队伍。由于长期处于模式化、功利化的教育体系当中，我国青少年对文学已经产生了习惯性的"厌食症"，这不免让人担忧早已陷入重重危机的传统文学的未来将后继无人。尤其是在当下新媒体的文学危机背景下，以中学生、大学生为主的青少年群体就成了文学面向未来唯一可以信赖和依靠的力量。而要弥补文学创作队伍的"断裂"，就必须培养以青少年为主体的接创队伍。除了在文学的接受和传承环节上，中学语文作文教育中要切实实现审美教育外，在文学的创作和生产环节上，中国作协应带头扶持和培养青少年队伍。毕竟，新时代的青年作家，不应该只有韩寒，只有郭敬明。为此，中国作协可以吸纳更多有潜力、有才气的青年作家加入作协，并加强对他们的培养和教导。而在往常以传统作家为主导的纯文学期刊上，可以增加刊登更多的青年作家的作品。在各种文学评奖规则中，尽量减少对网络文学、青春文学等通俗文学的体制性限制，真正以质量而不是以身份来评判文学水平的高低。同时，也不妨尝试加大纯文学与影视的联姻，只有让更多的青年作家及表现年轻一代的作品出现在公众视野当中，年轻一代才会重拾对文学的兴趣和信心。

　　总之，当文学勇敢地直面现实，真切地关注到当下人民的苦痛与欢愉，当作家、文学批评家、读者三者之间不再相互埋怨和指责，实现真正意义上的对话当以审美为旨归的文学教育体系被重建起来，以青少年为主体的文学接创队伍被培养起来，当代中国文学还是可以劈开危机，走向未来。一言以蔽之一个民族的诗意和理想需要文学的托举和鞭策。世纪的中国文学留给后世的不应该是一个卑微前行的落魄者形象，而应该是一个披荆斩棘的开拓者形象。

第十章 新媒体时代的中国文学生产机制研究

第一节 文学生产机制及其研究简述

文学生产机制指文学生产各环节、各部分之间的互动关系，包括文学生产的社会、经济、思想文化环境，文学生产组织形式、创作、传播、接受与评价，以及各个要素相互联系与作用形成的综合运行体系，它直接影响着某一时代的文学面貌。文学生产机制的构成要素主要有文学体制、文学制度、文学组织、文学生产者、文学生产方式、文学传播媒介与方式、文学接受和文学评价。中国当代文学的前三十年是"政治化"的文学生产机制，文学的组织、生产、出版、传播、阅读、评价等高度统一，全部纳入文学生产的"准政治体制"当中，文学生产机制受到政治意识形态和行政机制直接影响。自20世纪90年代以来，市场经济的确定，旧的生产体制发生调整，商品生产机制侵入文学生产领域，文学生产呈现出产业化倾向、消费倾向、娱乐倾向，这些文学外部环境的变化都表征在文学创作当中，如"私人化写作""身体写作""类型文学"……从文学生产机制入手可以从宏观的角度认识和评价当代的文学活动。

如果说市场经济给当代文学前三十年所确立的文学秩序带来了一次强有力的冲击，20世纪90年代以来，经济规则越发地联结着文学的发展，那么21世纪以来新媒体在文学活动中的参与，则深刻地改变着文学的面貌。艾布拉姆斯在《镜与灯——浪漫主义文论及批评传统》中提出了著名的文学活动"四要素"，即世界、作家、作品、读者。"四要素说"给人以鲜明印象，关注着要素之间的互动与融合所形成的文学整体。不过，在当下时代文学活动的发展中，将各要素相整合的媒介也成为了全部文学活动中不可或缺的要素之一，它给予文学活动不同的方式与面貌。因此，有学者提出媒介是文学活动的第五要素。文学的传播媒介对文学活动有着直接而巨大的影响，可以说，媒介塑造着21世纪的文学，渗透到文学活动的各个环节和各个方面。

媒介的革新是社会物质水平进步的产物。纵观人类文学发展，经历了口头文学、书写文学、网络文学三个阶段，事实上，这也是媒介的演进历史，从口语媒介到文字媒介再到电子媒介。19世纪末20世纪初清末文坛掀起的"文学革命"，依赖了"报章"，而"报章"的繁荣，则得益于印刷术与机械工业的联姻。现代传媒的发展彻底打破了"封建贵族"对知识文化的垄断，让广大的平民阶层有了接触文学的机会，而现代知识精英借助新的传播方式，创刊办报，也让知识精英有了"说教"的平台。在这一过程中，为了适应思想的表达，"报章"上出现了梁启超等人创造的"新文体"。可以说，19世纪与20世纪之交的"文学革命""社会革命"与"媒体革命"关系密切。当百年之后，20世纪与21世纪的世纪之交，互联网、智能手机、数字电视等新媒体的出现与普及，再次创造了文化新变的可能，给文学生产机制转变提供了现实条件和空间，使中国再次面临着"文学革命"。新媒体的意义不仅是信息传播载体的技术进步，其本身的网络化、开放化、个体化等特点，对当下的文学创作、文学传播、文学接受等文学活动的发生机制产生影响，既有的对于文学的认知也发生了改变，包括传统的文学观念、文学功能与价值、文学的题材、文学的表现手段、文学的美学品质、文学的评价标准、文化立场、审美标准等。

具体说来，进入新媒体时代后的中国文学生产受到政治、经济权力的双重规约，同时也受到科学技术的干预和影响。新的数字媒体创造了文学生产与传播、接受与评价的新平台和多重新的艺术空间，丰富和拓展了文学的传统构成要素。作家的组织形式突破"一体化"的体制规约，文学活动的主体实现了由精英向平民的身份转变，多样的文学社团以新媒体的交往方式在民间自发创建；作家的创作观念、作品的内容、艺术形式、开始转型，出现了"类型文学"的繁荣，"小叙事"与"超长篇"等新文体；美学品质则是崇高、优美、滑稽、丑的多元并存；自媒体的写作和传播方式给文学带来新的空间和机会；"浅阅读"演进为时代的阅读取向，普通大众参与到文学批评活动中来；网络文学与主流评价的价值在冲突中调和……这些共同构筑了我们现时代的文学空间，文学活动的整体方式相比过去出现了不同的面貌。计算机、手机、平板计算机等新媒体在文学活动中的介入，创造了新的文学活动方式，即文学生产方式，显现着中国当代文学生产机制的重大变化。我们不得不进一步地去思考，这些切身感受到的变化给中国当代文学带来了哪些新形式与新内容？中国文学将如何发展？如何适应新媒体条件下的文学生产环境创造符合时代发展的新文学？应该建立什么样的新文学理论与文学批评方式与标准？如何面对社会变迁给文学理论带来的新挑战？这些都是需要学界及时、深入研究的。

新媒体创造的文学活动环境，使文学处于开放、自由的状态，形成了前所未有的百花齐放、百家争鸣的文学态势，尤其是网络文学的繁荣，是当代文学所必须面对的一个文学事实。出于传统文学研究的局限，网络文学仍旧未能受到研究界的充分关注，然而对于网络文学的批评与研究又是必要的，因为网络文学呈现出不可抑制的生命力度，至于依托手机、平板计算机等自媒体形成的文学生产机制几乎没有展开基本的研究。这就需要研究者针对文学现实，提出理论主张，给予及时地阐述和批评。当前，中国缺乏与文学现实紧密联系的新媒体时代的文学研究理论，因而缺乏对新媒体条件下出现的新文学现象的及时、科学的总结与批评。我们需要建立起符合新媒体时代的文学理论和批评标准。因此，本文将立足当下特定的文学生态环境，考察新媒体时代的文学生产机制，探讨新媒体时代文学的新的生产、创作、传播、接受及评价方式等。通过系统研究，总结和阐述中国正在发生的文学生产机制的变化及其现状。本文从媒介出发，以文学生产机制的视角看中国文学的新品质与新特点，为优化中国的文学生产与文学生活、创造良好的新媒体时代的文学生产与生活环境提供自己的研究成果。

第二节　新媒体改变了中国文学的生产方式

新媒体在文学活动中的介入，首先改变了中国当代文学的生产方式。文学活动的环境、作家的身份和组织形式、文学的生产模式都发生变化。考察当下的文学生产，要特别地注意到市场和媒介两个因素的影响：在市场经济条件下，逐渐形成经济化的文学生产；新媒体的网络化、个人化、平等化、开放化等特点，使得文学活动的主体突破身份的限制，从知识精英到普通大众都尽情地参与到文学活动中来，并因共同的文化倾向，借助网络平台形成新的文学活动群体。

一、新媒体创造了文学活动的新环境

20世纪90年代以来，中国逐渐进入"新媒体"时代。新媒体的应用，最开始只是作为一种新的传播介质，后介入到文学活动中来。新媒体所营造的文学新环境，创造了全民自由参与的虚拟时空，带来了新的文化逻辑，打破了传统的文学规约，改变着传统的文化观念，重建着文学秩序，为文学发展提供了新的可能。

（一）全民自由参与的虚拟时空

新媒体创造的虚拟空间，打破了物理时空的限制，创造着人际交往新空间，给予全民参与以时间与空间的自由。哈贝马斯在《语言伦理学解释》中提出建立"理想的话语环境"：话语的潜在参与者，享有平等的权利，不论其宗教信仰、出身、文化背景如何，都可以表达其情感、欲望和好恶。哈贝马斯所构想的"交往乌托邦"，旨在实现一种交往的"真实性""规范性"和"真诚性"。这在新媒体时代实现了。新媒体创造了自由、平等、民主的话语环境，每一个人的意愿在这个虚拟的时空中可以得到充分的表达，也有机会得到充分的重视。每一种声音都需要被尊重，每一种声音也得到了尊重的可能。"有着众多的各自独立而不相融合的声音和意识，由具有充分价值的不同声音组成真正的复调"。任何人只需要一台能上网的计算机，或是能上网的手机，就可以从世界的各个角落在任何时间，实时地参与到话语活动中，让他人听到自己的声音，分享自己的作品，而摆脱掉自我和他者的压抑。实际上，大众在虚拟的网络时空中的自由参与，自我意识的凸显，不仅是表达的民主，更是挑战着传统的话语权威，重塑着社会秩序。

当新媒体介入到文学活动当中，其所创造的新的文学生态环境，则改变了传统媒体时代的文化规则和文学秩序。新媒体介入下所出现的"自由"文学活动不再受少数知识精英的特权掌控，而成为了每个人日常生活的组成部分。文学活动参与者跨过传统媒体编审的限制，自由地写作、发表、参与评论。与传统媒体相比，作者有了时间与空间的自由，有了任意发表自己作品与评论的自由；有了选择不同文学观念与风格的自由；有了肆意显示个性与特点的自由……在这个自由的虚拟时空中，文化活动的参与者戴上狂欢节的面具，摆脱掉身份的束缚，还原本真的自我，暂时忘掉我是谁，而将"本我"从"超我"的压抑中解放出来。现实生活中他者的凝视和自我的凝视都被暂时搁浅，只要表达自己的所思所想即可，却也面临着另一重的异化，标榜自己的特立独行，刻意追求一种异质的写作格调，甚至突破道德底线攻击他人。但是，必须承认的是新媒体创造的虚拟时空所提供的这些自由，使全民参与，文学回归生活自然、人性自然、个性自然成为可能。

（二）新媒体带来新的文化逻辑

媒体作为信息的承载物，随着社会的发展，技术的进步，不断更新。在人类历史上，信息的传播手段已经发生了三次巨大的革命：在文字诞生前，是以声音为介质的口头传播，信息转瞬即逝，难以流传，且在传播过程中容易发生变异；第二次是以文字为介质的书写传播，以镂刻、书写、印刷术为依托所留下的物质符号，使人类文明的流传成为可能；第三次是用"0"和"1"编码的数字化传播，以网络、手机等为依托，使世界紧密地联系在一起，加速了文化发展的全球化。

新媒体打破了文人知识分子的文化垄断，大众成为了文化活动的主体；表现在文学创作中，呈现出深度模式的削平、主体性的缺失、历史意识的弱化、距离感的消失等诸特点，应和着后现代主义文化特征。以图像为主导的影视直观，借助感性符号的表现特征，只剩下"能指的漂浮"。

互联网对于滋生和传播后现代的文化精神起到巨大的推动作用，计算机和手机在其中扮演了重要角色。在新媒体时代，四通八达的网络通道编织成网，每一台计算机、每一部手机都是一个独立的接收信息和发出信息的终端，即使有计算机出现问题，也不会影响到整个网络中其他用户的正常工作状态；网络的平等参与性和自由随意性，打破了既有的话语等级秩序，出现了众声喧哗的场面，任何声音都很难成为权威。至于网络上的用户，除了虚拟的名字和一连串的 IP 地址，就再也找不到任何踪迹了。

新媒体创造的文学活动新环境给文学创作、文学接受、文学批评提供了多种可能，拓展和改变了文学的领域。从目前的文学状况来看，文学发展已经改变了传统文学的发展条件和由此造成的制约。全民自由参与的虚拟时空和新的文化逻辑共同为文学生产机制的改变提供了条件，社会的文学生产也面临着持续的调整与发展。不仅如此，也给文学自身的特点带来新变，使文学必然地要突破传统的文学规约。不同的媒体平台给文学生产、创作、传播、接受以多种发展的可能性。种种新变可能是传统条件下难以预测和接受的，已经出现的新变大大挑战了人们的文学经验、文学观念、文学理想。这都是我们需要研究的——正在发生和将要发生的新变会给文学带来什么影响。

二、新媒体改变了文学活动的主体与组织形式

新媒体时代，作家身份完成了由传统的启蒙者、社会精英向普通大众的转变，而文学的组织方式也打破当代文学前三十年政治规约下的组织化和一体化。任何人都可以参与到文学写作中去，不再受身份的限制，实现了"平民的文学"。网络文学社团、新的读书沙龙和微信平台是传统文学社团在新时代下的演变，其借助网络将更多的文学爱好者组织起来，进行文学创作，坚守文学。

（一）作家身份的嬗变：从精英到大众

纵观中国文化发展史，是一个文化不断下移的历史过程，也是知识精英分子不断平民化的过程。自有文字以来，在漫长的人类文化史中，掌握"文化权力"的始终是少数人。文化传播通过"权力—媒介（把关）—大众""达到社会控制"。在中国古代封建社会，封建贵族垄断着知识文化，普通百姓一般不具备读写能力，何谈文学创作。到了现代社会，印刷术与机械的联合尽管给文学提供了新的物质条件，拓展了文学活动的空间，但是文学的创作仍然掌握在少数人手中，大众只是被动地接受者，尚未形成文学创作的自觉，直到新媒体时代的来临，大众才有了文化生产和接受的自由。

新媒体时代，文学创作的门槛更加降低，文学写作几乎不受身份的限制，只要有文学表达的欲望，依靠一台可以入网的计算机，会打字，就可以了。论坛、博客、空间里铺满肆意的文字，充满自由的声音。文学成为了普通大众日常生活的一部分，成为了记录和体验生活的方式。新媒体时代是一个全民作家的时代，文学不再是少数人的专利，任何人都可以进行写作，呈现非职业化、平民化趋向。文学创作主体在由"知识精英"坠落为"普通大众"的同时，也将文学推下神坛。

网络数字空间的平等性和包容性，使得年龄、性别、种族、相貌、财富、权势等一切与文学无关的东西在数字化的文学空间里都变得无足轻重。文学拆掉了"柏林墙"，每一个普通大众都参与到其中，而不必再受身份的束缚，文学的平民意识也滋生在人们心中。每一个所谓的文学圈外人士有了文学表达的机会，一种真正地归属于民间的话语权正在崛起，一个全民作家的时代正在到来。

（二）作家的组织形式：体制的"逾越"

中国当代文学前三十年是"准政治"下的文学生产，作家在文联和作协的领导下开展创作——"领导出思想，群众出生活，作家出技巧"。自20世纪80年代中期以来，作家的组织形式改变了，文联和作协组织功能弱化，甚至有作家退出作协，成为"自由撰稿人"。在新媒体时代中，又出现了因共同的文化立场、价值倾向所建立的网络文学社团和文学同人群落等新的组织形式。写作者的文学活动正超出"体制"的范围，并以新的方式组织在一起。

1. "体制内作家"与"自由撰稿人"并存

中华人民共和国成立之后的很长一段时间里，国内的作家们作为党的文艺工作者，要按照工作计划完成写作任务。怀着写作梦想的普通人，必须要通过正规的渠道，通过向报纸、期刊杂志投稿，接受严格地审稿，才能发表作品。现代文学时期松散的文学组织和文学社团都不复存在了。生活有保障的同时，作家的艺术创造力也受到了极大的抑制。20世纪80年代以来，随着文化体制改革的逐渐深入，90年代市场经济、大众传媒的出现，既有的文学体制瓦解了，给文学的存在创造了新的可能，"体制外作家""自由撰稿人"在文学界出现了。"体制外作家"的出现凸显着文学的多样性和宽容性。自由撰稿人或体制外作家，他们的创作行为脱开文化管理部门的约束，直面市场和接受群体，实践着"独立之思想，自由之人格"。他们打破了过去三十余年来严格的组织方式，摆脱了单位制度的束缚，开始在制度之外，寻找自我价值。然而，作家身份转换的同时，体现着创作自由性与生存困难性之间的冲突。"自由撰稿人"在脱离单位后，没有了固定的经济收入，要靠卖文为生，其物质来源则有了很大的不确定性，因此，他们需要更充分的"表达空间、传播空间和市场空间"。然而，不幸的是，市场、传媒、资本等成为了新的障碍，看似自由的空间，其实正在出现新的不自由。金钱的诱惑，生存的焦虑，让一些自由撰稿人，受到了新的奴役，放弃自己的文学理想，为经济利益而写作。

新媒体时代，写作抛开了某种神圣的意味，成为了每个人都可以涉足的领域。写作者的创作大体上可分为两类不同的价值取向，一种是标榜自己所拥有的文化资本，在抒发"性灵"的同时，展示出自己的精神品格，他们的创作成果可以划到"严肃文学"当中，而另外的则是以写作为生，文学创作成了生产，追寻文学的消遣性、娱乐性和经济性。总之，在新媒体时代，写作越出了体制的界限，在体制之外出现了文学的大繁荣。

2. 多样的新文学群落：文学同人的聚集

新媒体时代，产生了因共同的文学理想聚集在一起的同人团体，如网络文学社团、文学读书会以及微信朋友圈等。他们作为有别于传统组织化、一体化的文学组织形式，应该得到充分关注，这些新的文学群落为考察当下社会民间的精神生活以及文学生活提供了一个新的视角。

（1）网络文学社团

文学社团在现代文学发展史上，占有重要地位。如文学研究会、创造社、新月社、莽原社、未名社等，它们的建立，组织起来了中国的新文学队伍，丰富的理论成果和实践成果，对新文学的建立起到积极作用。然而，随着中华人民共和国成立，在当代文学秩序的建立过程中，自发的文学社团不复存在，作家的文学创作被纳入到文化部门的管理当中。不过，新媒体时代的到来，互联网上再次出现了文学社团活动，在保有着现代社团的某些特点外，也出现新特征。相比传统的文学社团，他们的发表周期短、作品容量大，给更多的文学爱好者实现文学梦想的空间。网络平台的交互性，又使文友之间得到及时地交流。他们以创作群体的身份出现，因相近的文学理想和文学追求，聚集在一起；每个社团都有各自的文学主张，且有组织原则与规章制度。与经济化的文学写作形成对比，一股纯净的文学力量正在崛起，成为鱼龙混杂的网络文学环境中的"绿化树"。在社团联盟主页上最引人注目的是名家评论专栏和理论专栏的设置，葛红兵、施战军、洪治刚、季桂起、曹建国、许自强、马原等知名作家、评论家发表专业评论；理论专栏则涉及重点作家、热点现象、知名作品的专题评论，如"80后"作家、"90后"作家、鲁迅研究、苏童研究、网络文化等。这些大大增强了网络文学的理论内涵，对于引导网络文学向高层次发展起到促进作用，有助于扭转网络文学发展的低俗化倾向，而严肃文学评论者的加入，也是严肃文学评论者在新媒体时代对文学活动方式转型的主动适应。

目前的网络文学社团基本属于民间自发组织的，他们的文学写作更为突出地直接和心灵相关而不是和某一时期的审美趣味、某一群体的审美标准、某一类型的文学范式有关。互联网上发表的文学作品在专业技术评定的时候尚不计入成果，发表的作品也没有稿费，但正是这种不计回报的文学坚持，秉着自由的创作心态，更体现这些文学写作者的虔诚的文学姿态。他们对于文学事业的坚持，也正是文学精神的可贵之处。

（2）线上与线下结合的读书会

在新媒体时代，传统的"读书沙龙"重新出现，一些读书爱好者，有组织的聚集在一起，分享读书过程中的心得体会，讨论当下的社会、文化现象，还会请相关专家举办讲座。全国各地都有读书会，在各高等院校以及一些初等院校中，有组织的文学读书会也成为文学教育、语文学习的一部分。这些读书会有组织的展开读书活动，给在繁忙生活中的人以新的精神的存活空间。

（3）微信朋友圈的文学分享交流

腾讯公司的微信平台，为文学爱好者提供了一个便捷的分享、交流平台。首先，因"物以类聚、人以群分"，决定了朋友圈的特殊性质——相似的文化程度、教育背景、生活经历，也进而决定了他们语言表述方式、思维方式的某种一致性。他们或是以"群""讨论组"的形式表达他们自己对热点问题的看法，产生争论，或是直接对一些文章进行转载，表明自己的立场。这种分享交流突破了传统时空的限制。其次，微信网民对朋友圈公众号的共同关注，间接地体现了相近的价值立场。这些公众号是传统刊物在面对新媒体时代新的传播形势下所做出的策略性调整，以争取更多的关注者，适应新的读者阅读要求。

三、新媒体促成了新的经济化文学生产模式

现代社会，写作者为了维持自我的生存和发展，必然与出版商、市场发生关系，其创造的文学作品也就具有了商品的属性。作者作为商品流通链条中的一个环节，不再是孤立的存在，他要时刻关注文化市场的需求，创造出符合消费者的审美口味的作品。文学期刊、出版社的转型是20世纪90年代以来文学适应市场开始主导文化生产的重要策略。畅销书生产机制的建立，成功地树立了经济化文学生产模式。如果说市场在文学生产转型中起到巨大作用，那么新媒体则促成了新的经济化文学生产模式——文学网站的文学生产线以及利用网络资源的文学生产。即以新媒体为依托，通过市场的文学消费要求，以最大化的实现经济收益为目标。

（一）文学网站的文学生产线

文学网站作为新的文学活动平台，在其下正在形成着有别于传统文学生产的形式。文学网站成为文学生产、传播、消费的重要场地，为文学创作者和文学接受者提供了写作和阅读的场所，却更多地作为经济化的文学活动平台，受资本运行规律的规约，确立着新的生产模式。一群有别于传统作家，通过文学网站或网络平台发布文学作品，并通过点击率和作品排行获得稿酬的写作者，即网络写手，在经济化的文学生产模式中应运而生。但是，只有在网络写手的作品达到一定标准时——在文字的数量上或是读者的推荐下，写手的作品才能与网站签约，获得一定的报酬。写手们通过与文学网站签约，完成协议规定的文字数量，并参照作品的点击率获取经济效益，而这种网站签约写作是有别于传统的文学生产的，更多的是以写作的名义追求着经济收益，作品的

价值更多是在接受者的点击率下被衡量的。但是，对大多数的写作者来说，收入都是微薄的，而成为"超级写手"或是"白金写手"不仅要求更新跟进的速度，小说的质量也要达到相当的水准。

从各大文学网站的栏目设置来看，文学网站的文学生产模式，在某种程度上促进了类型文学的兴起，玄幻、仙侠、言情、校园、军事等出现在网站的标头，还有女生专区、男生专区的设置，这些分类详尽的文学作品是标准的文化工业产物，文学也如生活用品被批量化生产。阅读者的"欢喜"将决定写作者写什么，怎样写；文学网站也会主打出一些新的类型作品推荐给读者。写作者完全抛开对于文学写作的个人信仰，而彻底追求经济利益，通过"卖文"获得财富。"商业价值"在"审美价值"和"意识形态价值"之外成为了新的文学评价标准。

然而，令人担忧的是，这种片面强调写作速率、追求经济财富的商业写作，将极大地损伤文学的审美品质，造成文学的粗制滥造，影响文学的健康发展。尽管不同品质、风格的作品出现在网络上，有崇高的、有悲剧的、有滑稽的、有丑态的，但是却以消费、娱乐为主导向。经济化文学生产创造了文学的繁荣，却也在经济利益下，无意地导致了文学的人文内涵、审美价值的缺失。我们要警惕文艺成为市场的奴隶。如何在经济化的文学生产中，保障原创文学的质量，是一个值得思考的问题，也是对广大写手们在追求经济价值的同时，所提出的深深期待。

（二）利用网络资源的生产形式

新媒体更新了传统的笔纸书写模式，代之以键盘的输入。新的书写工具，加快了写作速度，便利了信息传播，已经实现了文学的即写即发。不可忽视的一点是新媒体的一项特殊功能，即复制技术，轻按鼠标右键，或是用"Ctrl+C""Ctrl+V"的组合键就可以轻松地将文字从一个页面复制到另一个空间。在这样的写作条件下，衍生出一种利用网络资源拼贴的文学生产形式——在某一主题的要求下，根据一定的关键词，生产团队在网上搜集相关文字篇章，再筛选出自己需要的网络资源，通过复制——粘贴技术，简单地排版后，加以精美的封面，不去考究文字的原始出处，就结集出版了。这种通过整合网络资源的写作方式，满足了消费者在某一热点文学现象下的即时阅读需求，却也造成了盗版图书问题和版权争议。

各种文学艺术形式借助互联网进行生产、传播。无论写作者还是分享他人信息的消费者，都很少关注成果的归属，版权意识淡薄。网络版权同传统著作版权一样，应当得到重视和保护。2005 年实施的《互联网著作权行政保护办法》，2006 年实施的《信息网络传播权保护条例》，2010 年实施的《中国互联网行业版权自律宣言》等给互联网时代的版权提供了保护。网络版权是指将文学、艺术、科学作品上传到互联网的合法权利人，许可他人使用作品，并由此获得报酬的权利的。传统著作同网络作品，发表平台不同，但是同属于智力成果的本质却是相同的，因此有必要也必须保护发表在互联网上的智力成果。网络的开放性、速度性、复制性，方便了信息的传播和资源的共享，但相对于传统的作品在版权保护上存在很大难度，开放的互联网文化与保护性的版权思想间存在根本性矛盾。当下一般重视的是传统出版下的版权保护，而对网络上传播的信息还没有充分的版权意识，这也给一些不法分子随意使用他人成果，获取经济利益提供了相当的便利。盗版下，创作者得不到相关收益，影响创作的积极性。2010 年 11 月的百度文库侵权案，引起了社会的极大关注，让我们进一步思考互联网时代的版权问题。网络时代，应探索和建立网络服务商、著作权人和公众共赢的文学生产发展道路。

另一种利用网络资源进行生产的形式是利用网络的人力资源，充分发挥集体的效用。众包模式，是指一个公司、机构把过去由职工完成的工作任务，以自由自愿的形式承包给网络大众去完成。企业不再需要雇用全职员工，而在虚拟的网络社区中，招聘有适当才能的人来共同完成某一项任务。通常情况下由个人来承担，但需要多人协作完成。JefiHowe 在美国《连线》杂志上首先提到这一概念。众包，是新媒体时代新的高效经济化生产模式，节约成本，短时高效，充分发挥广大网络参与者的智慧，既达到了经济目的，也实现了参与者的个人价值。网络众包的生产模式，已经应用到文学生产当中，如《史蒂夫 · 乔布斯传》《抉择时刻》《失控》等的翻译。《乔布斯传》被称作是史上最牛译作，是半个月译出 50 万字、600 页的"超音速翻译"。美国出版公司计划在 2011 年 11 月推出《乔布斯传》，可是因乔布斯的突然离世，将计划提前到 10 月 24 日，以赶上节点，热卖。随后，中信出版社宣布与美国出版社同时推出中文版的《乔布斯传》。这意味要在最短的时间将英文原作翻译成汉语，这就同过去的独立翻译的形式相区别。因此，为了适应畅销书的销售模式，《乔布斯传》采用了众包的翻译模式，通过在网络海选译者，在团队合作下，以"日译万言"的速度向前推进。国内的乔布斯崇拜者在美国发布的同时看到传记，无比兴奋，却引来担忧——"快餐化"的翻译，是否会因多人完成，造成风格的不统一，质量的不达标？虽然外文翻译，与中文文学创作还有着一点的差异，但是翻译本身也是一种再创作，它需要译者对作品本身融会贯通，灵活地掌握两种语言，在翻译过程中既要保持原作的风格，也要考虑到目标语言接受群体的审美趣味。从《乔布斯传》的翻译效果来看，受到了广大读者的诟病，"中文翻译弱爆了""翻译太烂了""毫无美感"。不过，无论怎样，《乔布斯传》的销路很好，在未正式上架前，就已经有一百万册的预定，并在上架之后短短的三天内卖出去 40 万册，实现了可观的经济收益。

第三节 新媒体改变了文学创作观念与形式

文学观是指如何理解和看待文学。新媒体改变了传统的文学创作观念。在这个多元化的社会环境当中，文学很难再承担唯一的价值和意义，不同的作家也因不同的文学追求，在文学活动中践行着言志载道或是娱情快意的文学观念。文学作品的内容、艺术样式和美学品质因数字技术的介入出现了新的思想意蕴和审美品质。

一、文学创作观念的重塑：从言志载道到娱情快意

作家的文学创作观念是同一定社会历史时期的政治、经济、文化、思想状况密切相关的。"一般世界情况"所形成的"普遍精神力量"塑造着作家的人格，也影响着他们文学观念的形成。在

漫长的中华文明发展中，正如周作人在《中国新文学的源流》中所言，中国的文学史是"言志"与"载道"两种潮流的起伏，教化功能与审美功能共存。

20世纪90年代以来，文学所赖以生存的社会条件发生了巨大的改变，市场经济的确定，促进了物质的繁荣，随之而起的是崭新的文化姿态，大众文化、消费文化盛行，传统的精英文化在商业利益的驱使下走向边缘。尽管文学在此之后开始甩掉"启蒙"或是"救亡"的沉重翅膀，有了自足的发展空间，但是受"经济力"的驱使，越来越多异质的声音，盘旋在"纯文学"的上空。

进入新媒体时代以后，文学在政治的或是经济的功利主义束缚外，更加注重抒发自我的功能，回归到袒露心性、娱情快意的自由本质，表现人的精神世界。尽管一部分作者与接受者，仍然将文学视作神圣，但是更多的创作者秉持着一种自由的创作心态。他们多数"躲避崇高"、独抒性灵、不拘格套，在网络的自由空间内表现自己的内心生活和情感世界。新媒体时代的文学创作观念，是从"我"出发，再回归到"我"。不过，有时一些作者会全然将文学当作游戏的，娱乐的、发泄的。不过，这种"快感"是脱离了"性"本能的，是思绪所到的情感喷发与流淌。

正是这种任意的姿态，让我们看到了文学的活力。我们也在自由的文学创作当中看到了现时代人真实的精神世界，价值取向和文化立场。透过文学的窗口，更加关注人的存在。而这些是与新媒体时代的自由的文学生产与传播平台密不可分的。"自由是一切艺术的人文原点和终极母题，也是文学本体的精神之根。"新媒体时代，文学正在找到它的自由之精神，努力摆脱各种社会因素的影响，正如最早开始网络写作的邢育森所说开放，是网络作家和网友读者对封闭和狭隘的摒弃和拒绝。

自由、真实和开放，便是网络原创文学的宗旨。这也是网络原创文学赖以生存和发展壮大的基础和核心。当一切都被放弃之后，这是我们所必须坚守的原则和立场。

自由，是指对传统文学框子的突破和革新。

真实，是指以一种不回避不畏惧的勇敢态度来面对生活和世界。

受经济利益的利诱，网络文学正在脱离它最初的"自在"本性。新媒体时代写作的目的有了多种可能性，可以为政治、为经济、为道德、为娱乐，但是文学的最终目的要超越物质而营造精神的圣地，使人在日常生活的烦、怨之后，迎来精神世界里的诗意栖居。但是，无论怎样，对于那些有些良知的作家来说，都要怀着一种人世的情怀，不能只把文艺看作审美的自足，把文艺看作自娱的游戏，或是把文艺当作赚钱的工具。

二、作品内容与艺术形式的转型

新媒体在文学中的介入，改变了文学的内容和艺术形式。文学体裁、题材到表现手法都出现新的样式，文学发展出现新的趋势："小叙事"与"超长篇"是新媒体环境中出现的新文体；类型文学则是商品化文学生产的产物，充满本能欲望；多媒体技术丰富了文学的表现形式。新的社会文化环境和新的媒介环境给文学发展带来了新的可能，也是当下社会生活对文学提出的要求。

（一）网络新文体："小叙事"与"超长篇"

所谓体裁，是指文学作品的具体样式，文体的变革与时代的变迁息息相关。新媒体时代，体裁的稳定体系遭到破坏，新的文体应时而生，而已存在的文体正消亡、整合，传统的文类划分已经无法适应今日的文学新发展，新出现的文学样式正在打破传统文类的既定规约，网络文体正在迅速发展，并逐渐形成了新的审美范式，被普通大众接受。

反体裁已经成为我们时代的主导模式。在全民写作的时代，大批非专业作者，由于没有受到过正规的文学训练，文体意识淡薄，只是即兴创作、有感而发，而不像传统的精英写作，往往要在深思熟虑过后，根据所要表达的内容，选择适合的文类。网络时代，率性而为的写作姿态，导致了文体的泛化，界限的模糊，文学文体出现了无序化状态，传统文体的严整性消弭了，自由散漫的文体正在成为主流；写作者抛开传统诗歌、小说、散文、戏剧的文体规约，肆意地在键盘下流出所闻所思所想。在这个过程中，一些新的文体随之出现，比如一些短小精悍的"小叙事"，如"博客体""日志体""短信体""微博体""微信体""网络民谣（段子）""电子广告"，或是"超长篇"小说等。

1. "小叙事"

现代生活的飞速旋转，文化娱乐的快餐式消费，都对写作规模提出了新的要求，那就是必须简短有效，切中要点。这是与当下的即时写作、碎片阅读趋势相符合的，实现了内容与形式的统一。传统长篇作品的复杂情节、纵深结构与深度思想都无法适应当代的审美阅读需要了。现代社会的快节奏生活方式和社会风气，让人更倾向于文化速食。写作者在狭小的文本空间中，用极为直接有力的方式传达自我，而阅读者也追求着转瞬即逝的审美快感，而不去探寻深度与意义，甚至一笑了之。这种新的文体孕育着新的内容和新的精神，这些新的内容和精神，反映着当代的现实生活。在各种平台上，每天都有无数这样的文字刷新，却呈现出对宏大主题的告别，民族、国家、社会、责任等的规避，原因在于，网络时代正在全面进入"我时代"。在这个时代一切以"我"为出发点，以"我"为最终的旨归，只关注个体的生存，这也是称为"小叙事"的原因。"小叙事"的凸显是对个人价值的确认，然而这样的价值取向或是意识形态，也是危险的，自我的无限膨胀，必须引起我们的警惕。

2. "超长篇"

"超长篇"是新媒体时代出现的一种新文体，其打破了传统文体中对小说，尤其是长篇小说的概念界定。传统长篇小说的文字量在10万字以上，通过对复杂而广阔的社会现实的把握，从而展览出一定时期范围内的社会风俗人情。作者在波澜起伏的情节中，在众多人物的纠葛中，在多条线索的并进中，结构全篇，并通过文学语言艺术地表现出对社会人生的思索。"超长篇"小说的出现，是与传统长篇小说的兴盛有着不同的社会历史环境的，既不同于古代社会士大夫的缘情而发，也不同于现代社会知识分子的干预社会，而是在市场经济条件的作用下产生的，并与新媒体的写作环境密切相关的。网络文学写手的经济收益，因为以更新的文字量计算，所以，为了更多的收益，也促使其越写越长。网络空间的的无限性，打破了传播出版的有限版面限制，为"长篇小说"的无限延长提供了现实的可能。"超长篇"小说文字数量通常都在百万以上，采取网络连载的方式在各大文学网站上更新。网络小说有即时更新的要求，因此缺少草创后的修改而匆匆挂到网上，导致结构缺少精密构思。在网络"超长篇"小说中，写作者更多的是为了讲述一个吸引人的故事，而并不去考虑"艺术真实"的内涵，既没有写作者的情感真实，更不去在故事的讲述中像传统作家那样反映社会人生的情状，传达出深层的价值和意义。

（二）类型化题材：充斥着本能欲望的虚构世界

现代文学以来，根据对文学题材和主题的认识，分为武侠、言情、推理、历史、恐怖等；新媒体时代以来，传统的题材划分根本囊括不住当下的文学内容，出现了新的题材形式。通过扫描各大文学网站主页，题材分类大致有玄幻、奇幻、科幻、仙侠、武侠、言情、都市、历史、军事、游戏、竞技、灵异、同人等等，这些题材既有超越现实的想象，也有基于现实的讲述，还有再现历史的回望，不过终于指向那些在现实中无法实现的欲望，直至人们对于权力、爱情、新奇的向往。写作者通过对生活的深入挖掘，将文学题材延伸到每一个角落，无所不包，无所不谈，使得当代文学得到了极大的丰富，许多话题禁区也被打破，而这一切都要归于网络写作、发表的自由，不再受到传统文学生产、审查、发表的严格限制。网络为类型小说的消费提供了超市化的服务，也为写作和接受提供了新的互动模式。在这里，终端（读者）决定了一切，读者的欲望被无限地放大、细分，像享受按摩一样，各部位都可以得到专业性的照料。

众多的文学类型，满足了不同读者的阅读偏好，不过，类型文学的创作本身，却遭遇到标准化、平均化的命运，变得同普通的消耗品一样，失去了其作为精神产品的独特性。类型文学是文化工业、文学商品化的必然结果，已经被纳入文化产业的经济效益产出之中。写作者只要紧跟读者的喜好，然后根据固定的模式进行写作就行了，而不再去考虑生活真实，甚至出现了大量相同内容的复制、拼贴，这也导致了网络文学的粗鄙化倾向。但无一例外的，在这种"高度架空"的写作中，都创造和满足着阅读者的欲望，反映着特定时期的社会文化心理。

三、多媒体语言：声像并茂的逼真体验

文学是一种语言的艺术，作家通过文字来创造艺术世界。新媒体时代，科学技术被应用到文学创作当中，于是在文字之外，声音、图片、视频、动画、录像、数码摄影、影视剪辑等成为了新的"语言"，丰富了文学的表现手段。多媒体技术的应用，可以在同一时间之内，调动人类的多重感知，创造了身临奇境的感觉；"瞬息之间的由许多形体组成的风景，需要几页散文才能表现出来"，却可能在新媒体创造的一个影像中就被表现出来了，使得文字表意的有限性得到补偿，让读者更快地进入审美状态，并且"将物体从同一和连续的印刷文字空间里解放出来"。

传统单一的文字表意是间接性的，需要转意、思索、领悟，如果不具备一定的阅读能力和理解力，是无法将抽象的文字符号在大脑中连缀成意义，并生成具体的"想象画面"的。文字在某种程度上的抽象性，限制了读者的欣赏。多媒体语言在文学写作中的应用，形成的互文阐释效果，

有利于加深对事物的认识和理解。随着自媒体的发展，大众通过个人的用户终端，将即时的见闻、感触，以"文字＋图片"的组合形式，发到互联网上，与人分享交流。在微信中，甚至增加了视频应用功能，直接代替了文字语言。从日常生活可见，人们更愿意用直观的声像代替文字去直接地表现和体验某种情绪。在毫无巨细地展示中，一种新的写实主义正在流行，营造着一种身临其境的感觉。

多媒体语言在带来新的审美范式的时候，却也导致了一些负面的可能。图像化的结果造成了审美的直观，剥离了文字所蕴含的言外之美，传统文字文本中的留白都被图像填补的满满，失去了反复体味的美感。阅读者的想象、思考、分析的能力也受到影响。电子技术挑战着传统的真实观，不再是对现实生活和客观世界的真实再现，而是一种"超真实"，比真实还真实。影像不是再现或是一种虚假的意识形态的遮掩，而成为了真实本身。

字、音、图、像等多媒体的联合应用，正在突破着文学与艺术的界限，挑战着文学的内涵，扩充着文学的外延。各国早期的文艺都是"诗、乐、舞"的多位一体，新媒时代的文学，正在成为一种综合性的表现艺术。当"高科技"被应用到文学当中，文学研究者应用开放性的眼光来看待文学，并建立适应当代文学发展的开放的文学观。不过，如何在新的时代重新界定文学内涵是一个难题，如何在多媒体技术的"镜像"下融入深度的判断也是当今需要思考的一个问题。

四、文学美学品质的变异：从追求崇高到美学追求的多元化

文学作为一种社会性存在，其本身必然打上清晰的时代烙印，特定历史条件的社会风尚会对创作者造成影响，并间接地投射到作品中。因此，文学的美学品质与时代发生密切的关系，反映着特定时代的精神气候。21世纪，新的传播媒介，不再只是作为一种工具、手段，甚至已经融入到被承载物当中，成为审美价值的一部分。互联网给文学提供了新的生态环境，其后现代的意义指向，中心的消解，个体的凸显，正在消解着集体价值下的唯一的崇高文化，生成着崇高、优美、喜剧、悲剧、丑、滑稽共存的文学现场。

躲避崇高是日常生活的回归，而日常生活的回归，开启了世俗化之路。日常生活确认着人的价值，使人脱离了"神性"而存在，而沾染上人间的烟火。在新的历史条件下，人的基本生存欲望得到了满足，有关"性""物质""情感"的欲望，都获得了合法化的确认。当"活在当下"成为现世的人生追求，摆脱泛政治的压抑变得迫不及待，美好的彼岸"天堂"也在现世的美轮美奂中显得愈加遥远。

网络、手机等参与到社会文化的塑造当中，为世俗化的快乐审美、感官刺激、文化消费提供了新的可能。新媒体的交互性、自由性、即时性、随意性，吸引了大众的广泛参与，为文化的生产和传播提供了有效的工具手段，更为多元的审美提供了生长条件。多元的审美反映出文学的生命力，也为产生优秀的文学作品创造可能。在"躲避崇高"之后，文学审美呈现多元化的趋向。传统文学中的"崇高"与"优美""悲剧""喜剧""滑稽""丑"等美学品质共存在当下的文学创作当中，然而，却趋一致地出现了"世俗化"的美学倾向。"世俗化"本身并不具有贬义，

它只是一个中性的概念，不过要警惕由于审美自由所带来的鱼龙混杂。我们尊重多元的文化选择，但是我们也要看到多元背后的世俗化倾向，以及其中隐藏的消极因子：缺乏人文精神、丧失批判意识、深度的削减以及感性的泛滥，放弃传统民族、国家的集体精神，而愈加地关注个体的价值，避开崇高价值的言说。习近平在《纪念延安文艺座谈会72周年的讲话》中说，"低俗不是通俗，欲望不代表希望，单纯感官娱乐不等于精神快乐"。"全球化"正在影响包括文学在内的社会生活和日常生活的各个领域，信仰危机也不只发生在中国，其已经成为一个全球性的文化问题。因此，作家们在创作过程中，在创造文学的娱乐性的时候，还要坚持社会主义核心价值体系，注意恰当地反映当今时代的精神，展现出中国风格，并形成自己的价值立场，实现"寓教于乐"。

第四节 新媒体改变了文学传播方式

新媒体突破了传统媒体发表空间的有限性，实现了超时空的即时的无限传播。各种数字化的信息交流平台，为大众提供了一个尽情言说的空间。以网络文学为核心，实现了包括传统纸媒、影视、游戏、广告、动漫等在内的"多层次的衍生品"的共存，大大激活了网络文学的生命力，丰富了文学的生命形态，吸引了不同趣味的消费者，获取了巨大的经济收益。

一、数字媒体实现了超时空的即时传播

工业时代，是机械化生产的时代，也是原子的时代。信息传输依托印刷术与机械的结合，在特定的时间和空间内来完成。工业时代主要的传播介质有，报纸、杂志、书籍等，而这些媒介因原子的有限性在某种程度上束缚了信息的传播。随着人类科技的发展，在蓬勃的21世纪，我们迎来了信息传播的新纪元。信息传播介质革命性地再次发生改变，由"比特"构成的互联网、手机等，将以数字化的方式，挣脱时间、空间的限制和"原子"的束缚代替纸质传播媒介。数字化生存能使每个人变得更容易接近，让弱小孤寂者也能发出他们的心声。

网络空间的无限性，让每个人都有了表达的机会，有了自由表达的权力，人们在现实的有限的物理活动空间之外，在虚拟的网络空间自由飞翔。网络空间的无限性，增加了信息的承载量；对文学来说，扩大了其存在空间。如果2BT可以存储一个汉字的话，那么1GB就可存5亿3千6百多万的汉字。假设一部长篇小说有20万字，则可存储262351部小说。如果用实体图书馆收藏27万册图书，则需要占据相当大的物理实体空间。传统期刊、报纸、书籍因版面的有限，期刊周期过长，只能在投稿作品中千挑百选，而一些有价值的作品，最终错过了发表的机会。新媒体所创造的文学空间，使文学彻底从狭窄的纸媒空间中解放出来，任何有意愿发表作品的人都可以将自己的作品与他人进行分享。电子技术突破了传统物理传播时代的信息壁垒，物质、时间、空间的阻隔与冲突在数字媒体时代得到了解决。写作者只要将在计算机或手机上敲打好的作品，点击发送，就可以将没有重量的比特传输到世界各地，同时，其他用户也可以即时地收到发出者的信息。数字媒体实现了信息发送的即时性、超时空性和无限性。

数字化生存是人类社会的未来走向。印刷媒介和电子媒介的斗争，是不可避免的，然而在相当长的一段时间内，它们将共存——比特媒介的成本远远要低于原子媒介，它可花费极低的成本来传播大容量的信息，并且，比特媒介的快速传播也要比传统信息媒介具有优势，甚至实现了同步性、实时性。同时无论从存储的角度来说，还是从环境保护角度来说，数字化都将成为必然之路。因为"以一个容量为4G的电子阅读器来说，它一般能容下3000本电子图书，而同样版本的纸质书，如果按照每本书平均500克计算，3000本书需要1.5吨的纸张。如生产这么多纸，就要砍伐30多棵树龄在20至40年的树木，需耗费150吨水、900度电、1.8吨煤和450千克化工原料。也就是用一本4G的电子书阅读这3000本书，不仅能少砍几十棵大树，而且还能减少水电煤的消耗"。然而，就在比特传播趋向未来的时候，我们不能因此断定"书"没有未来，纸质传播失去其优势，毕竟，那墨香和手翻书页的触感，所带来的美好的感受，将吸引读"书"爱好者。

二、新媒体提供了自由选择的传播平台

进入新媒体时代，互联网、手机等的广泛应用，不仅更新了信息传播介质，方便了信息的传递，还给文学的发展提供了具有互动性、开放化、个人化的新平台。依托互联网、手机存在的BBS、博客/个人主页、微博、微信等个人化写作空间，为大众开辟了语言狂欢的场所，也为迎来文学的全新写作时代创造了必要的条件。这些自媒体的出现，让每一个人都成为了信息的发布者，实现了自己的说话权。"网络文学'多源性'的参与机会，凭借技术实现了印刷文学梦寐以求的'互为间性'的理想效果，即作者、读者、文本和环境在一个开放'场域'共生共舞"，因为传统媒介的信息传播方式是单向传播，接受者只能被动地接收信息，新媒介则实现了互动式传播，参与者既是信息的接受者，也是信息的制造者。

借助一台计算机、一部手机，通过个人主页、博客、微博、微信等平台，作者就可以开始他的心情日记。网民通过网络编辑、发送、转载信息等也成了普遍的现象。作者不拘泥于特定的文体，不按照特别的格式，或许干脆连标点等省去，发一个表情、写一段话，或是一段视频，随时随地记录情感，而无所顾忌。博客/个人空间、微博、微信等相对于传统发表平台有许多优势。第一个优势就是，写作者在新的平台里实现了即见、即写、即发，表达此时、此刻、此地的心情，并实现视频、图片、声音、文字的互文表达，让文学不再是单一、枯燥的文字叙述。多媒体的参与，使表达变得"声情并茂"。新的发表方式，在"正统"的文学写作之外开出一条新路，不再受篇幅的限制，不再受时地的限制，不再受传统文学规范的限制。第二个优势就是转发功能与回复功能，为广大用户搭建了一个信息化的社交平台，实现了双向的互动与交流，去除了中心，也彰显了每个自我，实现着民主。第三个优势是在真实世界的社区之外，突破地缘的限制，基于共同的兴趣、爱好、经历等建构虚拟社区。"状态发布者"可以在圈内获得情感支持、友谊和归属感。新的表达平台一方面强化了写作者"自恋"式的"表白"欲望，一方面也满足了他人的窥视欲望。借助新发表平台的写作，是极具个人色彩的写作。用户在这个紧张与焦灼的时代里，找到了倾诉与宣泄的平台，缓解了他们的焦虑。这些空间在某种程度上的虚拟性，又让他们获得了另

外的虚假身份，而减少顾及，真实地释放自己、认识自己。专门的中文文学网站，降低了文学的门槛，让文学爱好者的才华得到尽情地展示，文学梦想不在因发表的障碍而无法实现。文学网站的商业化运营模式，还给写作者创造了经济收入。

三、全媒体融通促进了文学多种艺术形式的传播

网络文学通过传统出版、影视改编、游戏改编等全媒体的跨界合作，再次扩大了其传播空间，赢得更多的消费者，实现了其经济价值的最大化。网络文学原创作品，通过与影视、娱乐、广告等的深度合作，正在形成一条引人注目的产业链条，已经实现了"一次生产，多次利用，全版权获利"。更重要的是在"视觉"时代，找到了文学的生存出路。

（一）线上文学的线下出版

未来的网站经营将会是跨产业、多种模式的综合发展，会员制、出版与周边开发将会成为三足鼎立的盈利途径。

网络文学的跨界出版，既是文学网站增加收益的手段，也是传统出版业寻找发展生机的出路，更是网络写作者的自身要求。

对文学网站来说，必须将其丰富的网络文学资源与传统出版相结合，才会有盈利点，这是文学网站造血机制的根本，这样做有助于实现文学网站发展的良性循环。网络文学的实体出版，既可以吸引原有的线上读者，也可以赢得新的读者，而实体出版的作品，又通过数字化技术，转化成数字图书形式。文学网站的实体出版战略，是其扩大市场的重要手段。在网站和出版商的合作下，打造的实体畅销书，吸引了很多读者，尤其是年轻读者。

正当文学的网络出版风华正茂，大量作者依靠网络实现自己的文学梦想，却出现了作品发表的逆向生长。早期在网络上写作的人渐渐地淡出了网络空间，而回归到线下写作，并通过传统媒体出版。曾几何时，安妮宝贝、慕容雪村等早期网络作家在互联网上发表作品，看重的是网络写作的自由，在网络里，他们内心的真实情感得到释放，而勿用顾及他者的眼光。网络文学发展到今天，却与他们的初衷相悖。那"自我的文学""真实的写作"，现在蜕变成了娱乐性、消遣性、轻便性的"快餐文学"，除了创作、传播、接受的在线性没有变，其内涵与意义发生了变化，更多地与商业经济、消遣娱乐相联系。随着网络文学的经济化发展，为生存而写作的写手大量繁殖。写手为获得经济利益，逐渐背离早期写作者的写作初衷，而沦为受众和经济的奴隶，写作质量下滑。于是，早生代的写作者们纷纷退出网络平台，回归到传统的出版路径。早期的写作者向传统写作的回归，可能深受"出版才是硬道理"的精英思想影响，更试图与当下的网络写手们划出分明的界限，并告别"草根身份"。"因为纸质出版是传统文学的出路，传统文学有其权威性；而网络文坛芜杂混乱，写手们需要获得一种权威的认可。说白了，纸质比网络更有面子。"然而，对于更多的网络写手来说，选择实体出版不仅仅是"面子"问题，更多的还是"生存"问题。网络写手的实际生存让人惊心，为了留住读者，每天都要进行更新，透支着身体和青春。实体出版的稿费较高，并且还有相应的版税。

总的来说，纸媒出版有相对严格的出版程序，其发行的设限，有利于提高文学的品质。网络文学的超大容量，给出版商带来了巨大的选择空间。纸媒的出版发行，通常选择点击率高的作品，在泛滥成灾、泥沙俱下的作品中选出精品，也给网络文学经典化提供了可能。然而，网络文学在传统出版"招安"的过程中，在线性的丢失，也必将丧失网络文学本身的特质。网络文学的高使用量，在于其依赖计算机、手机等新媒体的便捷式阅读，还在于阅读的流行、时尚、开放、轻松等，至于日日更新中，上文所留下的那份悬念，更是吊足了读者的胃口。当网络文学离开网络，离开它赖以生存的土壤，其存在也面临合法化危机，更无法同具有高品质的传统文学相比。

（二）畅销作品的影视改编

文学作品的另一条发表途径，即影视出版，将文字转化成影像作品。近几年来，通过网络文学改编的电影或电视剧备受青睐。通过影视发表的经典畅销作品如《平凡的世界》《狼图腾》《白鹿原》《红高粱》等。影视化改编是文学在生存困境中的自我拯救，是文学适应市场化、产业化，扩大发展空间的重要选择。图像代替文字，正是这个时代所正在发生的，以声、光、像为主导的影视产品，越来越受到大众的普遍喜爱，复归着人类形象思维的原始天性。影视作品，相对于单纯的文字作品，有很大的优势，其作为一门综合性艺术，通过声音、语言、画面、动作、行为、场面等多种符号进行表意，因其生动、形象、直观、动态、多维的相对优越性吸引了更多的眼球，而文字的抽象性，则需要将观念转化成形象，因而对接受者的文化水平、思维能力、鉴别能力都提出要求，也就天然地将许多参与者拒之门外。多角度的图像呈现，虚拟的仿真情境，充分结合了欣赏者的感官系统，听觉、视觉、嗅觉、触觉等，让接受者产生身临其境之感，实现融入性体验，进而加深对作品的认知，因而，传统单靠文字进行表意和审美传达的作品自然地陷入危机。

网络文学的影视改编，通常选择点击率高、已经经过市场检验的作品，这样可以避免许多风险。文学作品改编成影视剧后，原有的读者会怀着不同的心理期待加入影视作品的观看队伍中，而电影票房获得高收入的同时，又反过来促进了原著的点击率，许多原本没读过小说的人，也纷纷开始阅读。然而，在改编过程中，编剧或者导演的误读，又会限制接受者的理解，甚至给原作造成巨大的伤害。不仅如此，文学的影视化改编也给文学创作带来影响，如，思想的浅显化、语言表达的简洁化，情节的戏剧化、矛盾的冲突化，而传统文学的细腻的情感、复杂的心理、张力的语言、精致的环境等不符合影视的"平面化"审美需要，一点点从文本中淡去，一些写作者甚至在写作的时候，为方便可能的影视改编，从选题、题材、形象、情节、结构等方面，自觉地靠近影视剧对文本的要求。文学正在失去其作为文学存在的独特属性。

"文学性"是文学之为文学的必然要求，而当影视观赏越来越成为人们业余时间的休闲方式，那么影视文学也应发展其独特性，除了要注重传统叙事中人物、情节、结构、矛盾等的设置，还要更多地利用拍摄手段和技术制作。当视觉文化代替文字审美成为新的消费风尚，"开掘数字文学性"成为新的任务：复归影视文学的文本特性时，突出语言的表现力，并结合超文本、多媒体、3D 等新媒体技术，以丰富表现手段；新媒体时代网络的虚拟技术在影视作品中的运用，突破了现实条件的制约，实现了不可能的图式、场景、模型的想象性构建；充分发挥摄像机的作用，通过位置、速度、角度来增强神经系统的刺激，增强观看者的审美快感。

影视的直观性，决定了影视改编后的文艺作品所传播的范围要更广些。这些改编的影视作品演员多时尚、靓丽，一些时候观众对剧中人物"形式"的关注超过故事情节、精神内涵本身，剧中人物同款的服饰、挂件等很容易激起新一轮的消费欲望，如郭敬明指导的电影《小时代》，是一个场面奢华的当代幻梦，各种奢侈品频频现镜，它们反映出了这一时代的文化风俗——追求光鲜，商品拜物。在以获得高收视率的目标推动下，古代历史题材普遍关注皇家秘史、宫廷政变、宫闱轶事、情爱绯闻，在矛盾冲突的制造中，我们看到的甚至是封建思想意识的复苏——皇权、等级、纲常等，它们在当下中国的发展中，像一只无形的手，仍然操纵着社会生活，但观众并不反感，它们作为人们无意识的一部分，得到整个社会的认可。在消费主义流行的今天，物质取代精神，各种形式的文艺作品，更要思考和反映人的现实存在，尤其是影视作品，因其受众之广，影响之大，更要超越现象世界的表现，要有穿透生活的力度，将属于未来的健康的东西展示出来，并要以艺术的方式将我们思想、情感、行动中最珍贵的东西保存下来。

（三）网络文学的游戏制作

网络文学的跨界发展中网络游戏也是重要的一极，因为游戏天然的与文艺有着某种密切的关系。网络游戏是网络文学产业链上最重要的一环，是新媒体时代文学在传统出版、影视改编之后的新出路，其蕴含的商业利益，成为新的掘金之地。文学作品转换成其他媒体承载的形式，既是文学的生存需要，也是经济价值的追求结果。大众对市场提出越来越多的文化形式要求，以满足不断扩大的精神需要，网络游戏应时而生。当网络游戏越来越多地出现在我们的视野，越来越大众化、越来越强调人性因素的时候，网络文学与网游的结姻结合的硕果，为一度匮乏的游戏文化填补了宏大严谨的世界观、深远的文化背景与内涵，也成为填补玩家精神寂寞的一个重要手段，能够让玩家在游戏之外找到更多活动的内容。自网络文学改编的游戏，打破了传统游戏的单一性，网络文学的故事性、情节化丰富了游戏的内涵。开发商的高水平制作，所营造的艺术氛围，让玩家在娱乐之外，也参与到一种审美活动当中。网络文学中的玄幻、科幻、仙侠等类型作品又同游戏有着密切的关系，其所构建的想象世界与网络游戏的虚拟世界有内在的相通性，数字化技术的应用，再现着文字所描述的假想世界，尤其是玄幻类作品，宏大奇特的构思，超长篇的文本架构，非常适合改编成游戏。网络游戏有资深玩家，而人气高的网络文学作品已经有稳固的读者群，这些网文读者有成为新玩家的潜在可能。游戏开发商，通常以网络文学的人气量和点击率作为改编前提，这样能够争取到更多潜在的用户和社会关注度。网络游戏的情节，通常以原作的故事为蓝本,在经过去粗取精的加工之后，实现对原作的经典再现。2014 年 8 月 1 日亮相的国内首个网络文学作品游戏版权拍卖会，将从源头上为网络游戏注入活力。当前中国的网络游戏市场面临的问题是原创力的缺乏，网络文学的原创故事的版权拍卖，为游戏开发商找到了一条新的出路。

第五节 新媒体使中国文学产生新的接受与批评方式

新媒体使中国文学产生新的接受和批评方式。普通的读者在阅读中追求娱乐和休闲，专业的文学批评者在网络文学面前，面临着前所未有的尴尬。旧有的文学评价体系已经无法对现有的文学现象进行阐述，而新的评价体系尚未建立。因此，理论界亟待建立新的评价体系，而不能因网络文学的一些缺陷而排斥回避。

一、"浅阅读"演变为大众的文学接受方式

随着改革开放的深入，人民生活水平的提高，在商品经济的冲击下，大众的文学阅读日益成为一道靓丽的文化景观。大众阅读的崛起，是在物质生活得到了极大的满足后，大众对文化提出需求的必然结果，打破了国家的文化霸权及知识精英的文化垄断，普通人也有了欣赏和参与文化的权力，精英文化和大众文化走向融合。大众的文学阅读所具有的流行性、娱乐性、日常性是与传统精英阅读的严肃、高雅、精致相对的。21世纪以来，计算机、手机等大众媒介的应用，扩大了文化的生存空间，加快了文化的传播速度，推动了大众文学阅读的发展。新媒体时代，与以往任何一个时代相比，都增加了文化参与的社会性，进而促进了文艺的民主化进程。网络上庞大的文学作品，给受众提供了丰富的选择可能，多数读者可以找到适合自己口味的作品。

在新媒体时代，文学消费与接受发生转变，不再是知识人的专属特权，由少数到大众，由接受到对话，由过去式到现在进行时。传统的文学阅读，带有着精英的意味，对接受者的文化水平、经济状况、审美能力等提出很高的要求，受诸多因素的限制，很多读者被拒绝在阅读的门外。新媒体时代的文学阅读，真正地实现了"普及"，大批的隐形读者渐渐浮出水面。无论是在交通站点，还是在公交车上，总能见到部分乘客通过手机或者平板电脑进行阅读。相比之下，新媒体时代有更多的人进行阅读，只是阅读的品质有待考察。网络文学的整体思想品质较低，内容显浅，缺少严肃的思考，但也降低了文学阅读的门槛；与实体书籍昂贵的书价相比，网络文学的价格低廉吸引了不少读者。尽管随着商业化的文学生产，各个网站实行收费制阅读，也丝毫没有降低读者的阅读兴趣，通过付费阅读到的文学作品，质量较高，保障了阅读者的审美效果。新媒体时代，读者越来越成为了主动的参与者。文学的接受者在新媒体时代发生了颠覆性的改变，他们的文化需求受到了极大的关注，得到了极大的满足；对于写手们来说，只有紧紧地摸准读者的胃口，才能在激烈的竞争中赢得生存的地位。读者的趣味恰似一只看不见的手，调节着文学生产。

新媒体时代海量的文学作品，种类繁多、品种齐全，给阅读者的选择提供了巨大的空间。写手们为了满足读者的需求，还根据读者对题材、情节发展的要求，完成专门的写作。从各大文学网站的点击量、排行榜来看，玄幻、奇幻、仙侠、灵异等非现实主义题材的小说深受阅读者的喜

欢，这些作品的奇崛、浪漫，满足了对未知探寻的渴望，填补了感情的空白，更实现了阅读主体对"残酷现实"的逃离。伴随着眼球的飞速旋转，阅读者在鼠标的点击中，或是手指的触屏中，轻松地完成了阅读。因网络文学的未完成性特点，有时候，阅读者耐不住等待的煎熬，甚至敲击键盘，进行续写或仿写，参与到文学的创作中，一种读与写的快感，被抒发得淋漓尽致。

伴随着计算机、手机、iPad 等媒体的出现，全新的阅读时代来临了。首先，读者的阅读方式改变了，可以随时进行在线阅读或下载阅读，还有利用"懒人听书"等软件，来收听录制好的小说原文。阅读打破了传统的"看文字"的内涵，而融入了"视听"等新意义。其次，接受者的接受目的变了。在传统的概念中，文学阅读具有认识作用、教育作用、美感作用，主体通过阅读获得知识，提升自我，陶冶情感，具有极强的"功利性"和"目的性"。现如今，文学阅读的目的多元化了，或是物质生活富足后的精神消费，或是闲暇时刻的娱乐休闲，整体上从严肃的文学欣赏走向了轻松的文学消费。多数情况下并非为了寻求精神上的陶冶和升华，而纯粹为了休闲、娱乐、打发时间，呈现出"消费"的阅读倾向。"既然是娱乐休闲，大家都愿看一些通俗的、轻松的、幽默的、微微有点刺激性的东西，而不愿看那些板着面孔教训人的东西，不愿看那些太沉重的东西，也就是很自然的了。"

根据 21 世纪以来的十次全国国民阅读调查，阅读的整体状况是消遣性增强，知识性减弱。传统的深度阅读模式正在消失，越来越多的受众沉迷于那些粗糙、显浅的电子阅读当中，而不是那些曾经带给我们文化营养，具有极高文学性、审美性、深度性的传统报刊书籍。鲁、郭、茅、巴、老、曹在新媒体时代面临"生存"危机，哪怕在中文专业的学习者中间，其阅读的普遍性也面临下降。在网络平台上回归的传统名家名篇，或被装扮成绝口的心灵鸡汤——某某说人生的情况，某某说爱情的甘苦，或是干脆被戏说调侃。文学阅读简略了过去神圣的阅读"仪式"，适当的光线、舒适的桌椅还有安静的"自己的房间"，带有了更大的随意性，发生在等车、排队、乘车、吃饭的间隙，成为了琐碎时光的排解。总之，一切可能的时间都被充分地利用了，文学阅读也在信息化时代被快餐化了。

二、精英批评的式微与大众批评的兴起

这既是一个全民写作的时代、全民阅读的时代，也是一个全民批评的时代。当下的批评盛景是从未想象到的。当代文学前三十年，文学批评的作用被过分夸大，批评的权力被死死地控制在文学体制之内或者少数文化权力者手中，专栏评论中所见到的群众观感，不过是假托群众之口，表达官方意识形态。

文学批评是通过对已有的文学活动、文学现象进行分析、研究、评价的科学活动，并要对未来的文学活动给予一定的指导，在这样的前提下批评主体的任务，即行家，就要"'跑到幕后'，去窥探文学创作的社会历史背景，设法理解创作意图，分析创作手法。"文学批评要在对本质规律的揭示后，对文学活动进行指导，以实现批评的公共性。鉴于此，文学批评对批评主体本身提出很高的要求，因此，历来文学批评都由受过专业训练的读者来进行。专业读者在进行文学欣赏

时，除了同常人一样带着的审美动机，休闲娱乐的心理体验外，还总会有意无意地用价值判断的眼光来看待作品，从深沉的情感中跳出来，试图把握作品的思想意义、判定其时代意义、文学史意义。批评者除了要具备良好的文学感受力，还要掌握丰厚的文学理论，并且要有良好的文字表达能力，能"从感性认识上升到理性认识，从经验直观上升到理论分析，从具体的文学现象抽出普遍意义的规律"。从知识精英的批评文字来看，引经据典、铺陈婉转、滔滔不绝，还有统一的"八股"格式，而要想读懂他们的文字必须具备一定的学理知识。大众媒体出现以前，文学批评始终是一个神话，不食人间烟火。

新媒体时代的文学批评不再是知识精英在象牙塔里的自说自话，普通网民从各个角落涌现，走上了十字街头，发出属于他们自己的文学声音，文学批评也进入了"平民时代"。在新媒体时代，无论是谁，只要拥有了一台可以接入网络的计算机，有基本的文字应用和表达能力，他就拥有了整个网络媒体，他就拥有了写作权、发表权、交流权、批评权。新媒体时代批评门槛的降低，开启了文学批评的新时代。对于大多数没有受过专业批评训练的普通文学读者来说，尽管他们的理论素养不高，表达能力不强，但是也可以表达自己对文学的认识。通常情况下，普通的文学读者只是在阅读之后，根据自己的感悟，对人物、情节及故事的合理性做出判断，而不去深究文学作品背后的社会、文化动因或是创作者的写作动机。他们强调直觉性的体悟，并不追求对道理的演绎和罗列，而是"注重我的情感和物的姿态的交流"。

大众通过文学网站、个人主页、BBS 等平台，发表个人观点，少有长篇大论的鞭辟入里，更多的是情绪化的点评，根据阅读后的直觉和体验，进行三两句、几个字的即兴留言。

从广大网民的感性的、直觉的评价中，我们看到中国古代批评传统的复归，既有印象的、直觉的、感悟的，也有注重主客体的交融统一，注重气韵、境界、神韵。借此，我们需要正视现代以来基于西方理论所建立的学术规范，甚至是有些机械的操作：讲究逻辑思维的严密、讲究论述的有理有据、讲究批评的格式……但是，文学毕竟不同于科学研究，其更强调一种人文关怀，关注人的情感、人的价值、人的生命。网络文学批评由于不受程式化的批评制约，批评者可以随性地表达自己的看法。尽管留下的文字缺少精心的打磨和严谨的逻辑，却带有"原始"的情愫，那"印象式""评点式"的批评，让我们看到了发自内心，不计目的的文学意趣。

网络讨论专区的设置，还给读者和读者，读者和作者提供了充分的对话、交流空间，写作者可以及时得到反馈，这样传统的批评权威在自由的表达中被消解了。伏尔泰说：评判的责任是读者的；而读者的评判是正确的，只要他能公正地阅读，能摒弃学者的偏见和虚伪的虚弱心理，这种心理往往使我们瞧不起一切不符合我们习惯的东西。新媒体时代，文学批评得到了大众读者的广泛参与，他们抛开传统精英批评的偏见，更加包容地面对新的文学现象。网络文学批评匿名身份的参与，批评者主动的无功利参与，使得批评现场出现了"真实"的声音。进入 21 世纪以来，文学批评也开始遵循"利益交换原则"，专业的批评者出于各方面的考虑，在批评时往往避重就轻，只谈优点不谈缺点，或是说一些无关痛痒的话，而缺少对文学作品价值评判的穿透力。正是广大网络批评者可以不为所谓的情面所困扰，对文学的价值做出恰当评估，也算是对当下人情化批评的一种矫正。然而也会出现恶意的攻击，甚至由于不同读者所持观点不同，而形成对骂之势，这时又往往脱离了文学文本，沦为了人身攻击。从目前的批评状况来看，网络文学批评整体水平不高，这是与批评主体的素养密切相关的，因此需要提升网民的整体素质，包括文化水平、道德水准等，使网络文学批评不仅仅停留在"口水"式的批评阶段，而真正地成为一种思想的生产。

三、文学批评原则与标准的建构

新媒体时代，网络文学有着很大的阅读群体。可是，注重消遣性和娱乐性的网络文学与强调思想性和艺术性的主流评价形成了价值上的冲突。面对这种冲突，我们需要重新思考当下的文学评价体系，建立适应符合文学时代发展的文学理论。

（一）主流评价与网络文学的价值冲突

从当下的评奖机制中，可以看到主流评价与网络文学的价值冲突，而这种冲突并非是不可调和的，因为他们都旨在以评奖的方式在文学大繁荣的当下，激发写作者的创作热情，淘洗出属于这个时代的经典，以观后世。

网络文学在主流文学评奖中的失败，从侧面反映出无论是茅盾文学奖还是鲁迅文学奖，其评价标准还是基于传统文学的。不过，主流文学界已然认识到，网络文学在民间的影响力。可是，要在现有的文学传统下，真正实现传统文学和网络文学的平等对话，还有很长的路要走，不仅要在内容和形式上对网络文学进行全面的提升，还要发挥"网络"文学的特性。网络文学，因其新的创作环境、新的接受特点、新的艺术特质，应当结合网络的特点，建构自己的评价体系，而非要在主流文学奖的他者眼光中，确认自己，而这本身就带上了一种"殖民"色彩。不过，网络文学作为"文学"的基本特性，尽管与传统文学有所不同，但是其还是主要以"文字"为表现手段的审美意识形态，反映人的生存状况和精神状态，因此，"一个文学，两个标准"就不免显得不合适。

从另一侧面来看，新媒体时代的文学评奖，是主流文学与民间文学的价值位移。纵观文化的发展历程，那些属于民间的文化形态，又在多种因素的作用下，成为"宫廷"趣味。如宋词、元曲、明清小说都最初生长在民间，不入流，然而，在今天看来都成了"高雅"之作。对"雅"与"俗"的评判，要结合具体的社会历史下的社会风俗、文化取向、审美趣味来看。民间文化给主流文化不断提供新鲜的血液。不管主流文学出于何种意图，其将网络文学纳入进参评范围，可见主流文学已经意识到网络文学作为当下文学发展中不可忽视的文学力量。在一些重要的文艺工作会议上，也可见主流评价和网络文学的冲突和解。如网络作家花千方、周小平出现在纪念《在延安文艺座谈会的讲话》发表72周年的会议上，已经表现出了官方对网络文学、网络文学作家的某种重视。当网络文学成为了更多文学普通大众的接受形式，那么网络作家在作品中所表现出的文化思想内涵，将直接地影响广大读者的价值观念。

（二）新媒体时代文学批评体系的建立

新媒体时代的文学生产、创作、传播、接受都打上了新媒体的烙印。新的批评体系的建立是与对网络文学的批评密不可分的。当代文学批评面临着理论的困境、尺度的模糊、批评的人格以及批评队伍分化等诸多问题，这也是网络文学批评的困境。新媒体时代的文学批评可谓是"众神狂欢"。批评场面红火，却"无中心""无权威""无标准"。新媒体文学批评现场面临着失序的潜在可能。网络文学阅读正在成为新的阅读焦点，网络上更是充斥着无法统计的文学作品，然而，相应的专业化的文学评价并没有及时地全面展开，严重滞后网络文学的发展。

基于传统的批评范式，一部优秀的文学作品不仅要在思想上表达对社会、人生、人性的思索，还要在行文用笔间展现出独特的韵味，有着特别的格式。网络文学仍然是以文字作为主要的形式载体，强调思想性、文学性，但是将传统文学批评的一套直接移植到网络文学的批评之中，显然是不合适的，在研究网络文学时其在线性是不可忽视。

网络文学与传统文学最明显的差异就是载体的不同，正是网络载体的在线性、开放性、自由性、网络性，才随之带来了书写方式、发表平台、表现手段、表达方式、审美趣味的变异。文学之根本是一种带有审美特性的精神产物。一个时代有一个时代的文学，网络文学的评判应放置到它所存在的历史秩序当中，在历史、美学、技术三个维度上进行考察。在坚持文学本质的基础之上，对网络文学的评判应该充分考虑网络媒介、科学技术、市场、文化、创作者和受众等多重影响因素，实现科技与人文，市场与理想的统一，并通过文学批评，展现出这个时代的精神面貌。网络文学的参与程度之广，产生的效应之大，已经超出了单纯的文学意义。网络文学所特有的精神品质，无论是正面的还是负面的，都参与到国民精神的构建中，深深地影响着世界观、人生观、价值观、审美观的塑造。因此，新媒体时代的文学批评仍然要发挥它价值引导的功能，提高读者的审美趣味，提高读者的鉴赏水平，积极发挥文学的社会功能。

新媒体创造的文学活动环境使文学处于开放、自由的传播空间，形成了百花齐放、百家争鸣、百草共生的状态。这就需要研究者针对文学现实，提出理论主张，给予及时的阐述和批评。或是由于专业批评者的不屑与不愿意，或是由于批评者面对新的文学现象的力不从心，到目前为止，主流文学界尚未很好地参与到网络文学批评当中，有多少褒贬判断是零阅读下的判断。虽然目前已经出现相当的研究成果，但多普遍的一般原理性讨论，缺少对当下现象的密切联系。涉及网络文学的相关研究，仍然只是对公共概念的界说，缺少辅助的支撑材料。作品的引用，仍是最初的创作成果，对网络文学的批评远远跟不上网络文学的发展速度。中国新媒体文学在 10 余年中，不断异变。当下的网络文学与最初的网络文学已经有着明显的差别。全国网络文学研究会已经于2013 年 8 月在中南大学成立，一支理论专家队伍正在建立，但是其对网络文学秩序介入的有效性尚存质疑，很有可能再次成为"圈内"学者的游戏。有多少理论者可以降低姿态，真正地用心阅读网络之作，有多少理论者可以对网络文学摆脱先入为主的判断，与网络文学展开公正的对话。

借助新媒体科学技术发展起来的文学，其形态和样式与纸媒时代的文学相比，显出巨大的不同，"新文学"不仅正突破着已有的评价体系，更打破了井然的文学秩序和关于文学的种种预设，有了多种发展的可能性。网络世界中，"批评家死了""理论家死了"，在巨大的网络文学现场之中，发声的只是"手无寸铁"的读者。他们在兴致所到之处，进行着情绪化的评价。"点赞""好看""看过"是多数的声音，既缺少批评的理性，也缺少批评的深度与力度。尽管有部分学者已经意识到网络文学是不可忽视的存在，进行了相关研究，但已有的网络文学批评理论，因缺少大量文学作品的阅读基础，仍然停留在现象的宏观描述以及针对新媒体文学而与传统文学展开的比较特点的描述上。一些研究者在匆忙中所下的判断只是一厢情愿的先验假设。当下的著名的文学评论者多数成长在非网络的文学环境，接受的是传统的文学教育，因此，在批评网络文学时，仍用传统话语，一些批评者甚至会因殊异的文化心理、知识结构，在内心中先验地排斥，而拒绝接受。即使那些敏感地看到文学在当下时代的变革的批评者，而其已经形成的文学观念、审美观念等定势思维也会影响其瞬时做出判断。新媒体时代要多培养和扶持青年的评论家，他们不但成长在新媒体的环境当中，而且与当下的网络作家有着共同的情感经验，代际隔阂的减小，或许可以更多地引起情感上的共鸣。不管主客观条件是什么，都有必要对当下的文学状况做出总结。

　　既已成规的文学批评理论，是理论家基于"纯文学"的研究建立起来的，遵从着"为人生而艺术"或"为艺术而艺术"的法则，而网络文学更多地作为"为自由的艺术""为消遣的艺术""为经济的艺术"，与"纯文学"的法则相去甚远。网络文学通常将自身的审美娱乐价值，置换成经济价值。当代文学的前三十年我们倡导文学的政治功能，20世纪80年代出于对政治的反拨又倡导审美价值，而90年代开始，在市场经济下作家们又不约而同地追求经济价值。在文学获得了新自由的生存环境的当下，在社会意识形态标准、道德标准、审美标准、文化标准之外是否还存在其他标准，我们究竟应该以何种价值作为文学评判的尺度，是需要思考的，经济价值和休闲价值是否也应成为一种标准？当下的作家富豪榜，提供了一种看起来有些"世俗"的经济标准来衡量文学艺术。高居榜单的作家、作品，有很多的"消费"者，"消费"者愿意为他们所喜欢的作家、作品花费金钱。不得不思考那些作家、作品被喜欢的原因。直到20世纪90年代，无论是专业批评者还是普通读者，在评判一件文学作品时，首先强调的仍然是文学的严肃性和思想性，而艺术性在其次，至于文学能给人带来的阅读快感则被有意地忽略掉，那些消遣性、趣味性、娱乐性较强的作品，则被划入到通俗文学当中，当作市民大众的口味。一直以来，在现实生存面前，人类必须不断压抑生命的本能，而获得持久的发展，文学也因此拒绝娱乐，但是文学的起源是与游戏性质密不可分的。享受快乐本是人作为动物的天然欲求，因而，必须注意到文学的"悦目"作用，将"快感与美感"相结合作为网络文学的基本评判标准之一，这也是符合人类社会发展规律的。尽管文学在历史的进程中，伴有极强的现实功利色彩，而人类实践活动的最终指向是要超越生理的束缚、现实的局限而向善、求美的。

　　当前中国缺乏与文学现实紧密联系的新媒体时代的文学研究理论，网络文学批评还没有形成一套完整的理论体系，因而未能对新媒体条件下出现的新文学现象做及时、科学的总结与批评。

从现有的网络文学发展的迅猛之势来看，建立起符合新媒体时代的文学理论和批评标准，对网络文学批评做出规范，让网络文学在作为"文学"的"普及"中实现"提高""扬弃"，具有着紧迫性和必要性。新的批评体系的建立，应当结合网络的特点展开，注意文学发生的大众文化、消费文化、流行文化语境，进行跨学科、跨领域的批评研究。建设新媒体时代的文学批评体系，应立足于当前的文学事实，并积极寻找一切可利用的理论资源，结合实际，发展创造，并在实践中接受检验。任何主观地将网络文学排斥在文学研究范畴之外的做法，只能给当代文学研究带来负面影响。

参考文献

[1] 师帅，中国古代文学的发展 [M]，北京：中国大地出版社，2019。

[2] 李莎，王玉娥，文化传承与古代文学 [M]，长春：吉林文史出版社，2019。

[3] 崔铭，周茜，中国古代文学经典导读 [M]，北京：商务印书馆，2019。

[4] 刘铁群，广西古代文学研究论集 [M]，桂林：广西师范大学出版社，2019。

[5] 傅斯年，中国古代文学史讲义 [M]，合肥：安徽人民出版社，2019。

[6] 吕书宝，民俗密码显影与古代文学误读 [M]，北京：光明日报出版社，2019。

[7] 杨城，李伟，饶丹，中国古代文学审美与批评新论 [M]，北京：九州出版社，2019。

[8] 李小钰，中国古代文学多元化研究 [M]，长春：吉林大学出版社，2019。

[9] 周裕锴，中国古代文学阐释学十讲 [M]，上海：复旦大学出版社，2019。

[10] 赵敏俐，中国文学研究论著汇编古代文学卷 2[M]，天津：天津古籍出版社，2019。

[11] 张新科；中国古代文学中 [M]，陕西师范大学出版总社有限公司，2018。

[12] 张新科；中国古代文学上 [M]，陕西师范大学出版总社有限公司，2018。

[13] 张新科；中国古代文学下 [M]，陕西师范大学出版总社有限公司，2018。

[14] 马春燕，王美玲，杨杨，中国古代文学教程 [M]，西安：西安交通大学出版社，2018。

[15] 王增文，商丘古代文学史稿 [M]，郑州：大象出版社，2018。

[16] 袁书会；中国古代文学基础上 [M]，陕西师范大学出版总社，2018。

[17] 傅斯年，中国古代文学史讲义 [M]，成都：四川人民出版社，2018。

[18] 周广璜，刘丽丽，文府索隐中国古代文学新考 [M]，北京：商务印书馆，2018。

[19] 伏俊琏，徐正英，古代文学特色文献研究第 3 辑 [M]，上海：上海古籍出版社，2018。

[20]（日）白川静，中国古代文学从神话到楚辞 [M]，成都：四川人民出版社，2018。

[21] 王运熙，怎样学习古代文学 [M]，北京：北京出版社，2019。

[22] 许洁，中国古代文学 [M]，南京：南京大学出版社，2019。

[23] 王长华；李金善本卷主编，河北古代文学史第 1 卷 [M]，北京：人民出版社，2019。

[24] 宁稼雨，中国古代文学史下 [M]，北京：教育科学出版社，2019。

[25] 陈洪，中国古代文学作品选 [M]，北京：高等教育出版社，2019。

[26] 王长华；阎福玲本卷主编，河北古代文学史第 2 卷 [M]，北京：人民出版社，2019。

[27] 宁稼雨，中国古代文学史上 [M]，北京：教育科学出版社，2019。

[28] 张萍，古代文学理论与文学教育研究 [M]，石家庄：河北人民出版社，2019。